KB001678

아기 말고 내 몸이 궁금해서

아기 말고 내 몸이 궁금해서

직접 찾아 나선
과학 기자의
임신 관찰기

우아영 지음

사랑하는 딸 연수와 남편 성식에게

임신은 입덧하고
배만 나오는 게 아니다

"입덧은 안 하세요?"

주변 사람들은 나날이 불러오는 내 배를 보며 이렇게 물었다. 두더지 게임의 두더지처럼 여기저기서 불쑥불쑥 이 질문이 튀어나왔다. 누군가는 나의 근황이 궁금해서, 또 어떤 이는 그냥 인사치레로, 그리고 일부는 내가 정말 걱정돼서 물었을 것이다. 하지만 이렇게 묻는 사람들 가운데 '임신'에 정말로 관심 있는 사람은 많지 않았다.

아이를 갖는 일이 얼마나 기쁜 일인지는 학창 시절 과학 교과서에서 난자와 정자의 수정 과정을 배우는 순간부터 지금까지 익히 들어온 바였다. 그런데 내가 직접 겪은 임신은 마냥 신비롭거나 행복하기만 한 일이 아니었다.

임신은 양파 같았다. 까도 까도 계속 나오는 그 하얀 채소처럼 내 몸은 당황스럽게도 하루하루 다른 모습을 보여줬다. 마치 처음 가슴이 나오던 사춘기 때처럼 옷깃만 스쳐도 아프던 유방이 잠잠해지자 숙취 같은 입덧이 찾아왔고, 그 울렁거림에 적응할 만하자 엉덩이 관절이 존재감을 드러냈다. 한겨울 빙판 길에 엉덩방아를 찧은 것 같은 그 날카로운 통증에 익숙해지자 (사실 너무 아파서 출산할 때까지 익숙해질 수 없었다) 두통과 소화불량과 불면증과 변비와 비염과 요실금이 날 괴롭혔다. 그러는 동안 태아는 한 번도 이상 소견을 보인 적이 없었다. 그러니까 모든 게 순조로웠던 임신 기간 동안 이처럼 많은 일이 일어난 것이다. 양파를 깔 때처럼 자꾸 눈물이 나왔다.

내 몸이 왜 이렇게 변하는지 궁금했지만, 임신 관련 책 대부분은 배 속 태아의 성장과 관련된 내용을 주로 다루고 있었다. 임신한 나의 신체적·정신적 변화에 대해 알려주는 믿을 만한 정보는 많지 않았다. 병원에 가봤자 들을 수 있는 말은 "임신 중 정상 증상입니다"뿐이었다.

아프다는데, 아픈 사람이 찾는 병원에서 아픈 사람 고쳐주는 의사에게 정상이란 말만 들을 줄은 몰랐다. 좀 이상하면서도 흥미로웠다. 정상이란 무엇이고, 정상과 비정상의 경계는 어디

아기 말고 내 몸이 궁금해서

일까. 누군가를 붙잡고 묻고 싶었지만, 사실 답은 명확해 보였다. 태아의 이상 유무.

산부인과의 최종 목표는 안전한 출산인 것 같았다. 그 밖의 것은 모두 부차적으로 여기는 듯했다. 예를 들어, 심각한 입덧은 저체중아 출산 위험이 있으니 의사는 비교적 안전한 입덧약을 권고한다(현대 의학 만세!). 그러나 임산부가 흔히 겪는 관절통과 요통은 태아에게 별다른 영향을 끼치지 않는다는 이유로 딱히 치료법이나 약이 없다(현대 의학 무엇?). 상당수의 '임신 부작용'은 관련 연구조차 찾기 어렵다. 임신 기간은 출산을 준비하는 '예비' 시기로만 취급되어야 할까? 약 280일의 임신 기간 역시 내 삶의 일부인데, 좀 덜 아프고 더 즐겁게 보낼 방법을 임산부와 의사와 우리 사회가 함께 찾아가면 모두에게 좋지 않을까?

어렴풋이 알 거는 같다. 인간은 스스로에 대해 완전하게 알지 못하고, 한정된 시간과 예산으로 시급한(누가 정하는지는 모르겠지만) 문제부터 해결해야 하니까. 태아에게 해를 주지 않는 임산부의 신체적·정신적 변화는 지금 당장 인적·물적 자원을 투입해 연구하고 치료해야 할 대상이 아닐 테니까.

의사조차 "출산만이 해결책입니다"라고 말하는 현실에서 임산부의 경험은 그저 개인적이고 주관적인 것으로 치부된다. 임신 주체인 여성이 어떤 일을 겪는지는 쓰이지 않고 납작해지고 지워진다. 힘들다, 어렵다, 고통스럽다고 말하면 "남들도 다 하는 임신, 혼자 유난 떨지 말라"는 비아냥마저 듣는다.

입마저 틀어 막힌 임산부들은 이 길을 먼저 걸어간 엄마들이 모인 온라인 커뮤니티에 의존한다. 증상을 묻고 경험을 나누며 불안한 마음을 달랜다. '나만 그런 게 아니었구나'라는 작은 위안을 얻는다. 각자 병원에서 들은 이야기를 지식 품앗이 하듯 풀어놓는다. 하지만 당장 마주한 신체적·정신적 고통을 해결하는 데 큰 도움이 되지는 못한다. 무엇이 옳은 정보인지 판단하기 어려워 혼란스러울 때가 한두 번이 아니다.

품은 아이가 딸이란 사실을 알고 복잡한 마음에 휩싸였다. 내 딸 연수도 나처럼 자식을 만나는 경험을 했으면 하면서도, 내가 지나온 어려움은 겪지 않기를 바랐다. 그러자면 임신과 출산, 그리고 그 주체인 임산부를 대하는 사회의 시선이 지금보다 더 나아져야 한다고 생각했다. 혹 연수가 비출산이나 비혼을 선택한다면 임산부라는 존재를 이해하며 더불어 살고자 노력하는 사회 구성원이 되면 좋겠다는 마음이 들었다.

아기 말고 내 몸이 궁금해서

그래서 쓰기 시작했다. 임신 중에 내 몸은 왜 이렇게 변하는 지, 모든 게 '정상'이라는 내 몸은 왜 이렇게 아픈지, 과학자들은 여성의 임신과 관련해 어떤 연구를 했는지, 사람들은 어떤 시선으로 임산부를 바라보는지, 커뮤니티에 떠도는 이야기들은 과학적 사실인지. 찾아보고 물어보면서 더듬더듬 나아갔다. 임신 중에는 태교를 미뤄두고, 출산 후에는 아이를 재워두고 얼마간 노트북 앞에서 자주 밤을 샜다. 이런 이야기가 더 많아져야 한다고 생각한다. 임산부의 경험이란 너무나 다층적인데, 당장 임산부였던 나조차 잘 모르니까.

임신을 준비 중인 이들이나 임신 중 갑작스런 몸의 변화로 모욕감, 수치심, 외로움, 절망감을 느끼고 있는 이들에게, 임산부를 이해하고 더불어 살고 싶은 이들에게, 그리고 연수와 같은 딸들에게 이 기록이 도움이 됐으면 좋겠다.

2019년 여름
우아영

생애 첫 임신,
화학적 유산으로 종료되다
유산

절망감이 온몸을 감싸며 휘돌았다. 머리가 쭈뼛 서고 식은땀이 나기 시작했다. 화이트 톤의 깔끔한 회사 화장실엔 마침 아무도 없었다. 적막한 그곳에서 놀란 심장이 쿵쾅거리며 귓가를 울렸다. 피였다. 새빨간 피였다. 만약 갈색 피였다면 배아가 자궁벽을 파고들면서 안전하게 착상할 때 찔끔 혈관을 빠져 나와 며칠간 자궁 안이나 질 벽 어딘가에 고여 산화돼 흘러나온 '착상혈'이라고 봐줄 수도 있었다. 그런데 아니었다. '신선한' 빨간 피는 지금 몸속에서 출혈이 일어나고 있음을 뜻했다. 그것도 많이, 콸콸. 유산이었다.

결혼한 지 1년이 채 되지 않았던 당시에 나는 '아무리 늦어도 4월에 임신해야 서른 살 안에 애를 낳겠구나'라는 계산을 한 터였다. 일단 온라인 여성 커뮤니티부터 가입했다. 임신에 대해서라고는 '난자와 정자가 만나는 일'이라는 것 외엔 아무것도 모를 때였다. 무엇을 찾아봐야 할지조차 몰랐기 때문에 임신 준비와 관련한 게시판을 죽 훑어보는 것부터 시작했다. 회원 수가 200만 명을 훌쩍 넘는 커뮤니티는 그야말로 별천지였다. 쓰는 용어부터가 달랐다. 예컨대, 임신테스트기는 '임테기'로, 배란테스트기는 '배테기'로 줄여 불렀다. 임신을 준비 중인 여성들은 배란 날짜를 계산해 부부관계를 갖는 걸 '숙제한다'고 표현했다. 빨리 임신하겠다는 일념으로 커뮤니티 게시판을 종일 '공부'했지만 임신하는 데 특별한 왕도는 없는 것 같았다. 일단 생리는 비교적 규칙적이었기 때문에 생리 시작일로부터 2주가 되는 날, 그러니까 매달 추정 배란일 전후로 남편과 관계를 갖는 것부터 시작했다.

그 과정은 그다지 유쾌하지 않았다. 부부가 퇴근하고 오붓하게 집에서 술 한잔하다가 눈이 맞아서 하는 게 아니라, 야근하고 피곤한 날인데도 '오늘 해야 되니까' 하는 건 하늘과 땅 차이였다. '숙제'가 되니 얘기가 달라졌다.

숙제란 게 으레 그렇듯 번거롭고 힘들었다. 가임 날짜에 집중해서 자주 관계를 가지려다 보니 아프고 피곤했다. 관계를 갖고 2주가 지나 생리 예정일이 되면 이번엔 임신하는 데 실패하고 생리가 시작될까 걱정돼 안절부절못했다. 여러모로 권할 만한 일이 아니었다.

아기 말고 내 몸이 궁금해서

임신을 준비 중인 여성들을 안절부절못하게 하는 게 또 하나 있으니, 그건 바로 임신 여부를 진단해주는 임신테스트기다. 길쭉한 플라스틱 케이스 안에 인간 융모성 생식선 자극 호르몬 hCG, human chorionic gonadotropin을 검출하는 시험지가 들어 있다. hCG는 수정란이 착상한 뒤 태반에서 나오는 호르몬으로, 황체(난소에서 성숙한 난자를 배란한 뒤 남은 여포가 변한 것)가 계속 성호르몬을 생산하도록 만들어 임신이 유지되도록 한다. 임테기 끝의 뚜껑을 열면 소변을 묻히는 솜뭉치가 달려 있고 케이스 중앙에 투명한 플라스틱 창이 나 있다. 대조창에 일단 빨간 줄이 떠야 테스트기가 불량이 아니며 소변도 제대로 묻혔다는 뜻이다. 그리고 시험창에도 빨간 줄이 뜬다면, 즉 두 줄이 뜬다면 임신이다.

원리는 항원-항체 반응이다. 우리 몸에 세균이 들어오면 몸은 면역반응을 일으키는데, 이때 세균을 항원, 면역 물질을 항체라고 한다. 모양이 꼭 들어맞는 항원과 항체가 만나면 세균은 병원성을 잃는다.

임테기 내부에는 색깔을 나타내는 나노 입자가 부착된 'hCG 항체'가 있다. 임테기에 소변을 흡수시키면 hCG 항체가 소변과 함께 임테기의 시험선(과 대조선)을 나타내는 쪽으로 이동한다. 임신이라면 소변 속의 hCG와 임테기의 hCG 항체가 반응하여 시험창에 빨간 줄이 생긴다. 임테기가 제대로 작동하는지 알려주는 대조선에는 'hCG 항체'와 결합할 수 있는 물질이 있어서, 소변 속에 hCG가 있건 없건(임신이건 아니건) 빨간 줄이 나타나야 한다.

한 달에 한번 찾아오는 생리 예정일에 임테기 하나만 쓴다고 생각한다면 오산이다. 내가 아는 그 누구도 이걸 그렇게 쓰지 못했다. 이런 식이다. 생리 예정일이 다가오면 아침에 눈 뜨자마자 하나를 해본다. 한 줄만 뜬다. 임신이 아니다. 생리가 시작될까, 불안한 하루를 보낸다. 저녁쯤 또 테스트한다. 임신이 아니다. 다음 날 눈 뜨면 또 해본다. 하루 만에 테스트를 열 번 하는 사람도 봤다.

몇 달 동안 임테기 여러 박스를 동낸 어느 날 두 줄이 떴다. 흐릿하지만 분명 두 줄, 임신이었다! 나도 드디어 '임신 준비'가 아니라 '임신 중'인 사람들이 활동하는 게시판으로 넘어갈 수 있게 된 것이다! 세상이 갑자기 '뿅' 하고 아름다워졌다. 남편도 나도 호들갑을 떨었다. 남편은 그 날로 태교 책을 주문했고, 나는 뭐에 홀렸는지 식물을 사들였다(화분을 관리할 줄 몰라 선물

아기 말고 내 몸이 궁금해서

받는 족족 죽이면서 말이다). 샛노란 손잡이가 달린 앙증맞은 모종 삽으로 흙을 퍼 옮기고 루꼴라, 방울토마토, 바질 등을 심었다. 목욕탕 의자를 베란다로 옮겨와 쪼그리고 앉아 화분에 쪼르륵 물을 주고 흙냄새를 맡으며 배를 쓰다듬는 것도 잊지 않았다.

하지만 '임신 중' 게시판으로 가기에 앞서 거쳐가야 할 중간 단계가 있었다. 병원에서 임신 확진을 받기 전 임테기로 자가 테스트만 한 사람들이 자신이 진짜 임신한 게 맞는지 물어보는 게시판이었다. 그곳에서 들떴던 마음이 살짝 가라앉았다. 임테 기로 임신을 확인해도 바로 병원에 가지 말라는 조언이 넘쳐났 기 때문이다. 생리 예정일에 임테기로 임신을 확인했다면 임신 4주차인 셈인데, 그땐 초음파로 아무것도 볼 수 없다는 게 이 유였다. 최소 2주는 더 기다렸다가 가야 아기집과 장차 배아가 먹고 자랄 영양분인 난황을 보고 의사가 정상 임신으로 확인해 준다고 했다.

슬슬 조급해졌지만 나도 다짐은 했다. 2주만 참자고. 그러나 결국 일주일 만에 병원으로 달려갔다. 임신 초기에는 배 위가 아니라 질 안으로 직접 초음파 기기를 넣어 자궁 안을 본다는 정보를 입수하곤 샤워를 하고 다리 제모(!)도 하고 나서 병원을 찾았다.

속옷을 벗고 앞이 커튼처럼 열리는 치마를 입었다. 그러곤 양쪽에 다리 거치대가 달린 이른바 '굴욕 의자'에 누웠다. 간호사가 배 위로 수건을 덮어줬고, 의사는 배를 지그시 누르면서 "조금 불편할 수 있어요. 놀라지 마세요" 하며 초음파 기기를 질 속으로 넣었다. 천장에 매달린 모니터로 자궁 안이 보였다. 의사는 아니지만 알 수 있었다. 아무것도 없었다.

"아직 아기집은 안 보이네요. 테스트기로 확인하셨다고 했죠? 오늘 혈액 검사 하고 가세요."

피를 뽑고 집에 오는 길은 허탈하고 외로웠다. 선배 엄마들의 조언은 그냥 조언이 아니라 경험에서 나온 '절대 만류'였다. 힘없이 남편에게 전화를 걸어 소식을 전하고 침대로 기어 들어갔다. 금요일 오후였다.

오지 않을 것만 같았던 월요일 아침이 됐다. 담당 의사로부터 전화가 걸려왔다. 회사 비상구로 나가 냉큼 전화를 받았다.

"혈액 검사 수치상 임신이 맞습니다. 축하드려요. 걱정 마시고 마음 편하게 지내시다가 금요일 진료 시간에 봬요."

꺄! 혈액 검사 수치란 혈액에서 검출되는 hCG의 농도를 뜻한다. 혈액 1mL당 hCG 농도가 25mIU(호르몬처럼 인체에 효력을 발생시키는 물질의 양을 나타내는 국제단위) 이상이면 임신일 확률이 높은 걸로 볼 수 있고, 3~4일마다 약 두 배로 꾸준히 늘어야 임신으로 진행된다.

실례는 마음으로 남편에게 이 기쁜 소식을 전한 뒤 화장실에 갔는데, 그 일이 벌어진 것이다. 새빨간 피가 소변과 함께 똑똑 떨어져 변기 안을 물들였다. 병원으로 달려갔다. 여성 커뮤니티에서 보니 '유산 방지 주사'라는 걸 처방 받는 사람도 있던데, 그거라도 받고 싶은 마음이었다(나중에 찾아보니 '유산 방지 주사'는 다른 게 아니라 생식주기를 조절하고 임신을 유지하는 여성호르몬인 프로게스테론이었다).

"유체 흐름이 보이세요? 출혈이 지속되고 있는 겁니다. 초기 유산이 진행되고 있어요."

진득한 기름에 시커먼 쇳가루를 넣어 흔들면 저런 그림일까. 초음파 화면 속 내 자궁에는 작은 강이 여럿 흐르고 있었다. 담당 의사는 예의 그 친절한 얼굴로 설명했다.

"임신테스트기나 혈액 검사, 그러니까 화학적인 방법으로만 임신을 확인하는 경우를 화학적 임신이라고 합니다. 그래서 이때 임신이 종료되면 화학적 유산이라고 해요."

여성 커뮤니티에서 '화유'라고 부르던 것이었다. hCG는 태반에서 일찍부터 나오는 호르몬이라 설사 배아가 더 발달하지 못해도 임테기와 혈액 검사에서는 검출된다. 화학적 유산의 학술용어를 찾아보니 연구자에 따라 생화학적 임신 소실biochemical pregnancy loss, 영양막 세포 퇴행trophoblast in regression, 전임상 배아 손실preclinical embryo loss 등 다양하게 불렸다.[1] 공통적으로 초음파로 아기집이 관찰되기 전에 임신이 종료된 것을 뜻했다. 담당 의사는 다정하게 말을 이었다.

"우리나라는 다른 나라에 비해 임신테스트기와 산부인과에 대한 접근성이 무척 좋아요. 상당수가 (곧 종료되고 말) 화학적 임신을 일찌감치 알아차리죠. 기본적으로 흔한 일이라 화학적 유산은 유산으로 집계하지 않습니다. 그것까지 치면 유산율이 너무 높아져서요."

얼마나 흔한 현상일까. 자료를 뒤져보니 첫 임신의 50~60%가 유산되는 것으로 추산된다고 했다. 전체 임신의 25%는 여성이 임신 초기 증상을 느끼기도 전에 끝난다.[2] 임신을 시도한 건강한 여성 221명의 소변을 매일 채취해 hCG 농도를 분석한 연구에 따르면, 198건의 임신이 확인됐고 이 중 22%가 임상적 임신이 되기 전에 끝났다.[3]

이렇게 보편적인 현상인데 임신 전에는 왜 한 번도 들어보지 못했는지 의아했다. 그런데 의사의 다음 말은 더 의아했다.

"(임테기를 사용하지 않으면) 보통은 화학적 유산을 모른 채 지나칩니다."

출혈이 시작된 날, 열두 살에 초경을 한 이후 단 한 번도 겪어보지 못한 심각한 생리통이 밤새 이어졌다. 뜬눈으로 밤을 꼴딱 새웠고 다음 날 회사에 가지 못했다. 이걸 모르고 지나칠 수 있다고? 게다가 생리혈에 손바닥만 한 덩어리가 섞여 있었다. 생리라는 게 두꺼워진 자궁내막이 헐리는 현상이다 보니 원래 피부 조직 같은 덩어리가 배출되는 일이 잦다. 흔히 '굴 낳는 느낌'이라고 한다. 근데 이건 굴 수준이 아니었다. 이걸 모르고 지나칠 수 있다고? 끝이 아니었다. 생리만큼은 4주에 맞춰 규칙적으로 했는데, 생리주기가 6주로 바뀌었다. 이래선 날짜를 맞춰 임신을 시도하는 것도 불가능했다. 이걸 모르고 지나칠 수 있다고?

나만 그런가 싶어 여성 커뮤니티 게시판에 질문을 남겼다. 이틀 동안 못 일어났다는 사람, 생리할 때보다 더 아팠다는 사람, 눈물이 날 정도로 아파서 방바닥을 데굴데굴 굴렀다는 사람, 엄청 큰 덩어리를 전부 쏟아냈다는 사람 등 경험이 제각각이었다(물론 전혀 아프지 않았다는 사람도 있었다).

"다양한 원인이 있을 수 있지만, 주로 배아의 염색체 이상에 따른 거라고 봅니다. 그러니 환자분 잘못은 하나도 없어요."

의사가 고른 말과 목소리는 세상 다정다감했지만 난 어느새 내가 뭘 잘못했는지를 생각하고 있었다. 괜히 베란다에 루꼴라 심는다고 무거운 흙 포대를 옮긴 게 잘못이었을까. 이번 달 기사 준비한다고 몸 생각 안 하고 너무 뛰어다녔던 게 잘못이었을까. 죄책감이 꼬리에 꼬리를 물었다. 화유를 경험한 사람들은 다 이렇게 죄책감을 느꼈던 걸까. 가슴속에 싹 틔운 허망함을 날려버리려는 듯, 나는 자꾸 죄책감이라는 불씨를 주입했다. 그게 되려 내 가슴을 새까맣게 태워버리는 줄도 모르고.

한 논문에서 화학적 유산이 꼭 나쁜 건 아니라고 읽은 적이 있다. 오히려 불임이 아니라는 걸 확인했으니 다행이라고. 시험관아기 시술을 받는 여성을 추적 관찰한 결과 초기 유산을 겪어본 사람이 한 번도 겪어보지 못한 사람보다 향후 임신에 성공할 확률이 더 높았다는 보고도 있다.[4]

하지만 그게 다일까. 임신만 되면 끝일까. 너무 당연하게도 여성은 임신과 출산을 하는 기계가 아니라, 숨 쉬고 기뻐하고 슬퍼하고 고통을 느낄 줄 아는 사람이다. 그러나 현재 임신 관

아기 말고 내 몸이 궁금해서

리의 최종 목표는 태아를 안전하게 키워 건강하게 출산하는 것이고, 그 목표와 직결되지 않는 고통은 목소리를 잃는다.

여성 커뮤니티에 화학적 유산의 아픔에 대해 쓴 사람이 있었다. 그는 유산 자체보다도 "별 거 아니라는 듯 대하는 주변 사람들의 태도에 상처를 받았다"고 했다. 모두가 화학적 유산을 대수롭지 않게 여기는 동안 나와 같은 많은 여성이 신체적·정신적 고통에 괴로워하고 있었다.

남편의 정액 검사
난임

"부탁이 있어. 이 일, 아무한테도 말하지 말아줘. 글로도 남기지 말아줘. 응?"

남편이 새빨간 얼굴로 속삭였다. 나는 움츠린 그의 어깨를 토닥이며 "알겠다"고 했다. 약속을 꼭 지켜달라며 내 새끼손가락을 잡고 흔든 뒤 남편은 말을 이어갔다.

"방 안엔 1인용 소파랑 텔레비전, 세면대가 있어. 텔레비전에선 영화가 재생되고 있는데, 맞아, 자기가 예상하는 그거야. 살면서 봤던 것들 중에 가장 수위가 높았어. 한쪽 벽면엔 작은 창문이 있어. 일이 끝난 뒤 플라스틱 용기를 창문턱에 놓고 창을 두드리면 창문 너머에서 손이 쑥 나와서 용기를 가져가. 비밀 지켜줘야 해. 알겠지?"

화학적 유산을 겪고 나니 조바심이 났다. 아무 소용없는 일인 걸 알았지만, 인터넷에서 임신과 유산에 관한 이런저런 정보를 찾아 읽기 시작했다. 언론에서는 연일 난임이 증가 추세라고 했다. 오죽하면 이제 혼전 임신을 '가장 좋은 혼수'라고들

할까. 신문 기사에 인용된 통계 수치를 보는 순간 불이 난 듯 불안한 마음에 기름을 부은 것 같았다.

남편도 그러했는지 어느 날 조심스레 말했다. 정액 검사를 받아보고 싶다고. 화학적 유산의 가장 유력한 원인은 배아의 염색체 이상, 즉 난자와 정자의 질이다. 나는 나이가 많은 편이 아니었고, 매일 술을 먹거나 담배를 피우는 것도 아니었다. 일찌감치 병원에서 난소와 자궁에 별다른 이상이 없다는 얘기도 들은 터였다. 화학적 유산 이후 1년 넘게 임신 소식이 없자 남편은 혹시 자기한테 문제가 있는 건 아닐까 하는 생각까지 한 모양이었고, 그렇게 어느 봄날 병원의 한 구석방에서 야한 영화를 보며 자위행위를 해야 했던 것이다.

임신을 간절히 바라는 부부라면 모두가 적극적으로 검사를 받는 줄 알았다. 하지만 아니었다. 심지어 유산한 탓을 여성에게 돌리는 경우도 많았다. 여성 커뮤니티에서 만나 이야기를 나누게 된 A씨는 화학적 유산, 계류 유산(자궁경부가 닫힌 상태에서 태아가 사망해 자궁에 남아 있는 경우)을 잇달아 겪었다. 사는 지역에서 가장 큰 산부인과 병원에 가서 이것저것 검사를 했지만 아무 이상도 발견되지 않았다. 난소 나이도 어렸다. 의사는 남

아기 말고 내 몸이 궁금해서

편도 검사해보자고 했는데, 소식을 들은 시어머니가 "우리 아들은 좋은 것만 먹여 키워서 이상이 있을 리 없다"며 "네(A씨) 몸이 약해서 유산된 거니 한약을 먹으라"고 했다.

"그 말을 듣는데 '그럼 난 우리 엄마가 안 좋은 것만 먹여 키웠다는 건가' 싶었어요. 상처 받았죠. 왜 유산을 여자만의 잘못이라고 하는지, 왜 나보고 아이를 지키지 못했다고 하는지 이해할 수도 없고 너무 화가 났어요."

결국 남편은 끝까지 검사를 받지 않았다고 한다. 이 이야기를 들으면서 차마 위로의 말을 찾지 못했다. 아직도 며느리를 이렇게 대하는 경우가 다 있다니 속이 부글부글 끓었다(아아, 내 인류애). 반복 유산과 난임의 원인이 정말 여성에게 더 많이 있는지 궁금했다.

2016년 정부 지원으로 체외수정(시험관아기) 시술을 받은 여성들 가운데 난임 원인이 남성에게 있었던 경우는 10.4%, 여성에게 있었던 경우는 28.6%였다. 이 수치만 보면 남성보다 여성에게 문제가 더 있는 것 같다. 그러나 전세계 임상 연구에 따르면 난임 부부들 중 여성에게 문제가 있는 경우와 남성에게 문제가 있는 경우는 각각 40%로 비율이 비슷하다고 한다.[1] 이런 차이에 대해 우리나라 연구자들은 체외수정 시술을 받은 여성들 가운데 원인 불명 난임이 51.8%로 너무 많다는 점을 들었다 (이 밖에 남녀 요인 2.9%, 기타 6.2%). 2008년과 비교하면 원인 불명 난임은 늘고 남성 난임은 줄었다. 우리나라 남성들의 정자 건강이 갑자기 좋아진 게 아니라면, 여기에 어떤 진실이 숨겨져 있을 터였다.

그 이유를 한 논문에서 가늠해볼 수 있었다. 제일병원 최진호, 한정열 교수는 논문에서 "과거에서 현재까지 대체로 정액 검사가 양호하면 그것으로 남성들에게 '불임 면죄부'를 주었던 경향도 없지 않았다"고 밝혔다.[2]

정액 검사는 세계보건기구WHO 기준을 따른다. '총 사정액 1.5mL 이상, 1mL당 정자 수 1500만 이상, 운동하는 정자 비율 40% 이상, 정상적인 모양의 정자 4% 이상'이면 남성은 난임이 아닌 걸로 진단 받는다. 내 남편도 정액 검사를 받고 난 뒤 병원 측으로부터 위 네 가지 항목에 대한 결과만 전달받았다(남편은 결과를 받고는 "앞으로 나를 킹 오브 스펌King of Sperm, 정자 왕으로 부르도록. 에헴"이라고 했다). 요컨대 정액으로 난임을 유발하는 원인을 더 확인할 수 있지만, 일반 정액 검사에서 그것까지 자세히 들여다보지 않는다는 것이다. 체외수정 같은 보조 생식 기술의 발달로 그럴 필요가 없어졌기 때문이다.

아기 말고 내 몸이 궁금해서

체외수정이란 여성의 몸 속에서 이루어지는 수정 과정을 인체 밖에서 인위적으로 일어나게 만드는 기술이다. 보통 난자와 정자를 배양접시에 넣고 수정되길 기다리는데, 만약 정자의 수정 능력에 문제가 있으면 '난자 세포질 내 정자 직접 주입술ICSI, Intra cyto plasmic sperm injection'을 써야 한다. ICSI는 연구원이 미세 조작기로 정자를 골라 난자의 세포질에 직접 찔러 넣어 배아를 만드는 기술이다. 심지어 운동성이 없는 정자로도 난자와 수정 시킬 수 있다. 계명찬 한양대학교 생명과학과 교수에게 이에 대한 설명을 들은 적이 있다.

"기술 덕분에 자연 임신 상황에선 도태되어야 할 정자를 인위적으로 배아로 만드는 상황이 생깁니다. 자궁에 주입해도 착상이 안 되거나 초기에 유산되는 배아는 우리가 아직 모르는 문제를 가진 배아일 수 있다는 뜻이죠."

예를 들어, 흡연이나 음주로 화학물질에 자주 노출되면 정자의 DNA가 끊어질 수 있다. DNA는 생물의 유전정보가 저장된 물질이다. 이게 끊어져 있으면 여러 필수 단백질이 제대로 만들어지지 않아 배아가 정상적으로 발달할 수 없다. DNA가 끊어져 있어도 정자의 모양이나 운동성은 정상일 수 있어서 DNA 분절이 없는 정자를 고르기 어렵다고 한다.[3] 고배율 현미경을 사용하면 되는데, 아직까지 병원에서 상용화되고 있지 않다.

엽산 저장량이 부족한 정자도 선천성 기형을 일으킬 위험이 높다. 엽산은 수용성비타민의 일종으로 DNA 합성과 세포분열 등에 관여하는데, 가임기 여성이 엽산을 먹지 않으면 태아 척추 이분증이 생길 수 있다. 그런데 최근 연구에 따르면 가임기 남성이 엽산을 먹지 않아도 같은 문제가 발생한다.

쥐를 대상으로 한 연구에서 엽산을 먹지 않은 수컷의 2세가 엽산을 많이 먹은 수컷의 2세에 비해 선천성 결손 발생 비율이 30%가량 높게 나타났다.[4] 또 다른 연구에서 엽산을 많이 먹은 남성들(섭취량 상위 25%)은 정자 염색체 수가 비정상일 위험이 대조군보다 20~30% 낮았다.[5]

우리 사회는 재혼이나 입양이 아닌, 초혼과 혈연으로 이뤄진 4인 가족을 '정상 가족'으로 여기는 경향이 있다. 결혼을 하면 '아이는 언제 낳을 거냐'고, 첫째 아이를 낳으면 '둘째는 언제 낳을 거냐'고 묻는다. 이런 압박 속에서 아이를 갖겠다는 소망은 종종 빨리 이뤄내야 할 과업처럼 변해버린다.

여기에 남성 난임에 관심이 적은, 혹은 외면하는 현실이 더

아기 말고 내 몸이 궁금해서

해져 여성은 더 큰 피해를 입는다. 반복적인 유산, 그리고 이어지는 반복적인 난임 시술이 여성의 몸과 마음에 큰 부담을 주기 때문이다. 서른일곱 살인 이현서 씨는 난임 진단을 받고 체외수정 시술을 세 번 받았다.

"제 배엔 주사 자국이 가득해요. 아침마다 배에 주사 두 대씩을 스스로 놓아야 했거든요. 약물로 난포를 여러 개 키워야 난자를 여러 개 채취할 수 있으니까요. 시험관에서 수정시킨 배아를 자궁에 이식한 뒤에는 아침 일찍 병원에 들렀다 출근하곤 했어요. 남편은 정자만 제공하면 돼요."

남편이 정액 검사를 받았을 때, 참 대견하다고 생각했다. 무척 불편하고 귀찮고 부끄러운 일을 견뎌준 것 같아서였다. 하지만 현서 씨 이야기를 듣고는 숙연해졌다. 그가 감내해야 했던 일들에 정액 검사는 비할 바가 못 되었다.

현서 씨는 그나마 난관수종(나팔관 끝이 막혀 분비물이 고이면서 물혹처럼 변하는 질환)으로 원인이 뚜렷해 수술을 받고 임신에 성공했다. 하지만 원인 불명의 난임(어쩌면 남성 문제일지 모를 난임)은 말 그대로 원인도 모른 채 이 과정을 한없이 반복해야 한다. 몸도 마음도 지치고 금전적인 부담 또한 크다.

난임 시술이 여성의 몸에 보이지 않는 해를 준다는 연구 결과도 있다. 캐나다 과학자들이 난임 치료를 평균 3회 받은 여성 3만여 명을 조사했더니, 난임 치료 뒤 임신에 실패한 여성은 임신에 성공한 여성에 비해 심혈관질환을 겪을 위험이 19% 더 높았다고 한다. 연구팀은 "난임 치료가 눈에 띄지 않는 혈전을 유발하고 혈압을 상승시키거나 난소를 과도하게 자극하는 문제가 있다"고 했다.[6]

화학적 유산과 정액 검사 이후 남편은 몸 관리에 신경을 쓰기 시작했다. 퇴근 후 꼬박꼬박 운동을 하는 건 물론, 술도 줄이고 엽산도 잘 챙겨 먹었다. 그 덕분인지 1년 뒤 임신에 성공했고 41주 뒤 우리 부부는 예쁜 딸을 만났다. 임신 전 남성의 건강 상태가 중요하다는 사실이 조금씩 알려지면서 이제는 많은 남편이 스스로 건강관리를 한다.

하지만 건강관리만으로 임신이 되지 않는다면, 그 원인이 현재 행해지고 있는 정액 검사로 알기 어려운 남성 난임이라면 이야기가 달라진다. 이건수 서울대학교 생명과학부 교수는 "남성 생식에 대한 기초연구가 너무 많이 줄었다"며 "여성 생식에 비해 남성 생식은 문제의 원인조차 파악하지 못한 경우가 태반"이라고 밝힌 바 있다.

기술 덕분에 어쩌면 임신은 더 많이 가능해졌지만, '여성'에게 임신은 더 어려워져만 가는 것 같다. 임신은 언제까지 여성의 짐으로 남겨져 있어야 할까.

젖가슴아 힘내!
유방

내 인생의 첫 임신이 화학적 유산으로 종료된 뒤 두 번째, 그러니까 내게 첫딸을 안겨준 '진짜(임상적)' 임신은 유방 통증으로 알게 되었다. 생리 예정일 즈음 어느 날 아침잠에서 깨어났는데 유방이 묵직한 느낌이 들었다. 손가락으로 쿡쿡 눌러보니 마치 사춘기 때 처음 유방이 커지느라 아팠던 것처럼 찌릿찌릿한 통증이 느껴졌다.

여성 커뮤니티를 통해 임신 초기 증상에 대해서는 이미 알고 있었다. 감기 몸살처럼 몸이 으슬으슬하거나 이른바 'Y존'이라 부르는 허벅지와 몸통 사이 다리가 접히는 부위가 쿡쿡 쑤시면 임신이라고 했다. 그 목록에 유방 통증도 있었다. 증상은 보통 임신 4~6주에 시작되어 임신 초기(13주까지) 동안 지속된다고 했다.

혹시 임신이 된 건 아닐까 하는 심리 때문에 유방이 아픈 건 아니었다. 그건 첫 임신이 화학적 유산으로 끝났을 때 확실히 알았다. 당시 임신 테스트 양성반응을 확인한 뒤 열흘가량 아팠는데, 출혈이 시작되자마자 신기하게도 유방 통증이 씻은 듯이 없어졌기 때문이다. 그때 친정에서 키우는 강아지가 품에 뛰어든 적이 있다. 순간 '아아, 안 되는데. 지금 너무 아픈데!'라는 생각이 스쳐 지나가며 눈이 질끈 감겼다. 그런데 예상 외로 전혀 아프지 않았다. 내심 깜짝 놀랐다.

'아, 유방 통증이 임신 때문이었던 게 맞구나. 지금 유산이 진행 중인 거구나.'

그래서 유방이 다시 아프기 시작한 그날 바로 임신 테스트를 해봤다. 결과는 예상대로 양성이었다. 다음 날도, 또 그 다음 날도 출근 전에 임신 테스트를 했다. 시험선의 색깔이 점점 진해졌다. 좋은 징조였다. 소변 속 임신 호르몬의 농도가 점점 진해지고 있다는 뜻이었으니까. 한 번 경험이 있었기 때문에 참을성 있게 2주를 기다렸다가 병원을 찾았다. 임신 9주차가 되기 전에는 배 초음파가 아니라 질 초음파를 본다. 질을 통해 들여다본 내 자궁 속에는 강낭콩처럼 생긴 아기집이 예쁘게 자리잡고 있었다.

"정상 임신입니다. 축하드려요."

임신이 됐다는 기쁨에 유방 통증은 잠시 의식 뒤로 밀려났

아기 말고 내 몸이 궁금해서

지만, 그 뒤로 내 유방은 예상치 못한 변화를 보이기 시작했다. 예민해질 대로 예민해진 유두는 옷이 스치기만 해도 비명을 질러댔다. 수시로 찌릿찌릿해서 얼굴이 찌푸러졌다. A컵 가슴은 하루가 다르게 커져서 나중엔 B컵 브래지어도 갑갑하게 느껴졌다.

이 모든 변화를 일으키는 범인은 호르몬이다. 가슴에는 지방과 혈관, 신경 외에도 모유 생성을 담당하는 '유선'이 있다. 유선 조직이 약 65%, 지방 조직이 약 35%를 차지한다. 각 유선에는 약 20개의 '엽lobe'이 있고, 각 엽은 다시 여러 개의 '소엽'으로 이루어져 있다. 그리고 소엽 안에 '유포'가 포도송이처럼 모여 있다. 이곳에서 모유가 합성된 뒤 유관을 따라 젖꼭지로 배출된다. 임신 중 급증하는 프로게스테론, 에스트로겐 호르몬의 영향으로 유포의 개수와 크기가 늘어나고 유관이 발달한다.

초음파 영상으로 수유 중인 21명의 유방 내부를 관찰한 연구에 따르면, 유두 근처에 있는 주요 유관의 개수는 왼쪽 가슴과 오른쪽 가슴이 각각 평균 9.6개, 9.2개였다.[1] 그리고 주요 유관의 평균 지름은 왼쪽과 오른쪽이 각각 1.9mm, 2.1mm였다. 유관의 경로는 무척 다양하고 복잡해서 일부 해부학 그림과 달리 방사형 패턴으로 체계적으로 배치되어 있지 않다고 한다.

1840년 《유방 해부학》을 쓴 영국의 외과 의사 애스틀리 쿠퍼 Astley Cooper는 유관을 나무의 얽힌 뿌리에 비유했다.

호르몬으로 인한 유방의 변화는 임신 전에 비해 얼마나 늘어난 걸까. 오스트레일리아에서 산모 8명을 대상으로 유방의 부피 변화를 추정한 연구에 따르면, 임신 전부터 수유 첫 한 달까지 각 유방의 부피 증가량은 평균 190.3mL였다고 한다.[2] 이 상태가 수유 6개월까지 유지됐다고. 각 유방 안에 200mL 우유 팩을 거의 채울 만한 양의 조직이 들어차 있는 셈인데 아프지 않을 리가 없다. 임신 초기 유선 조직이 늘어나면서 이곳저곳 신경을 건드릴 터였다.

또, 임신 전 유방의 평균 무게는 450g이 약간 넘지만 임신 말기엔 두 배로 늘어날 수도 있다고 한다.[3] 약 900g에 달하는 무게다. 어쩐지 가슴이 답답하고 목과 어깨도 아프더라니. 유방이 커지면서 일상생활에 불편함을 느끼던 나는, 어느 날 아내 가슴이 커졌다고 신기해하는 남편에게 버럭 화를 냈다.

"당신 목에 1L짜리 우유 한 팩을 매달고 다닌다고 생각해보라구!"

임신을 하면 유방이 커진다는 사실을 익히 들어서 알고는 있

아기 말고 내 몸이 궁금해서

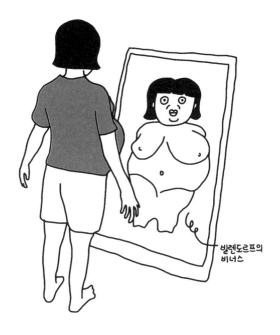

빌렌도르프의
비너스

징그러워… 침팬지 같아.
오, 나도 포유동물.
빌렌도르프 조각상은 분명 임산부를 보고 만들었을 거야.
우울해…

었지만, 시커멓게 변하는지는 몰랐다. 유두가 점점 커지면서 검게 변하며 앞으로 튀어나왔다. 유두 주변의 둥근 모양인 유륜도 색이 진해졌다.

머리카락, 눈동자, 검은 피부 등 우리 몸에서 어두운 색을 담당하는 멜라닌 색소는 피부 밑 멜라닌 세포에서 만들어지는데, 이 세포를 자극하는 호르몬이 임신 중에 많이 분비된다. 프로게스테론, 에스트로겐 같은 여성호르몬도 멜라닌 세포를 자극한다.

이 밖에도 다양한 변화가 뒤따른다. 임신 중 유륜 주변에 조그마한 종기 같은 게 생긴다고도 한다. 몽고메리 돌기montgomery's tubercle라고 불리는 이것은, 기름을 분비해서 유방을 보호하는 역할을 한다. 가슴 피부가 늘어나 트거나, 피부 바로 밑 혈관이 시퍼렇게 도드라져 보이기도 한다. 난 피부색이 검은 편이라 살면서 피부 밑 퍼런 혈관을 본 적이 거의 없는데, 유방이 부풀면서 혈관이 드러났다.

하루는 거울에 비친 임신한 내 몸을 보면서 오스트리아에서 발굴된 2만 5000년 전 '빌렌도르프의 비너스'라는 다산신의 조각상이 떠올랐다. 커다란 가슴과 터질 듯한 엉덩이와 허벅지를 지닌 이 조각상은(내 생각엔) 임신한 여성을 모델로 만든 것이틀림없었다. 거울 앞에 선 내 몸이 침팬지처럼 보이기도 했다. 나 역시 포유동물이란 사실이 불현듯 떠올랐다.

브래지어 컵 사이즈가 커진다는 데서 오는 쾌감도 없진 않았다(내 생에 이런 가슴을 갖게 되다니!). 그런데 이게 곧 죄책감으로 이어졌다. 사실 유방이 커서 좋은 건 여자들이 아니니까. 여자들조차 왜 유방을 보는 남성의 음란한(?) 시선을 갖게 되었을까? 유방이 작아도 모유는 잘만 나오는데 말이다. 아기에게 수유하는 기능만 생각하면 달걀 절반을 채울 정도의 젖샘이면 충분하니 굳이 커다란 유방은 없어도 된다고 한다.[4] 도대체 유방은 왜 일찌감치 커져서 정작 유방의 기능(모유 수유)이 진짜로 필요할 땐 그보다 두 배나 커져 여자들을 힘들게 하는 걸까?

다른 동물과 달리 인간의 유방만 항상 봉긋하게 유지되도록 진화한 게 성선택, 즉 유방이 남성이 배우자를 선택하는 기준이었다는 이론이 널리 알려져 있다. 유방에 대해 조사하기 훨씬 이전에 어디선가 언뜻 이런 이야기를 주워 들은 기억이 날 정도다. 하지만 이 이론은 더 이상 주류가 아니다.

미국의 인류학자 프랜시스 마시아-리즈Frances Mascia-Lees는 여성의 유방이 자연선택으로 진화했다고 주장한다.[5] 두꺼운 털이 없는 인류는 진화 초기 척박한 환경에서 살아남으려면 지방을 많이 저장해야 살아남을 수 있었는데, 지방은 에스트로겐 호르몬을 만들고 결과적으로 에스트로겐에 민감한 젖샘 조직이 모여 있는 유방이 부풀게 되었다는 것이다.

임신 30주차가 되자 유두에 하얀 각질이 생기기 시작했다. 인터넷을 검색해보니 유즙이라고 했다. 아주 소량이지만 모유가 나오기 시작한 것이다. 가뜩이나 유륜이 크고 검게 변해서 스스로 징그럽다고 여기고 있을 때였는데 모유가 나오기까지 하니 기분이 아주 묘했다. 아기를 낳기 일주일 전에는 유두 끝에 유즙이 방울방울 맺히기까지 했다. 그날 너무 놀라 "꺅" 소리를 질렀다.

그렇다고 모유가 바로 나오는 건 아니다. 젖 분비 호르몬인 프로락틴이 제대로 작동해야 비로소 모유가 나온다. 임신 중 프로락틴은 높은 농도를 유지하지만, 이때는 프로게스테론이 프로락틴의 모유 생성 능력을 억제하고 있다. 출산 뒤에 프로게스테론이 급격히 줄어들면 비로소 프로락틴이 작용하면서 초유가 생성된다. 어쨌든 프로락틴 농도는 늘 높기 때문에 어떤 사람은 임신 후기에 초유가 분비되기도 한다.

아이를 낳고 산후조리원에 있으면서 유방 통증 때문에 고생

아기 말고 내 몸이 궁금해서

하는 산모를 많이 봤다. 분만실 간호사를 20여 년간 했다던 조리원장에게 마사지를 받던 한 산모는 내내 아프다며 비명을 질렀다. 유관 중 어딘가가 막힌 모양이었다. 유선 조직에 염증이 생기면 몸살에 걸린 것처럼 열이 나고 항생제를 처방받는 경우도 많다. 막힌 유선은 어쨌든 뚫어야 하는데, 바늘로 찌르는 듯한 고통을 참고 마사지를 받거나 아이에게 그냥 젖을 물리는 게 대책이라고 한다.

나는 운 좋게도 아기가 9개월이 되도록 젖몸살을 알아본 적이 없다. 그렇다고 모유 수유가 수월했던 건 아니다. 밤이고 낮이고 두 시간마다 아기를 먹이는 일에 따르는 버거움은 모유 수유나 분유 수유나 매한가지지만, 모유 수유만의 어려움이 있다. 아기가 얼마나 먹는지 알 수 없다는 것이다. 분유 수유는 아기가 먹는 양을 밀리리터로 잴 수 있지만 모유 수유는 아기가 어느 쪽 유방을 몇 분 동안 빨았는지 기록하는 게 전부다.

사정이 이러하니 모유 수유를 하면서 온갖 괴로움에 직면한다. 내가 아기를 제대로 먹이고 있는 건지, 아기는 하루에 얼마나 먹고 있는 건지, 이렇게 작고 연약한 아기를 내가 굶기고 있는 건 아닌지, 상담사는 30분가량 먹여야 한다고 했는데 왜 아기는 가슴 한쪽을 채 다 비우지 못하고 10분 만에 잠이 드는 건지, 발바닥을 누르고 귀를 꼬집어도 왜 아기는 깨지 않는 건지, 그사이 가슴은 왜 이토록 불어나고 아픈 건지, 스치기만 했는데 젖은 왜 줄줄 새는 건지 (혹은 좋다는 건 다 먹었는데 모유는 왜 안 나오는 건지), 아기는 아직 이도 없는데 유두엔 왜 상처가 나는 건지. 그래서 산후조리원 대부분이 유방 마사지를 서비스로 제공하고 모유 수유 상담도 해준다. 모유 수유가 그만큼 쉽지 않다는 뜻이다.

아이를 낳고 6개월쯤 되자 흥미롭게도 수유를 계속하는데도 불구하고 유방 크기가 임신 전으로 돌아갔다. 앞서 소개한 수유 중인 산모 8명을 조사한 연구에 따르면 가슴 한쪽당 24시간 모유 생산량은 평균 453.6g, 저장량은 평균 209.9mL인데, 6개월 뒤엔 유방의 부피와 모유 생산량, 저장량이 모두 감소했다고 한다.[6] 아마 이때부터는 아기가 이유식을 먹기 시작하면서 모유를 전보다 많이 먹지 않기 때문일 것이다. 하지만 모유 수유를 한 지 15개월 뒤에 유방이 임신 전의 크기로 돌아갔음에도 24시간 모유 생산량이 208g으로 상당했다고 한다(한국에서는 보통 육아휴직이 끝나고 복직하는 시기 또는 산후 1년쯤 됐을 때 모유 수유를 인위적으로 중단하는데, 수유를 유지한다면 젖은 계속 나온다). 연구팀은 유방 조직이 재분배되면서 유방의 효율성(단위 유방 조직당 모유 생산량)이 증가했기 때문이라고 밝혔다.

유방만 해도 임신과 출산으로 이토록 많은 변화를 겪는다. 인체의 신비가 놀라운 한편, 임신과 출산을 겪은 이의 유방은 임신 이전으론 결코 돌아갈 수 없다는 게 이해가 된다. 그래서일까, 앞뒤 맥락 없이 모유 수유를 강요하는 사람을 만나면 마음이 삐거덕삐거덕 비뚤어지곤 한다.

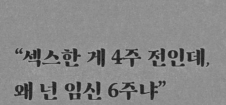

"섹스한 게 4주 전인데,
왜 넌 임신 6주냐"
임신 주수

"남편이 '섹스한 게 4주 전인데, 왜 넌 임신 6주냐'고 묻더군요. 제가 아무리 그게 맞다고 해도 믿질 않더라고요. 나중에 의사가 설명하니까 겨우 받아들였어요. 임신 주수 계산이 어렵다 보니 남자들은 오해할 수 있을 것 같아요."

여성 커뮤니티를 둘러보다가 소름이 돋았다. 임신 주수를 묻는 글에 달린 댓글이었다. 짧은 댓글만으로는 부부가 어떤 뉘앙스로 무슨 대화를 했는지 구체적으로 알 수 없었지만, 임신에 대해 잘 모르는, 어쩌면 자세히 알아볼 생각조차 하지 않는 남편을 향한 글쓴이의 답답함이 십분 드러나 있었다.

나도 임신 전에는 막연히 수정되는 순간부터 열 달간 아이를 품는 건 줄 알았다. 임신을 준비하면서 그게 아니라는 걸 '다시' 알게 됐다(중·고등학교 생물 수업이나 보건 교육 시간에 분명히 한번쯤 배웠을 것이다. 그래야만 한다). 이론적으로 마지막 생리 시작일을 임신 0주차 0일로 본다. 흔히 열 달간 아이를 품는다고들 하지만, 인간의 임신 기간은 열 달이 채 안 되는 40주(280일)다. 즉

40주차 0일이 분만 예정일이 된다.

임신은 분명 난자와 정자가 수정하는 순간부터인데, 왜 배란일보다 2주나 앞선 마지막 생리 시작일을 임신 시작일로 보는 걸까. 곰곰이 생각하다가 갑자기 혼자만의 깨달음을 얻었다.

'우아, 난자가 임신을 위해 준비하는 시간까지 임신 기간에 포함하는 거구나!'

과연 그럴까? 여성은 태어날 때부터 난소 속 원시난포 안에 난자를 갖고 있다. 그런데 이 난자들은 아직 덜 자란 상태다. 정확하게 말하면 제1감수분열 전기에 멈춰 있다(우리 몸의 다른 체세포와 달리 난자와 정자 같은 생식세포는 두 번 감수분열 해서 염색체를 절반인 23개로 줄여야 한다. 그래야 둘이 만났을 때 원래대로 46개의 염색체를 갖게 되기 때문이다). 마지막 생리 시작일로부터 약 2주간 20~30개의 원시난포가 다시 성장하기 시작하고 그 안의 난자도 '성장'한다.

그 뒤 생식샘을 자극하는 황체 형성 호르몬에 의해 난자가 난포 밖으로 나온다. 임신이 가능한 배란일이다. 이때 난자는 멈추고 있던 제1감수분열을 다시 시작해 제2감수분열 중기까지 마친다. 그리고 나서 기다린다. 수정 능력은 약 12~24시간 동안 유지된다. 이 시간 안에 정자와 만나는 데 성공하면 수정이 이루어지는데, 그 순간에 난자는 제2감수분열을 마치게 된다. 여기까지가 난자의 '성숙' 과정이다. 이를 무사히 마쳐야 이후 배아 발달이 정상적으로 이루어진다.[1]

난자의 성장과 기다림, 성숙 과정을 임신 기간에 포함한다는 사실이 어쩐지 짠하게 느껴졌는데(쓸데없이 감성적인 것 또한 호르몬 때문일까), 이 이야기엔 반전이 있었다. 내 짐작이 보기 좋게 틀렸던 것이다. 산부인과 의사에게 들은 이유는 아주 단순했다.

"난자와 정자가 만나 수정되는 순간을 사실상 알기 어렵기 때문입니다."

마지막 생리 시작일을 기준으로 임신 주수를 센 지는 적어도 200년 이상이 됐다고 한다. 19세기 산과 의사 프레데리히 네겔 Frederich Naegele은 마지막 생리 시작일에서 3개월을 뺀 뒤 7일을 더함으로써 간단하게 분만 예정일을 계산할 수 있는 네겔 법칙을 만들었다.[2] 예를 들어, 마지막 생리 시작일이 10월 3일이었다면 여기에서 3개월을 뺀 '7월', 3일에 7을 더한 '10일'이 분만 예정일이 된다.

그런데 이건 어디까지나 이론이다. 이 계산법에는 마지막 생리일로부터 정확히 14일 뒤 배란이 일어난다는 전제가 깔려 있다. 현실은 다르다. 여성들의 생리주기가 교과서처럼 28일로 일정한 게 아니기 때문이다(모든 여성의 생리주기가 칼같이 28일로 맞는 줄 아는 사람도 많다고 한다. 친구 J는 "여직원의 보건휴가 주기를 역추적해서 '왜 규칙적이지 않냐, 거짓말하는 거 아니냐'고 추궁하는 남자 직장 상사의 태도에 경악을 금치 못했다"는 이야기를 들려줬다).

실제로는 28일보다 더 짧거나 더 긴 사람도 있고, 생리주기가 규칙적인 사람이라도 몸 상태에 따라 들쭉날쭉하기도 한다. 이론적으로 배란은 마지막 생리 시작일로부터 14일째에 일어나는데, 이보다 늦거나 빠른 사람도 있다. 소변에서 검출한 에스트로겐과 프로게스테론의 비율 변화를 측정한 한 연구에서는 217명의 피험자, 418회의 생리주기를 대상으로 삼았다. 황체기(배란 후 남아 있는 여포가 황체로 변하는 시기) 범위는 7~19일로 다양했고 10% 여성만 14일째에 배란했다.[3]

게다가 임신 진단을 받으러 온 여성들은 마지막 생리 시작일을 5, 10, 15, 20, 25 등으로 대답하는 경향이 있었다고 한다.[4] 특히 15일로 응답한 여성이 많았다. 이는 여성들이 마지막 생리 시작일을 정확히 모르는 경우가 많고, 이때 날짜를 반올림해서 응답했다고 볼 수 있다. 마지막 생리 시작일을 기준으로 분

아기 말고 내 몸이 궁금해서

만 예정일을 추정하는 게 신뢰성이 떨어질 수 있다는 것이다.

그래서 임신 초기에 병원을 찾으면 담당 의사가 질 초음파로 아기집이나 태아의 크기를 재서 대략적인 임신 주수를 파악한다. 수많은 연구를 통해 임신 주수별 태아의 성장 차트가 만들어졌고 계속 업데이트되고 있다. 임신 초기에는 태아의 머리 꼭대기부터 엉덩이까지의 길이를 주로 이용한다.[5] 병원에서 초음파를 볼 때 담당 의사가 화면에 나타난 태아의 각 신체 부위를 클릭하자 길이가 자동으로 측정되곤 했다. 이때 프로그램에 내장된 태아의 성장 차트와 비교해 임신 주수가 자동으로 산출된다.

책꽂이에 잠자고 있던 임산부 수첩과 임신출산확인서를 오랜만에 꺼내 봤다. 구글 캘린더에서 마지막 생리 시작일을 찾아냈다. 10월 13일. 임신테스트기로 두 줄을 확인하고 병원을 처음 찾은 게 12월 2일. 12월 16일까지만 하더라도 병원에서 알려준 나의 임신 주수는 이론대로 9주 1일차였다. 4주 뒤인 1월 13일에는 13주 1일차여야 했다. 그런데 그날 배 초음파를 본 담당 의사가 내게 내린 진단은 임신 12주 1일차였고, 이에 따라 40주 0일차가 되는 7월 27일이 분만 예정일로 정해졌다.

임신 주수에 대한 이야기를 꺼내자, 결혼과 동시에 아기를 가진 후배 혜린이 곤란했던 경험을 들려줬다.

"허니문 베이비라고 하면 '주수 따져봤더니 안 맞더라. 속도위반 아냐?'라고 말하는 사람들이 있었어요. 어찌나 화가 나던지. 심지어 임신 기간은 280일이라 사람들이 생각하는 '10개월'과 비교하면 차이가 확연하니, 모르는 사람들은 오해하기 딱 좋죠."

임신 기간은 왜 280일로 보는 걸까. 통계를 내보니 마지막 생리 시작일로부터 40주가 되는 날 출산을 가장 많이 해서 그렇게 분만 예정일을 정하게 됐다는 게 일반적인 설명이다.

정말 그런 통계가 있는지 궁금해 찾아보다가 2,965명의 분만일을 조사한 1967년 논문을 발견했다.[6] 마지막 생리 시작일로부터 출산까지 기간은 39주가 13.02%, 40주가 25.13%, 41주가 27.59%, 42주가 13.39%였다. 놀랍게도 52주 이후에 출산한 경우도 2명이나 있었다. 생각보다 차이가 크지 않았고, 심지어 40주차보다 41주차에 분만한 사람이 더 많았다. 또, 제일병원 산부인과 연구팀이 2012년 한 해 동안 자연 진통으로 질식분만(자연분만)을 한 국내 임산부 3,228명을 조사한 결과에 따르면 임신 39주차에 가장 많이 분만했다고 한다. 분만 예정

아기 말고 내 몸이 궁금해서

일에 출산한 경우는 5.5%에 불과했다고.[7]

결국 분만 예정일은 분만을 예측해주지 못한다. 그래서 여성 커뮤니티에는 "나올 날은 아기가 정하는 것"이란 말이 떠돈다.

신뢰성이 떨어지는 것치곤 분만 예정일은 임산부에게 압박으로 작용한다. 확정적인 어감 탓에 이 날짜가 지나도록 아기가 태어날 기미가 보이지 않으면 임산부는 불안해한다. 이 때문에 "예정일due date이 아니라 추정일estimated date이라고 해야 한다"고 주장하는 전문가도 있다.[8]

나는 41주가 다 되도록 소식이 없었다. 막달 검진을 갈 때마다 의사와 간호사가 웃으며 말을 건넸다.

"하하하. 왜 또 해사한 얼굴로 진료실에 들어와요?"

"배 부여잡고 올 줄 알았는데 또 멀쩡히 걸어왔네요?"

"7월 예정 산모 중에 혼자만 여태 남았어요."

사실 분만 예정일보다 몇 주 앞서거나 몇 주 지나더라도 별다른 이상이 발견되지 않았다면 건강한 아기를 출산할 수 있다. 그러나 그런 말을 자꾸 듣다 보니 슬슬 조바심이 났다. 태아를 내려오게 한답시고 땀을 뻘뻘 흘리며 짐볼을 타거나, 쪼그려 앉아 걸레질을 했다. 물론 별다른 효과는 없었던 것 같다.

여담인데, 그 기간 동안 "배 안에 있을 때가 좋은 기다"라는 말을 지겹게 들었다. 118년 만의 기록적인 폭염이라는 그해 여름에 산만 한 배를 해가지고는 헉헉대며 뒤뚱뒤뚱 걷던 때라, 그런 말을 들을 때마다 부아가 치밀었다. 육아가 상상 이상으로 힘들단 이야기야 수없이 듣긴 했지만, 배 속에 더 넣고 다닌다고 애를 안 낳을 것도 아니고 앞으로 닥칠 육아가 쉬워지는 것도 아니잖은가. 아기만 건강하다면 차라리 빨리 낳아 임신 기간을 하루라도 줄이는 게 임산부에겐 더 나은 일이 아닌가 싶었다. 위로도 아니고 조언도 아닌 그 말은 뭐랄까, '내가 해봤는데 네가 뭘 몰라서 하는 소리다'처럼 들려서 기분이 좋지 않았다.

오해도, 그에 따른 고통도 있지만 임신 주수를 계산하는 건 매우 중요하다. 태아가 제대로 크고 있는지 판단하는 기준이자 중요한 단계를 결정하는 데 참고가 되기 때문이다. 예컨대, 선천성 기형 같은 위험에 대한 임신 초기 혈액 검사를 해석하려면 임신 몇 주차인지 알아야 한다.

임산부를 위한 각종 제도도 임신 주수를 기준으로 설계된다. 예를 들어, 임산부 단축근무 제도가 있다. 2019년 기준 임신 12주 이하, 36주 이상 노동자는 유급으로 매일 2시간씩 단축근무를 할 수 있다.

아기 말고 내 몸이 궁금해서

나는 단축근무를 못 했다. 나뿐만이 아닐 것이다. 회사에 단축 근무를 신청하려면 임신확인서가 필요하다. 진단하는 의사마다 조금씩 차이는 있는데, 보통 초음파로 아기집을 확인하는 임신 5~6주는 돼야 받을 수 있다. 게다가 현실적으로 임신 12주까지는 유산율이 높아 임신 사실을 회사에 알리기가 어렵고, 36주면 출산 한 달 전 출산휴가에 들어가는 시기다. 유명무실한 제도란 이야기다(다행히 2020년에는 임신 주수에 상관없이 전 기간 단축근무를 허용하기 위해 현재 고용노동부가 논의를 진행 중이라고 한다. 얼마나 많은 사업장에서 시행할지 모르겠지만).

그런데 이런 제도가 있다는 걸 회사에 알리자 담당자가 "그럼 임신 주수는 어떻게 확인하나?"라고 되물었다. 제도의 필요성에 공감한다기보다 꼭 현행 제도만큼만 편의를 봐주겠다는 말로 들려 씁쓸했다.

'아, 역시 제도가 다는 아니구나. 사람의 인식은 제도를 넘어설 수가 없구나.'

술도 못 먹는데 숙취라니,
억울해서 울 뻔했다
입덧

임신테스트기로 임신을 확인한 그 다음 주부터 바로 입덧이 시작됐다. 입덧은 임산부의 80%가 겪는 만큼 임신의 대표 증상으로 꼽히지만, 이렇게 일찌감치 시작되는 줄 몰랐다. 알아보니 임산부 대부분이 마지막 생리 시작일로부터 4주에서 7주 사이에 구역질과 구토를 겪는단다. 임신 11~13주차에 심하고 대부분 12~14주차 무렵에 사라지지만, 10%는 임신 20주차까지 지속된다고 한다.[1]

임신 전엔 몰랐는데, 입덧이라고 다 같은 게 아니었다. 음식 냄새만 맡으면 구토를 해서 아무것도 먹지 못하는 '토덧'과 달리, 나는 공복일 때 메슥거리고 울렁거리는 느낌이 심했다. 배에 탄 듯 출렁출렁, 세상이 빙빙 돌았다. 빈속에 독한 약을 들이켠 기분이었다.

아, 그보단 이 비유가 더 적절할 것 같다. 술을 진탕 퍼마시고 취해서는 집에 가는 막차를 탔을 때, 또는 다음 날 아침 늦잠 자는 바람에 술이 덜 깬 상태로 택시 타고 출근할 때. 숙취는 잠, 똥, 물 '삼총사'의 도움을 받거나 하루가 지나면 깨기라도 하지, 입덧은 기약도 없었다. 몇 주씩이나 숙취에 시달리는 느낌이었다. 임신해서 술도 못 먹는데 숙취라니, 너무 억울해 눈물이 다 날 지경이었다.

하루는 배고픈 상태로 지하철을 타고 퇴근하다가 혼이 났다. 속이 메슥거리고 식은땀이 나기 시작하면서 서 있기조차 힘들었다. 숨도 잘 쉬어지지 않아 '이러다 쓰러지겠다'는 공포감이 몰려오는 찰나, 뭔가 이상한 낌새를 눈치 챈 앞 사람이 자리를 양보해줘 다행히 위기를 넘길 수 있었다. 자리에 앉은 지 몇 분 안 되어 호흡이 진정됐는데, 서글프게도 그때 내가 했던 생각은 '자리를 양보해준 사람이 내가 꾀병 부린 거라고 생각하면 어떡하지……'였다. 그러고도 꽤 여러 날, 금방이라도 쓰러질 것 같아 지하철 계단에서 주저앉곤 했다. '교통 약자'가 되고 보니 지하철은 무시무시한 공간이었다.

나는 그나마 양호한 편이었다. 이수진 씨는 임신 6주쯤부터 구역질을 하기 시작하더니 음식 냄새, 특히 밥 냄새는 맡기만 해도 구토를 했다고 한다.

"안 먹을 수도, 먹을 수도 없다는 게 너무 괴로웠어요. 아침에 노란 위액을 토하면서 하루를 시작했죠. 어느 날은 토할 때

피도 섞여 나오더라구요. 수액을 맞아도 그때뿐, 잠 드는 순간에만 그 고통을 잊을 수 있었어요."

비단 음식 냄새에만 그런 게 아니었다. 수진 씨는 차만 타면 구토를 했다고 한다. 어느 추운 겨울날 회사까지 자동차로 고작 5분 거리를 운전하면서도 구토가 나와 차를 한쪽에 세워놓고 덜덜 떨며 토한 걸 치우면서 울었다. 출퇴근도 이런 판에 출장은 꿈도 꿀 수 없었다.

나는 사람들의 체취가 괴로웠다. 정말 미안한 이야기지만 평소엔 참을 만했던 옆에 앉은 직장 동료의 체취에도 입덧을 했다. 정말이지 내 의지와 조금도 상관없는 일이었다. 향수, 샴푸, 바디클렌저 냄새에도 구역질이 났다. 치약 냄새만 맡아도 구역질이 나서 양치를 못하는 사람도 있다. '양치덧'이라고 한다. 임신을 하면 호르몬 변화로 잇몸 벽이 얇아지고 치주질환이 생기기 쉬운데, 양치덧은 그야말로 엎친 데 덮친 격이다. 최악은 '침덧'. 자기 침을 못 삼킨다.

반대로 특정한 음식이 엄청 당기기도 한다. 여름에도 뜨거운 커피를 마실 정도로 찬 걸 잘 먹지 못했는데, 임신 중에는 그 추운 겨울날 출근길마다 얼음 가득한 음료를 사 먹었다. 입안이 깔깔해져서다. 동료들이 다들 "안 춥냐"며 놀라워했다.

한겨울 새벽에 어느 단골 가게 김치가 먹고 싶은 통에 남편이 굳게 닫힌 셔터를 두드려 결국 김치를 얻어왔다는 이야기가 도시전설(?)처럼 내려오는데, 정말 그 심정을 이해하고도 남는 일이 있었다. 어느 날 새벽 3시에 눈이 떠졌는데 흰 쌀밥에 시원한 열무김치 생각이 간절했다. 잠은 완전히 달아나버렸고 '열무김치 하나, 열무김치 둘, 열무김치 셋'을 헤아리다가 결국 일어나 쌀을 씻어 안치고 냉장고에서 열무김치를 꺼내 정신없이 먹었다. 몇 시간 뒤면 출근해야 했는데도 말이다. 이렇게 뭘 자꾸 먹는 입덧을 '먹덧'이라고 부른다.

이 이야기를 들은 선배 Y는 의구심을 드러냈다.

"아무리 임신했기로서니, 심리적인 거 아냐?"

나 스스로도 왜 이런지 몰라 적당한 말을 찾지 못했다. 그런데 며칠 뒤 의사인 선배의 남자친구가 이렇게 말해 설득 당했다고 했다.

"Y, 넌 호르몬을 너무 과소평가하고 있어."

그 말을 듣고 보니 인간사 희로애락은 다 호르몬에서 비롯된다는 생각이 스쳤다. 가족, 연인, 반려동물에게서 느끼는 행복감은 옥시토신 호르몬이 중요한 역할을 한다. 도박중독, 음식중독, 알코올중독, 니코틴중독 같은 온갖 중독은 도파민 호르

이게 제가 먹는 게 아니고요.

호르몬이 먹는 거예요.

새벽 세 시만 되면 열무김치 생각이,

쩝쩝

먹덧이라고 하죠.

입덧이라고요.

냠냠

아직 아기 배가 아니고

제 배예요.

몬이 주범이다. 이걸 해결하지 못해 정부는 매년 엄청난 돈을 퍼붓는다. 우리는 허기를 유발하는 그렐린이라는 호르몬의 유혹을 이기지 못해 평생 체중을 관리한다. 안면홍조나 부정출혈 같은 갱년기 증후군은 기본적으로 호르몬 변화가 그 원인이다. 이쯤 되면 인간은 유전자의 노예가 아니라 호르몬의 노예라고 해도 지나치지 않다. 그렇다면 입덧의 원인도 임신 중 급변하는 호르몬 때문이 아닐까?

실제로 임신 초기에 급증하는 인간 융모성 생식선 자극 호르몬hCG 및 여성호르몬과 입덧의 상관관계를 밝히려는 연구가 많다.[2] 그러고 보니 내 경우 경구 피임약을 먹었을 때 비슷한 부작용을 느낀 적이 있었다. 피임약은 에스트로겐과 프로게스테론이 함유된 호르몬제로 결국 우리 몸을 '임신한 척'하게 만드는 거니까, 당시 나는 약한 입덧을 경험한 게 아닐까.

진화적으로는 입덧이 위험한 물질이나 독소로부터 모체와 태아를 보호하기 위해 생긴 적응이라는 가설이 있다.[3] 그래서 유산 위험이나 기형 발생 위험이 높은, 배아가 형성되는 임신 초기에 구토가 심하고, 고기나 달걀처럼 상하기 쉬운 음식을 못 먹는 임산부가 많다는 것이다. 나도 한 3개월간 육고기가 전혀 당기지 않았다. '저기압일 땐 늘 고기 앞으로' 가던 나였는데, 임신을 하고는 한동안 뻘건 생고기를 생각만 해도 메슥거렸다. 입덧을 겪은 여성이 유산율이 낮다는 연구 결과들을 보면 아주 근거 없는 이야기는 아닌 것 같다.[4, 5]

하지만 이런 관점은 조심해서 이해해야 한다. 입덧이 임신에 따른 '정상적인' 보호 기전이라고 강조하면, 삶의 질이 현격하게 떨어진 임산부를 제대로 치료하지 않는 결과를 가져올 수도 있기 때문이다.[6]

실제로 많은 사람이 입덧을 정상으로 여긴다. 임신을 하면 으레 입덧을 하는 줄로 알지만 그게 얼마나 힘든 일인지는 관심이 없다. 그러니 '힘들다' 하면 '뭐가 힘드냐'는 말이 돌아오고, 심지어 태아에게 나쁘다며 입덧 약을 못 먹게 한다는 하소연도 심심찮게 들려온다. 개인적으로 미디어에서 여자 등장인물의 임신 사실을 알리는 클리셰로 밥상 앞에서 구역질하는 장면을 하도 많이 보여준 탓이 크다고 생각한다. 입덧하는 여성의 고통에는 아랑곳하지 않고 그저 임신을 했다는 사실에 풍악을 울리는 꼴이다.

병원만 가면 입덧이 하루아침에 싹 사라지는 것도 아니다. 증상이 경미한 정도면 별다른 치료법이 없고 심한 경우에는 수액(포도당과 구토 억제제)을 맞기도 하지만, 그때뿐이라고 말하는 사람들이 많다. 일상생활이 불가능할 정도로 입덧이 심하면 병원에 입원하기도 하지만, 퇴원 후가 벌써부터 두려워진다고 말하는 사람이 많았다. 입덧의 발생 기작은 아직까지 정확히 밝혀지지 않았다. 많은 연구자가 입덧 약을 개발하고 있지만, 쉽지 않은 모양이다. 디클렉틴이라는 입덧 약이 가장 흔히 활용되고 이걸로 효과를 보았다는 임산부도 많은데, 최근 이 약이 위약(가짜 약)에 비해 뚜렷한 이점이 없다는 연구 결과가 나오기도 했다.[7]

수진 씨는 결국 임신 16주차에 휴직에 들어갔다. 지옥 같은 입덧은 20주차까지 이어졌다고 했다.

"공무원이라 그나마 산전 휴직을 쓸 수 있었어요. 차라리 일찍 휴직하는 게 피해를 덜 주는 거라 생각했습니다. 단축근무 제도는 눈치가 보여서 쓰지 못했고요. 일반 회사였다면 아마 퇴사했겠죠."

얼마 전 지하철 개표구 근처에서 쓰러져 토하는 여성을 봤다. "119 불러줄까요?"라는 주변 여성의 물음에 "괜찮아요"라고 또렷이 대답하는 걸 보니 술에 취한 것 같지는 않고 초기 임산부처럼 보였다. 근처를 지나던 여성들이 앞다퉈 휴지와 물티

아기 말고 내 몸이 궁금해서

슈를 건넸다. 수진 씨가 떠올랐다. 다들 옆자리 수진 씨를, 또는 자신이 수진 씨와 같았던 시절을 떠올렸던 건 아닐까. 오늘도 얼마나 많은 수진 씨가 흔들리는 버스나 지하철 안에서 괴로워하고 있을지, 자꾸만 안타까웠다.

꼬리뼈야, 제발 진정해!
릴랙신

"(간질간질간질) 으흐흐흐."

"아잉, 하지 마…… 악!"

퇴근 후 남편과 침대에 누워 텔레비전을 보고 있었다. 남편의 장난에 맞장구를 쳐주며 돌아누우려던 찰나 비명이 터졌다. 마치 빙판에 엉덩방아를 찧은 것처럼, 꼬리뼈 약간 오른쪽에 극심하고 날카로운 통증이 느껴졌다.

그날 이후 통증은 강도를 달리하며 하루에도 몇 차례씩 찾아왔다. 마치 내가 방심한 순간 꼬리뼈가 존재감을 뽐내는 것 같았다.

'나 여기에 있어! 잊지 않았지?'

임신 초기라 뭔가 잘못된 건 아닌지 걱정이 됐다. 인터넷 검색창에 '꼬리뼈 임'까지 입력했는데 놀랍게도 '꼬리뼈 임산부'가 자동 완성됐다. 같은 증상을 겪는 임산부가 많았다. 여성 커뮤니티에서도 마찬가지였다. 하루가 멀다 하고 "임신하면 원래 꼬리뼈가 이렇게 아픈가요? 이거 정상인가요?"라는 질문이 올라왔다. 친절한 선배 엄마들이 여기에 댓글을 달았다.

"아이고, 아파서 어떡해요. 그거 '환도 선다'라는 증상이에요. 저도 그랬어요. 출산하면 싹 사라지니까 조금만 힘내세요!"

환도라는 용어는 '고리 환(環) 자, 뛸 도(跳) 자'를 쓰는데, 한의사에게 직접 물어보니 환도는 혈(穴)자리란다. 엉덩이와 허벅지 사이 지점으로, 요통이 있을 때 주로 여기에 침을 놓는다고. '환도 선다'라는 말은 '환도가 서는 것 같은(?) 통증'이라는 말 같은데, 정확한 뜻이나 기원은 찾을 수가 없었다. 이 증상 자체를 '환도선다'라는 하나의 단어로 알고 있는 사람도 많았다. 용어가 뭐가 되었든 임신한 여성들이 호소하는 증상은 거의 같았다. 허리, 골반, 꼬리뼈 등이 움직이기 힘들 정도로 아프다는 거였다. 도대체 임신한 내 몸뚱이는 또 왜 이러는가. 논문을 뒤졌다.

연구 대부분이 임산부의 허리나 골반 부위 통증의 원인으로 릴랙신 호르몬을 지적하고 있었다. 릴랙신은 분만할 때 태아의 머리가 산도를 통과할 수 있도록 임신 초기부터 엄마의 각종 관절을 이완시키는 호르몬으로, 임신 중 열 배 증가한다. 예를 들어, 골반 앞쪽 정중앙에서 좌우 골반을 연결해주는 치골

아기 말고 내 몸이 궁금해서

결합의 정상 간격은 3.5~4mm인데, 릴랙신 호르몬의 영향으로 그 간격이 벌어져 출산 중에는 10~13mm까지 이완된다고 한다.[1] 끄악, 상상만 해도 아프잖아.

결국 허리와 골반부 여기저기에 기능부전과 통증이 나타난다. 심한 허리 통증으로 일을 그만둘 수밖에 없었던 임산부 79명을 정형외과에서 진단한 연구에 따르면, 요통의 가장 흔한 원인은 골반을 구성하는 뼈인 천골과 엉덩이뼈인 장골을 연결하는 부위인 '천장관절'의 기능 장애였다고 한다.[2] 배가 나오면 허리가 아플 줄 알았지, 임신 초기부터 호르몬 때문에 엉덩방아를 찧은 것처럼 아플 줄은 생각도 못했다.

돌아누울 때 통증이 컸던 이유도 찾을 수 있었다. 직장에 다니는 임산부 383명을 대상으로 설문조사를 한 국내 연구에 따르면, 임신과 관련해 불편감을 가장 많이 느끼는 경우는 나처럼 누워서 뒤척일 때가 39.7%로 가장 많았다.[3] 이는 임산부가 누우면 태아와 모체의 무게 때문에 혈관이 눌리고, 누운 자세에서 몸을 옆으로 돌리는 자세를 취할 때 등의 위쪽 근육이 긴장되는 것과 관련이 있다고 한다.

배가 불러오면서 통증이 심해졌다. 침대에서 몸을 일으켜 2m 앞에 있는 화장실에 가는 것도 힘들었다. 무거워진 몸과 릴랙신의 협주가 나를 순식간에 팔순 노인으로 만들었다.

지금은 돌아가신, 젊었을 적 일본에 잠시 살았던 덕에 미니스커트를 입고 다니기도 했다는 할머니는 쪼글쪼글해진 뒤로는 방바닥에 앉아 있다가 일어나기까지 시간이 한참 걸렸다. 엎드려서 양 무릎과 양손으로 바닥을 짚고 양 무릎을 차례대로 펴서 엉덩이를 하늘 높이 든 뒤, 주변의 거실 장이나 테이블 같은 가구를 짚고 허리를 세웠다.

꺼진 텔레비전의 시커먼 화면 속 나와 눈이 마주쳤던 날을 기억한다. 내가 딱 할머니가 했던 그 자세로 방바닥에서 일어나고 있었다. 할머니의 늙음이 늘 애잔했는데…… 하루하루가 괴로운 날들이었다.

병원에서는 '임신으로 인한 매우 정상적인 통증' 정도로 설명했다. 통증이 날이 갈수록 심각해지면서 산부인과 담당 의사와 상담했지만 친절한 의사는 모든 걸 다 안다는 듯이 고개를 끄덕거리며 "정상입니다"라는 말만 반복했다.

'아니 의사 양반, 이게 무슨 소리요. 나 아프다니까……. 제대로 걷지 못할 정도라면 치료해줘야 하지 않나요?'

나를 안쓰럽게 본 남편은 계속 물었다.

아기 말고 내 몸이 궁금해서

"제가 마사지를 해주면요?"

"손이 닿는 부위는 아니라서 아마 거의 효과가 없을 겁니다."

"스포츠 테이핑은 어떨까요?"

"그게 심리적으로 위안이 되신다면야……."

결국 집에 와서 팬티만 입은 채 굴욕적인 자세로 남편에게 스포츠 테이핑을 받았지만, 효과는 그다지 없었다. 연구에 따르면 임산부 대부분은 요통을 정상적인 임신 과정으로 수용하고 통증을 특별히 관리하기보다는 그냥 참는다고 한다.[4] 그럴 수밖에. 병원에서 정상이라고 하는데. 하지만 통증이 심할수록 정신적 건강장애 점수가 높을 수밖에 없다. 이를 방치해 출산 후 만성 요통으로 진행되는 경우도 많다. 그럼에도 불구하고 우리 현실은 이를 산후풍 정도로 간과한다.

임산부는 왜 통증이 있는 상태가 정상으로 간주되는 걸까. 누군가의 말처럼, 정말 임산부는 현대 의학이 버린 몸일까.

임신하면 정말 면역력이 떨어질까?
면역

임신을 한 뒤 가장 큰 걱정은 각종 질병이었다. 임신하기 전까지 내 몸은 그야말로 잔병 모음집이었다. 5년째 계속되는 자발적 야근에 주말 근무, 마감, 마감 뒤 새벽 3~4시까지 갖던 술자리 등으로 몸 상태가 그야말로 엉망진창이었다. 감기를 달고 살았고 계절성 비염과 각종 피부질환에 시달렸다. 심지어 대상포진도 나를 비껴가지 않았다. 그때 의사가 이렇게 말했다.

"이제 그렇게 막 살면 안 되는 나이예요. 서른 넘으면 시작입니다."

그런 몸뚱이로 임신을 한 것이었다. 임신 초기 나의 미션은 명확했다. 아프지 않는 것. 가장 먼저 잘 먹어야 한다는 생각이 들었다. 집안 곳곳 손닿는 곳에 견과류며 각종 티백, 에너지바, 과일칩, 쌀과자 같은 걸 배치해두었다. 간식 좋아하는 남편이 신나서 거들었다. 아침밥을 챙겨 먹긴 해야겠는데 생전 안 먹던 아침밥을 해먹을 시간은 없었던 터라, 냉동 볶음밥을 쟁여놓고 하나씩 데워먹곤 집을 나섰다. 사무실 공기가 너무 건

조해서 텀블러를 가져다 놓고 하루 종일 물을 벌컥벌컥 들이켰다. 발포 비타민을 넣어 먹는 것도 잊지 않았다.

위생에도 신경 썼다. 한겨울인데도 미세먼지 때문에 온 나라가 난리였고, 미세먼지가 면역력이 떨어진 임산부는 물론이고 태아에까지 악영향을 준다는 연구 결과만 자꾸 눈에 들어왔다. 일회용 마스크 열 개들이 스무 박스를 주문해 쌓아두었다. 이뿐이랴. 하루에 열 번도 넘게 손을 씻었다. 되도록 사람 많은 곳에는 가지 않았다. 눈에 쌍심지를 켜고 깔끔을 떨었다.

그 좋다는 '충분한 수면'을 위해 밤 9시만 되면 잠자리에 들었다(이건 내 의지가 아니긴 했다. 임신한 뒤부터 종일 잠이 쏟아졌다). 이 사이클을 유지하기 위해 부단히 노력했다. 솔직히 회사에 출근해 퇴근하기 전까지 실제 업무를 하는 시간 외에 다른 일들로 소비하는 시간이 적지 않다. 전날 과음을 했다면 해장에 좋다는 음료를 사러 편의점에 한 번 더 가게 되고, 동료가 커피 한잔하자고 하거나 담배 한 대 피우자고 부르면 응하게 된다. 점심시간만큼은 내게 공식적으로 보장된 휴식 시간이므로 1시간을 꽉 채워 맛있는 걸 먹는다. 그게 나쁘다는 게 아니라, 융통성 있게 시간을 쓸 수 있었다는 말이다. 낮에 일을 다 하지 못하면 야근이라도 하면 됐으니까. 게다가 개인적으로, 그 같은 업무

아기 말고 내 몸이 궁금해서

외 일들도 회사 생활을 하는 데 필요한 또 다른 업무라고 생각했다.

하지만 임신을 하니 똑같이 생활할 수 없었다. 입덧이 심할 땐 눕고 싶다는 생각만 간절했으므로 되도록 야근하지 않고 제시간에 퇴근해 집에서 충분히 쉬어야 했다. 하지만 임신을 했다고 해서 업무량이 갑자기 줄어드는 건 아니니 업무 시간 내에 모두 소화해야 했는데, 그마저도 평소보다 훨씬 떨어진 컨디션으로 업무 효율을 바짝 올리려니 쉬운 일이 아니었다. 일단 앉아 있는 시간을 늘렸다. 정수기 앞에 한 번 덜 가고, 카페나 편의점에도 덜 갔다. 출근하면 휴대전화도 엎어둔 채 덜 보려고 노력했다. 웬만한 일이 아니면 점심 약속도 잡지 않았다. 하루 업무량을 정해놓고 그날 무조건 끝내기로 스스로 약속했다. 오후 5시쯤이면 느슨해지는 게 아니라 오히려 눈에 불을 켜고 1시간 안에 무조건 여기까지 끝내야 한다는 생각에 사로잡혀 머리와 손이 바빠졌다. 그렇게 회사에서는 1분도 허투루 쓰지 않고 토할 것처럼 일했다. 임신 전보다 더 열심히.

내게 이런 모습이 있는 줄 미처 몰랐다. 야근, 밤샘 노동(과 음주), 물처럼 들이키던 커피, 삼시 세끼 외식에 공기질 따위는 나 몰라라, 그저 털털한 게 미덕이지, 일만 잘하면 장땡, 이러면서 정작 자신을 돌보는 데는 소홀했다. 그러나 이젠 홀몸이 아니었다. 이래저래 귀찮은 거 투성이었지만 바른 생활을 해야 했다. 배 속 아기가 나를 자꾸 일으켜 세웠다.

하지만 아프지 않는 건 나 혼자 조심한다고 되는 게 아니었다. 특히 위생이 그랬다. 미세먼지 주의경보가 발령된 날에도 누군가는 본인이 답답하다는 이유로 자꾸 사무실 창문을 열어재꼈다. 출퇴근길 인도에는 왜 그리 담배 피우는 사람이 많은지. 한 직원은 내게 얼굴을 바짝 들이밀고 독감 확진을 받았다는 소식을 '소곤소곤' 전했다(나한테 왜?). 지하철에 앉아 있으면 앞에 서 있는 사람이 내 얼굴에 대고 기침을 해대는 경우도 허다했다.

임신을 하면 면역력이 떨어진다고 알려져 있다. 면역반응이란 기본적으로 내 것이 아닌 것, 그러니까 외부에서 온 바이러스나 박테리아 같은 병원균을 '적'으로 간주해 무찌르고 내 몸을 방어하려는 행위이다. 이런 면역반응을 일으키는 물질을 '항원'이라고 하는데, 태아의 태반 조직도 엄마 입장에서는 항원에 해당한다. 태아의 절반은 아빠에게서 왔기 때문이다.

그래서 임신이 정상적으로 유지되려면 모체의 면역체계가

태아를 공격하지 않도록 하는 조치가 필요하다. 이를 '면역학적 관용'이라고 한다. 만약 이게 깨지면 반복 유산, 조기 진통, 조산, 임신성 고혈압 등이 발생할 수 있다. 실제로 반복 유산(임신 20주 이전에 두 번 이상 자연적으로 임신이 소실되는 경우)은 전체 임산부의 약 1% 빈도로 보고되고 있는데, 이 중 면역학적 요인이 원인인 경우가 40%에 달한다고 한다.[1]

태아를 보호하겠다고 모체의 면역반응을 한없이 억제할 수는 없다. 모체가 감염에 취약해지기 때문이다. 그건 태아를 위해서도 바람직하지 않다. 그래서 아이를 가진 엄마의 면역체계는 '태아 보호'와 '모체 보호' 사이에서 아슬아슬한 줄타기를 한다. 그렇다면 임산부의 면역력은 얼마나, 어떻게 떨어진다는 걸까?

열심히 찾아봤지만, 임신했을 때 면역력이 얼마나 떨어지는지 수치로 명쾌하게 나타낸 연구는 없었다. 사실 당연한 결과였다. 일반에서 '면역력'이라는 이름으로 단순하게 부를 뿐, 사실 면역이란 엄청나게 복잡한 시스템이다. 면역반응에 참여하는 면역세포의 종류만 해도 T세포, B세포, 수지상세포, 자연살해NK세포, 그리고 면역반응 단계에 따라 이 세포들이 변한 세포들까지 엄청나게 다양하다. 취재 다닐 때 생명과학자들에게 늘 듣던 이야기가 "면역은 너무 복잡하고 어렵다"였다. 비(非)임산부의 면역반응도 아직 밝혀진 것보다 밝혀지지 않은 게 더 많은데, 하물며 임산부의 면역반응이라니.

대신 임신을 한 뒤 면역반응이 세밀하게 조절된다는 연구 결과들을 찾을 수 있었다. 예컨대, 면역학적 관용은 자궁이라는 국소 부위에서 일어난다. 2012년 《사이언스》지에 발표된 쥐를 이용한 실험 연구에 따르면, 자궁내막 세포는 수정란이 착상하더라도 염증을 유발하고 면역세포를 불러들이는 화학 신호를 생성하지 않았다. 연구팀은 자궁내막 세포에서 관련 유전자가 변형된 것을 발견했다.[2]

특정 면역반응은 오히려 임신 전보다 강화된다는 연구도 있다. 2014년에 발표된 연구에 따르면, 독감에 대한 임산부의 면역반응은 너무 강력해서 임산부에게 더 위험하다.[3] 실제로 2009년 H1N1 인플루엔자(독감) 바이러스 유행 당시 미국 전체 인구 중 임산부는 1%였던 데 반해 독감으로 인한 사망자 중 임산부는 무려 5%를 차지했다.

연구팀은 임산부와 임신하지 않은 여성에게서 혈액 샘플을 채취해 A형 인플루엔자 바이러스에 노출시켰다. 그 결과, 임산

아기 말고 내 몸이 궁금해서

부 혈액의 면역세포(자연살해세포와 T세포)가 비(非)임산부에 비해 훨씬 더 강한 면역반응을 나타냈다. 참고로 어떤 바이러스에 감염됐을 때 과도한 면역반응이 일어나면 자기 세포마저 공격 대상으로 인식해 숙주, 즉 환자를 사망에 이르게 할 수도 있다(에볼라 바이러스가 한 예다). 연구팀은 임산부에게 독감 예방 주사를 꼭 맞으라고 권했다.

2017년에는 임신 기간에 따라 면역 기능이 달라진다는 연구 결과도 나왔다. 연구팀은 '면역 연대기'를 밝히면 임신 관련 병리나 조산 징후를 예측할 수 있다고 기대했다.[4]

수많은 일하는 임산부가 임신 전보다 훨씬 더 부단히 노력한다. 입덧도 날마다 상태가 다르고, 어떤 날은 꼬리뼈 통증이, 어떤 날은 두통이 날을 세운다. 출근길 지하철에서 시달리는 건 누구나 매한가지겠지만, 임신을 하고 보니 몸이 훨씬 더 쉽게 피로해지는 것 같았다. 마치 출산 전까지 절대 낫지 않을 몸살 기운을 달고 다니는 느낌이었다. 임신 중 감정 기복이야 말해 무엇하리. 이렇게 예상치 못하게 변하는 컨디션 탓에 책임을 다하지 못하고 민폐를 끼칠까 봐 긴장을 늦추지 못한다. 혹은 일을 충분히 했는데도 사람들이 일을 덜 한다고 오해하는 건 아닐지 걱정한다.

　그런데 진짜 감기라도 걸리면 민폐를 끼치지 않겠다는 굳은 의지에 제동이 걸린다. 임산부에게 약을 쓸 수 없다는 통념과 달리 태아에게 해가 가지 않는 여러 약이 개발되어 있지만, 나를 포함한 많은 임산부가 병원을 찾지 않거나 처방대로 약을 먹지 않는다. 혹시 모를 단 1%의 해악에도 태아를 노출시키고 싶지 않아서다.

　어떤 약이든 부작용이 없을 수는 없다. 진통제에 눈과 발이 달려서 두통을 일으키는 부위에 정확히 도착해 작용하는 게 아니기 때문이다. 진통제를 삼키면 약물은 위장을 거쳐 혈액을 타고 온몸을 돌아다니게 되고, 몸 구석구석에 작용해 우리가 의도한 효과를 나타낸다. 그 과정에서 부작용, 즉 부차적 작용side effect이 반드시 나타난다. 그게 인체에 치명적인지, 그렇지 않은지, 혹은 부작용이 많은지, 적은지 하는 문제는 중요하다. 오히려 부작용이 전혀 없으면 그 약은 효과가 없을 가능성도 높다.

　사실 난 아프면 무조건 약을 먹어야 한다는 주의였다. 고통을 줄일 방법이 분명히 있는데, 그걸 쓰지 않는 게 의아했다. 하지만 임신을 하고 나니 '부작용 없는 약은 없다'는 사실이 자꾸 상기됐고, '이까짓 통증 정도는 참자'며 스스로를 다독였다. 사실 마음 깊은 곳에서는 의약에 대한 뿌리 깊은 불신도 있었던 것 같다.

'임상 실험 결과 태아에게 해가 없다고 나왔다던데, 혹시 실험 설계를 잘못한 건 아닐까?'

'치명적인 부작용을 아직 발견하지 못한 거면 어떡하지?'

'부작용 확률 0.01%? 나한테 벌어지면 100%잖아, 세상에!'

이 심리를 나도 정확히 표현하기는 어렵다. 그저 좋은 것만 먹고 싶고, 천연만 먹고 싶고, 상술이라는 걸 알면서도 유기농에 손이 가고, 약은 쳐다보기도 싫었다. 이런 나를 미련하다고 욕할 수 있을까? "유산방지제도 약인데 먹으면 안 좋겠죠?"라고 묻는 산모를 보면서, 나뿐 아니라 많은 사람이 의약품에 대한 이해가 부족하고 불신을 갖고 있다는 걸 실감했다. 산부인과를 가도 이런 궁금증에 대한 정확한 답을 얻기는 어렵고, 산부인과 외의 병원에서는 임산부 진료를 거부한다.

그러니 임신한 내가 택할 수 있는 가장 좋은 선택지는 그저 '아프지 않는 것'이었다. 이조차도 내 마음대로 되는 건 아니었지만.

'배테기'로 원하는 성별을
임신한다?
태아 성별

"빨리 오줌 좀 줘."

"뭐?"

"오줌 좀 달라고. 딸인지 아들인지 알아내야 한단 말이야!"

자다가 봉창을 두드려도 유분수지, 주말 벌건 대낮에 다짜고짜 오줌을 내놓으라는 통에 남편과 입씨름, 아니 (몸)씨름을 했다. 당장이라도 날 화장실에 밀어 넣고 강제로 오줌을 싸게 할 기세였다. 임산부의 소변에 베이킹소다를 넣었을 때 거품이 부글부글 '많이' 올라오면 아들이고 '적게' 생기면 딸이라나 뭐라나(이마를 짚는다). 콧구멍을 벌렁거리며 '미쳤냐'는 눈빛을 쏘아 주는 것으로 내 오줌보를 철벽 방어했다.

임신 8~9주차만 해도 '젤리곰'처럼 동글동글 굴러다니던 태아는(이때 정말 귀엽다!), 임신 12주차가 되면 대략 사람의 모습을 갖춘다. 머리와 팔다리가 뚜렷이 보이면서 '내가 정말 배 속에 한 인간을 키우고 있구나'라는 생각이 든다.

그래서인지 여성 커뮤니티에는 이때 찍은 초음파 사진과 함께 태아의 성별을 궁금해하는 글이 많이 올라온다. 이제 막 생기기 시작한 성기와 척추 사이의 각도를 보고 성을 판별하는 일명 '각도법'으로 알려달라는 이야기다.

나도 궁금해 찾아봤는데, 각도법 자체가 과학적으로 근거가 있는 정보는 아닌 것 같다. 일부 블로그에는 논문에 나온 정보라며 정말 논문에 실렸을 법한 초음파 사진과 영어로 된 각주를 그대로 캡처한 사진이 게시돼 있었다. 원출처를 찾아보려 했지만 결국 찾지 못했다. 경험상 수십 년 전에 딱 한 번 발표된 논문, 그러니까 검증되지 않아 폐기된 이론이거나 그나마 논문도 아닐 가능성이 높아 보였다.

어차피 16주차 무렵에는 초음파로 성기 모습을 알 수 있어서 의사가 넌지시 '엄마(아빠) 닮았네요'라고 알려준다(현행 〈의료법〉에서는 "의료인은 임신 32주 이전에 태아나 임부를 진찰하거나 검사하면서 알게 된 태아의 성을 임부, 임부의 가족 및 그 밖의 다른 사람이 알게 하여서는 아니 된다"라고 규정하고 있다. 하지만 요즘엔 성 감별 낙태가 거의 없어서인지 미리 넌지시 성별을 암시하는 경우가 많다).

'어차피 한 달만 더 있으면 알게 될 텐데 왜 저리 다들 안달을 할까.'

아기 말고 내 몸이 궁금해서

그러나 막상 내 일로 닥치고 보니 사람 심리가 그렇지 않았다. 나는 여태껏 아들이건 딸이건 크게 상관없다고 생각해왔는데, 임신 소식을 들은 지인들이 하나같이 성별부터 물어오고 '아직 몰라요'를 입에 달고 살다 보니 나도 정말 내 배 속 아이의 염색체가 XX(딸)인지 XY(아들)인지 너무너무 궁금했다. 그래도 과학 기자 자존심이 있지, 인터넷에 떠도는 불확실한 성별 판별법 따위엔 혹하지 않으리라.

그런데 믿었던 남편이(남편도 이과생이다) 각도법으로 딸인지 아들인지 알아내겠다고 난리법석을 피우기 시작한 것이다. 초음파 검진 영상을 틀어놓고(요즘 병원에선 초음파 검진 영상을 녹화해 업로드해주고 임산부는 스마트폰 앱을 통해 다운받을 수 있다) 이리저리 캡처해가며 선분을 긋고 각도를 재더니 아무래도 딸인 것 같다고, 내 눈에 어때 보이냐고 몇 번이나 확인을 했다. 며칠 뒤엔 무슨 '중국황실달력'인가 뭔가를 갖고 와서 "우리 애가 딸이로구나!"라는 헛소리를 늘어놓더니만 마지막 판별법이라며 내게 오줌을 내놓으라고 한 것이다. 차라리 딸 낳게 해달라고 냉수 떠놓고 빌지 그러니.

혹시 자연임신 상황에서 태아의 성별을 골라 임신할 수 있을까?

결론부터 말하자면 불가능하다. 태아의 성별은 난자와 정자가 만나는 순간에 정해진다. 난자에는 X염색체만 있고, 정자가 X염색체를 가졌는지 혹은 Y염색체를 가졌는지에 따라 XX와 XY가 정해진다. 그저 확률이다.

그러던 어느 날 친구한테서 "원하는 성별을 임신하기 위해 배란테스트기를 쓰는 사람도 있다"는 말을 전해 들었다. 배란테스트기, 이 요물. 결혼 선물로 받은 것들 가운데 가장 기억에 남는 선물이 바로 배란테스트기였다. '배테기'라고도 부르는 이 요물은 이름 그대로 배란일을 알아내는 시험지다. 여성의 몸은 약 200만 개의 원시난포(미성숙 난자)를 갖고 태어나는데, 생리주기 때마다 이 원시난포들 중 몇 개가 자란다. 그리고 마지막 생리 시작일로부터 약 2주가 되는 날 황체 형성 호르몬LH이 분비되어 빵빵해진 난포를 터뜨려 난자를 배란시킨다. 배란테스트기는 바로 이 황체 형성 호르몬을 검출한다.

결혼과 동시에 임신을 권유(?)받는 건 흔한 레퍼토리라 더는 놀랍지도 않았는데, 배란일까지 파악해 임신을 준비하는 부부가 많다는 말에 저출생이란 어느 나라 이야기인가 잠시 의심했다. 그도 그럴 것이 배테기 사용법이 여간 까다로운 게 아니기 때문이다. 황체 형성 호르몬은 난자가 배란되는 하루 이틀 동안에만 높은 농도로 유지되기 때문에 매일매일 테스트를 하며 색깔을 서로 비교하다가 시험지의 시험선이 대조선만큼 진해진 그 날을 딱! 잡아서 부부관계를 가져야 한다. 게다가 매일 같은 시간에, 되도록 공복에 테스트를 해야만 정확한 결과를 얻을 수 있다고 한다. 엄청 정성을 쏟아야 하는 일이다.

그런데 이걸로 어떻게 성별을 골라 임신할 수 있다는 걸까? 나름의 과학적 근거는 이렇단다. Y염색체를 가진 정자(아들 정자)가 X염색체를 가진 정자(딸 정자)보다 속도는 빠르지만 수명은 짧다는 것. 일명 '셰틀즈 이론'이다. 미국의 산부인과 의사 랜드럼 셰틀즈Landrum Shettles가 1960년대에 주장한 이론인데, 1971년에 이 내용을 담은 그의 저서가 발간되면서 이론이 널리 알려졌다.[1,2]

이 이론에 따르면 만약 딸을 갖고 싶다면 배란일 전에 성관계를 가져야 한다. 그러면 배란이 일어났을 때 아들 정자는 이미 죽고 딸 정자만 남아 난자를 기다리고 있을 것이다. 만약 아들을 갖고 싶다면 배란일에 성관계를 가지면 된다. 아들 정자가 딸 정자보다 재빠르게 난자를 향해 헤엄쳐 가서 수정하기 때문이다.

그런데 좀 더 조사를 해보니, 현대의 과학자들은 이 이론을 지지하지 않는다고 했다. 1960년대 당시 셰틀즈 박사는 위상차 현미경을 이용해 아들 정자가 딸 정자보다 빨리 수영하고 머리 크기가 작다는 결론을 내렸다. 위상차 현미경은 샘플을 통과하는 직진광과, 직진광이 샘플을 통과하면서 발생하는 회절광 사이의 위상차를 이용해 살아 있는 세포의 구조를 보는 방법이다. 반면 이보다 정확도가 높은 현대의 컴퓨터를 이용한 정자 분석기CASA나, 염색체나 유전자의 변이를 형광 현미경으로 관찰하는 형광동소보합법FISH에 따른 결과는 달랐다. 딸 정자와 아들 정자에서 형태학적 차이를 발견할 수 없었던 것이다. 성숙한 정자나 그 전구체도 마찬가지. 아들 정자가 딸 정자보다 수영을 빠르게 하지도 않았다.[3,4] 셰틀즈 이론과 달리, 임신을 시도하는 여성 221명을 추적조사한 결과 배란일에 따른 성관계 시기와 태아의 성별 사이에도 유의미한 관계가 없었다.[5]

물론 기술이 있긴 하다. 예를 들어, '정자 정렬sperm sorting'이라는 기술은 정자를 정렬해 원하는 성별의 정자만을 골라낸 다음 인공수정 하는 방식이다. 체외수정을 시도하고 있다면, 정자 정렬법과 '착상 전 유전자 진단법'을 함께 써서 아들 배아나 딸 배아만을 선택할 수 있다.[6] 그러나 원하는 성별을 얻겠다고 부

아기 말고 내 몸이 궁금해서

작용 우려가 있고 비용도 어마어마하게 비싼 보조 생식 기술까지 동원할 사람은 많지 않을 테고, 이런 시술을 해주는 병원도 없다.

설마 요즘 같은 세상에 원하는 성별의 아이가 태어나지 않았다고 며느리를 타박하거나, 대리모를 들인다던가, 성 감별 낙태를 하는 사람은 없겠지?(그렇게 믿고 싶다) 태아 성별과 관련해 앞에 나열한 방법들은 재미로만 즐기면 좋을 것 같다.

"초산이시죠? 첫째딸은 살림 밑천이래요."

16주차 정기검진 때 의사는 태아 성별을 은근슬쩍 알려준답시고 이렇게 말했다. 학업은 포기한 채 농사일과 공장일 하며 생활비며 큰오빠 학비를 대고, 나이 먹어서는 부모 봉양에 허리가 휜 수많은 장녀(와 큰며느리)들. 아직도 이런 성차별적인 표현을 쓰는 사람이 있다니, 곧 태어날 딸을 상상하는 즐거움에 푹 빠졌다가도 의사의 말을 곱씹을수록 화가 났다.

지인들은 "좋겠다"고 했다. 표면적으론 딸이 애교가 많고 예쁜 옷을 입혀보는 아기자기한 재미가 있다는 거였는데, 난 그 말이 영 불편했다. 태어날 딸에게 애교를 강요할 생각도 없을뿐더러 날 닮았다면 천성이 무뚝뚝할 터였다. 게다가 내 딸이

인형은 아니잖나.

좋겠다는 말은 딸을 가진 내게도, 아들을 가진 다른 이에게도 무례한 말이다. 요즘 엄마 아빠는 딸을 선호한다던데, 사실 그 내면을 들여다보면 아들은 키우기 어렵고 딸은 키우기 쉬우며 장차 늘그막에 효도하는 건 아들이 아니라 딸이라는 수십년짜리 '계산'이 포함돼 있다. 이와 반대로 아들만 줄줄이 낳은 사람에게 안됐다는 눈빛을 보내곤 하는데, 이 역시 굉장히 무례한 행동이다.

"한국의 장녀들이여, 부모를 빨리 실망시킬수록 당신의 삶이 편해집니다."

언젠가 트위터에서 본 이 글귀에 겹겹이 들어찬 맏딸들의 고충이 고스란히 전해져 마음이 아팠다. 그래서 생각했다. 내 딸이 세상이 정해놓은 전형적으로 사랑스러운 아이가 아니었으면 좋겠다고. 엄마 아빠를 포함해 누군가를 기쁘게 하려고 삶의 방향을 정하는 일은 없었으면 좋겠다. 사회가 바라는 것처럼 얌전하고 조신하고 누구에게나 웃(어야 하)는 소녀로 크지 않았으면 좋겠다. 살림 밑천 따위는 엄마 아빠가 알아서 할 테니 집안 걱정일랑 없이 자기만의 삶을 살았으면 좋겠다. 세상 거칠 것 하나 없다는 듯 씩씩하게 뚜벅뚜벅 걸어가면 좋겠다.

아기 말고 내 몸이 궁금해서

내가 이렇게 키워도 세상 돌아가는 관성은 무시무시한 힘이라서 내 딸도 한국 사회 장녀의 일면을 갖출 것이다. 언젠가는 세상이 요구하는 의무에 괴로워할지도 모르겠다. 이를테면 맏딸들은 본인도 아기인 시절부터 다른 사람을 챙겨야 한다는 의무를 암묵적으로 지게 된다.

"언니니까 동생한테 양보하자. 착하지?"

"장녀라서 그런가 의젓하네."

"아빠 밥 좀 차려줄래?"

서른이 넘은 지금도 난 동생보다 가족 안에서 훨씬 더 많은 짐을 지어야 한다는 생각에 사로잡혀 있다. 늘 누군가를 돌보아야 한다는 강박이라 할까. 이런 습관은 가족 안에서뿐만 아니라 사회생활에서도 나타난다. 여자 넷이 밥을 먹으러 가서 너도나도 숟가락을 세팅하고 물을 가져오고 찌개를 떠주다가 모두가 장녀란 사실을 알고는 빵 터진 적도 있다. 이런 습관이 몸에 배어 있으면 때론 자기 파이를 찾아 먹지 못하기도 한다. 사회가 그렇게 강요하기도 한다. 그러니 나는 딸에게 그런 짐을 지우지 않도록 힘쓸 것이다.

그나저나 배 속 아이는 딸이 맞았다. 각도법, 올…….

최악의 '두통덧'을 경험하다

두통

'머리가 깨질 것 같다'란 표현을 임신 중에 절감했다. 여느 직장인이 그렇듯 나 역시 두통에 시달릴 때가 종종 있었는데, 임신 중에 겪은 두통은 차원이 달랐다. 마감일이 다가오면서 조사해야 할 사안과 써야 할 원고 때문에 머리도 가슴도 무거웠지만, 키보드를 두들기는 손끝 진동마저 피하고 싶을 만큼 머리가 아팠다. 후, 지금 돌이켜 생각해도 정말 끔찍한 두통이었다.

여성 커뮤니티에도 두통에 대한 질문이 끝없이 올라왔다.

"임신하고 머리가 너무 아파요. 저만 그런가요?"

"두통이 너무 심한데 타이레놀 먹어도 될까요?"

임산부들은 이를 두고 두통도 입덧의 한 증상이라며 '두통덧'이라고 불렀다. 임신 때문에 심각한 두통이 생긴다는 게 사실일까?

자료를 찾아본 바로는 정반대인 것처럼 보인다. 가임기 여성의 약 25%가 편두통을 호소한다는 보고가 있다. 생리 시작 전 에스트로겐 호르몬이 급격히 줄어들 때 편두통이 많이 나타나기 때문에 연구자들은 두통을 여성호르몬과 연관 지어 생각한다. 그렇다면 에스트로겐 농도가 높게 유지되는 임신 기간에는 편두통이 나아져야 한다.[1] 실제로 여성 편두통 환자의 60~80%가 임신 중 편두통이 호전되거나 없어졌다고 한다.

그러나 몇몇 연구를 보면 임신 중에는 두통이 특별한 형태로 나타난다. 임신한 여성 2,434명을 대상으로 한 연구에 따르면 임신 중 두통을 경험한 여성의 비율은 10%였다.[2] 임산부 1,101명을 대상으로 한 또 다른 연구에서는 임신 전 두통 병력이 있었던 1,029명 중 848명이 임신 중 편두통을 경험한 것으로 나타났다. 36명은 임신 중에 처음 두통을 경험했고 40명은 새로운 유형의 두통을 겪었다.[3] 연구자들은 임신 후 수면 변화나 입덧, 탈수, 스트레스 등을 두통의 원인으로 꼽았다.

그리고 보면 임신 후 겪는 극심한 두통을 '두통덧'이라고 부르는 것도 어느 정도 일리가 있는 셈이다. 예를 들어, 혈당이 낮아지면 뇌에 공급되는 에너지가 부족해진다. 뇌는 혈관을 수축해 혈액이 빨리 흐르도록 만든다. 이 과정에서 혈관 주변의 말초신경이 자극되어 통증이 생길 수 있다. 과도한 다이어트를 할 때 두통이 동반되는 이유다. 비슷한 일이 임신 후에도 일어날 수 있다. 입덧이 심할 때다.

아기 말고 내 몸이 궁금해서

하지만 내 경우엔 음식을 못 먹을 정도로 입덧이 심하지 않았다. 속이 비었을 때 입덧 증상이 심해졌기 때문에 늘 무언가를 조금씩 먹어야 했다. 게다가 나와 남편은 임신 소식에 너무 신이 난 나머지 나와 태아의 건강을 챙긴다는 명목으로 집안 곳곳에 과일이며 시리얼바, 각종 비타민 등을 쟁여둔 터였다. 눈과 손이 닿는 곳마다 먹을거리가 있었다. 손이 가요, 손이 가~, 혈당이 낮아질 짬이 없었다.

그래서 카페인 금단 증상은 아닐지 의심이 들기 시작했다. 임신 사실을 안 뒤로는 커피를 끊은 터였다. 여성 커뮤니티에 두통이 심하다는 글이 올라오면, 자신의 담당 의사가 커피를 마셔보라는 조언을 했다는 댓글이 많이 달렸다.

실제로 평소에 커피를 마시던 사람이 갑자기 마시지 않으면 두통이 생기는 경우가 많다. 카페인은 뇌혈관을 수축시키는데, 만성 수축 상태였던 뇌혈관이 카페인을 끊음과 동시에 다시 이완되는 과정에서 신경이 눌려 두통이 발생한다. 국제두통질환분류 제3판International Classification of Headache Disorders, IHS에 따르면, '카페인 금단성 두통'이란 2주 이상 매일 200mg을 초과하는 카페인을 섭취하던 사람이 이를 갑자기 중단한 뒤 24시간 이내에 발생하는 두통이다. 더는 커피를 마시지 않을 경우 7일 이내에

자연스럽게 사라진다.[4]

　돌이켜 생각해보니 임신 초기 커피를 끊은 뒤 일주일가량 두통이 가장 극심했고 그 이후엔 나아졌다. 내 경우에 두통은 임신 증상이라기보다는 임신으로 인해 커피를 끊으면서 생긴 증상일 가능성이 더 높아 보였다.

　임신 중 적당량의 커피 섭취는 안전하다. 산부인과 의사들은 하루 한두 잔의 원두커피는 태아에 전혀 해를 끼치지 않는다고 안내한다. 임산부의 카페인 1일 최대 섭취 권고량은 미국식품의약국FDA은 200mg, 우리나라 식품의약품안전처는 300mg이다.

　"최고의 시간이었고 최악의 시간이었다. 지혜의 시대였고 어리석음의 시대였다. 믿음의 세기였고 불신의 세기였다. 빛의 계절이었고 어둠의 계절이었다. 희망의 봄이었고 절망의 겨울이었다. 우리 앞에 모든 것이 있었고 우리 앞에 아무것도 없었다. 우리 모두 천국으로 가고 있었고 우리 모두 반대 방향으로 가고 있었다."(찰스 디킨스, 《두 도시 이야기》)

　임신을 한 뒤론 이 문장들이 마치 임산부가 쓴 것처럼 느껴졌다. 임신을 하면 이런저런 두려움이 커지고 무언가 선택을 해야 할 상황도 자주 직면하며 그 과정에서 이성적이지 못한 스스로를 발견하게 된다. '두통 vs. 커피'가 그 시작이었다.

수많은 연구가 임신 중 적당량의 카페인 섭취는 모체와 태아에게 별 영향을 주지 않는다고 말하지만, 결국 임신한 나는 직장인임에도 불구하고 커피를 끊는 선택을 했다. 첫째 이유는 입덧이었다. 입덧으로 마치 숙취처럼 속이 메스껍고 토할 것 같은 느낌에 종일 시달렸다. 그래서인지 신 과일이나 시원한 음료가 당겼다. 살면서 한 번도 그런 적이 없었는데, 임신을 한 뒤론 그 추운 겨울날 아침 출근길마다 얼음이 씹히는 자몽 에이드를 사서 먹었다. 그러다 보니 자연스럽게 커피를 멀리하게 됐다.

내가 커피를 끊었던 배경에는 카페인에 대한 우리 사회(와 나)의 과도한 공포심이 자리하고 있다. 커피를 끊은 두 번째 이유다. 임신을 하면 막연한 불안감에 사로잡히곤 한다. 혹시 커피를 마시면 유산 가능성이 커지지는 않을지, 카페인이 태아의 장기가 발달하는 데 악영향을 주진 않을지 생각하게 된다. 실제로 카페인은 태반을 통과할 수 있고 태아가 카페인을 어떻게 처리하는지는 아직 분명히 밝혀지지 않았다.

그러나 식품 안전은 늘 '양'이 문제다. 예를 들어, 탄수화물,

지방, 소금, 설탕 등은 그 자체로는 독성이 없지만 과잉 섭취했을 경우 비만이나 심혈관질환 등을 일으킬 수 있다.

커피도 그렇다. 적당량의 커피는 졸음을 좇아 생활에 활력을 준다. 피로가 쌓이면 뇌에 아데노신이라는 물질이 생기는데, 이것이 아데노신 수용체와 결합하면 신경세포의 활동을 둔화시켜 졸음을 일으킨다. 그런데 카페인은 아데노신과 비슷한 화학구조를 가지고 있어서 아데노신 수용체와 결합할 수 있다. 다만 아데노신과 달리 신경세포 작용을 감소시키지 않는다. 즉 아데노신과 아데노신 수용체가 사랑하는 연인처럼 들러붙어 뇌라는 활동 무대를 몽롱하게 만드는데, 카페인이 이 둘 사이를 방해해서 현실로 돌아오게 만든다는 것이다.

반면 커피를 너무 많이 마시면 위에 부담을 준다. 위 내시경 검사를 받았을 때 의사는 "경미한 위염이 있지만 직장인 열에 여덟은 있으니까 너무 걱정하진 마시고요, 커피는 좀 줄이세요"라고 했다. 과도한 카페인이 뼈나 심장 건강에 무리를 준다는 연구 결과도 있다.

하지만 커피는 다른 식품과는 다른 점이 있다. 예컨대, 소금이나 커피나 적당히 먹으면 이롭고 과하면 해로운 건 매한가진데, 사람들이 소금을 끊는 경우는 거의 없다. 반면 커피는 자주 끊을 결심을 한다. 사람들은 카페인을 두려워하는 경향이 있다. 특히 임산부가 그렇다. 추측건대 과거 잘못 설계된 실험으로 부풀려진 위험성이 대중에게 널리 알려지면서 인식을 바꾸기 어려워진 탓일 거다. MSG 논란과도 비슷하다.

1968년 미국에서 어떤 사람이 중국 식당에서 음식을 먹고 나면 가슴이 두근거리고 뒷목이 뻐근하다는 등의 내용으로 미국의 의학전문지에 편지를 보냈다. 여기서 '중국 식당 증후군'이라는 말이 생겼고, 중국 음식에 많이 쓰이는 MSG를 쥐에게 과다 주사하자 뇌 조직에 이상 현상이 나타났다는 연구 결과가 발표되었다. 이를 계기로 MSG가 유해하다는 인식이 널리 퍼졌다. 하지만 문제가 많은 실험이었다. 몸무게 60kg인 사람을 기준으로 하면 MSG 120g(라면 한 봉지 무게다), 그러니까 어처구니없이 많은 양을 주사한 실험이었던 것이다. 최근 연구에 따르면 MSG는 해롭지 않다.

카페인과 유산의 관계도 마찬가지다. 잘 통제된 실험에서 고농도의 카페인을 주입했을 때 쥐가 유산한다는 사실이 밝혀졌다. 하지만 이 농도는 사람이 평소에 섭취하는 것보다 훨씬 높았다. 쥐를 유산시키려면 몸무게 kg당 카페인 250mg을 매일 주입해야 한다. 사람으로 치면 4.5kg, 커피를 하루에 60잔 이상

마시는 셈이다.[5]

카페인 '금단' 증상, 카페인 '중독'이라는 말도 이런 불안감을 조성하는 데 한몫했을 것이다. 그래서 많은 전문가는 '카페인 중독'이라는 말은 어불성설이며 쓰지 말아야 한다고 주장하기도 한다. 카페인 섭취를 갑자기 중단할 경우 두통이나 졸음 등이 생기는 건 사실이지만, 증상의 범위가 매우 넓어서 이를 금단 증상이라고 보기 어렵다는 것이다. 그리고 대부분 시간이 지나면 자연히 호전되므로 전문적인 치료를 필요로 하는 심각한 약물중독이나 도박중독과는 다르다는 게 이유다.

전문가인 의사와 비전문가인 임산부 사이에는 상당한 괴리가 있다. 임신 중 두통이나 카페인 섭취에 관한 최신 연구 결과 같은 자세한 정보는 병원 내에서 잘 유통되지 않는다. 산부인과 담당 의사는 시종일관 친절했고 나를 안심시키려 노력했지만, 그것만으론 만족할 수 없었다. 더 자세한 정보를 원했다. 나뿐만이 아니다. 많은 임산부가 병원에서 충분한 정보를 얻지 못해 끊임없이 인터넷을 검색한다.

유산 위험이 높은 임신 초기를 지나 안정기에 들어선 뒤부터는 커피를 마셨다. 일을 하려면 커피 향이라도 맡아야 했다. 대

아기 말고 내 몸이 궁금해서

신 일일 최대 섭취 권고량을 넘기지 않기 위해 디카페인 커피를 마셨다. 원두커피라면 하루 한 잔으로 만족해야 하지만, 카페인 함량이 훨씬 적은 디카페인 커피라면 하루에 세 잔도 마실 수 있기 때문이다. 그렇지 않았다면 임신 기간 내내 몽롱했을 테고, 이 글도 세상에 나오지 못했을 것이다.

3

섹스하고 싶어!
임산부의 성

"남편이랑은 어떻게…… 부부관계는 하고 있어?"

임신 소식을 듣고 축하해주기 위해 달려온 친구가 갑자기 목소리를 낮추더니 조용히 물었다. 매우 가까운 사이지만, 맥락 없이 튀어나온 질문이라 살짝 놀랐다.

'이 자식, 아내가 임신했을 때 어지간히 힘들었나 보군.'

짐짓 아무렇지 않은 척하며 샐쭉한 표정으로 대답했다.

"아니, 겁나서 못 하겠대."

당시 남편은 아이를 낳기 전까진 절대 못 하겠다는 입장이었다. 우리 부부가 묻지도 않았는데 산부인과 의사는 "안전하니까 임신 중에 부부관계 가지셔도 됩니다"라고 주의(?)를 줬지만, 섹스가 태아에게 해가 될지도 모른다는 막연한 두려움이 성욕을 짓눌렀다. 물론 남편도 참기는 힘들었는지, 어느 날 샤워하고 나오는 날 보며 중얼거렸다.

"얼른 자기랑 섹스하고 싶다."

나와 남편 모두 깜짝 놀라 마주 보았다.

"헉, 마음의 소리가……!"

남편은 웃음을 터뜨리며 너스레를 떨었다. 그러나 그뿐이었다. 라면 먹고 손만 잡고 잤다. 그렇게 임신 기간 내내 우리 부부는 이불 속에서 마음껏 춤추지 못했다. 친구도 마찬가지였던 모양이다.

"그래, 나도 아내가 임신했을 때 우리 애가 배 안에 있다고 생각하니까 차마 못 하겠더라."

난 시원스레 답했다.

"남편이 스스로 잘 해결하겠지? 나도 알아서 잘하려고."

그때만 해도 몰랐다. 임신 기간 내내 섹스를 못 한다는 게 그토록 괴로운 일일 줄은.

임신 중기(14~28주)에 들어선 어느 날이었다. 한밤중에 깜짝 놀라 잠에서 깼다. 몽롱한 정신으로 주위를 두리번거렸다. 다행히 전날 밤 잠든 침대 위였다. 꿈이었다. 너무 또렷하고 생생해서 옆에서 새근새근 자고 있는 남편에게 미안한 마음이 들 정도였다.

꿈속의 나는 현실에서 한번도 보지 못한 낯선 남자와 낯선 골목에서…… 읍읍읍. 그랬다. 심지어 오르가슴을 느낀 듯했

아기 말고 내 몸이 궁금해서

다. 뭔가에 억눌리면 꿈에 나타난다더니. 사춘기 남자 애들이 겪는다는 몽정이 이런 걸까. 세상 발칙하고 부끄러웠다.

그 이후로도 비슷한 꿈을 몇 번 더 꿨다. 성욕이 폭발하고 있었다. 가슴이 커지면서 나 스스로 사뭇 다른 느낌이 들었기 때문일까. 전보다 민감한 다른 몸을 갖게 된 것 같았다. 그렇다고 자위로 해결하자니, 죄책감이 들었다. 여성에게 자위란 늘 죄스러운 것이었으니까. 하물며 배 속에 아기가 있는데 자위라니. 괜찮다고 말해주는 이는 아무도 없었다. 뭔가 잘못된 것 같았다. 나만 이런 걸까?

미국의 의사 리사 랜킨Lissa Rankin은 저서《마이 시크릿 닥터- 내 친구가 산부인과 의사라면 꼭 묻고 싶은 여자 몸 이야기》에 이렇게 적었다.

"임신하면 에스트로겐과 프로게스테론 수치가 확 올라간다. 그 결과 골반 부위로 흐르는 혈액량이 증가하고, 유방이 민감해지고, 질이 미끄러워진다. 빙고! 이런 요인들이 합쳐져 천연 비아그라가 된다. 일부 여성들은 임신 중에 더 강한 오르가슴을 느끼기도 하는데, 이 역시 혈액 흐름이 증가되었기 때문이다. 강한 오르가슴을 느끼면 당연히 섹스를 더 자주 하고 싶어지기 마련이다."

실제로 임신을 하면 체내 혈액량이 늘면서 음부가 푸른색을 띤다고 한다. 이를 '채드윅 사인'이라고 한다. 1800년대에는 이걸로 임신을 진단하기도 했단다.

그런데 이 때문에 더 강렬한 오르가슴을 느끼게 된다고? 섹스를 떠올려본다. 키스를 하고 애무를 한다. 심장박동이 빨라진다. 온몸에 피가 빨리 돈다. 유두가 단단해진다. 음부도 민감해진다. 질이 미끄러워진다. 앗, 임산부는 이미 그런 상태다! 오르가슴으로 가는 길목에서 한 발짝 앞서 있는 셈이었군. 성욕뿐 아니라 오르가슴도 폭발하는 줄 알았으면 무작정 참지 말걸. 후회해도 이미 늦었다.

하지만 자료를 더 검토할수록 혼란스러워졌다. 리사 랜킨은 다음 단락에서 이렇게 설명한다.

"반대로 임신과 함께 성욕이 감퇴하는 여성도 많다. 몸의 변화를 의식하다 보니 성욕이 사그라진다. 섹스를 생각만 해도 불편해지는 여성들도 있다."

미국의 작가 하이디 머코프Heidi Murkoff가 쓴 임신·육아 분야의 세계적인 베스트셀러 '왓 투 익스펙트What to Expect' 시리즈에는 '성욕 증가' 항목과 '성욕 감퇴' 항목이 있다. 그런데 둘 다 "임신 호르몬 때문"이라고 말한다. 즉 임신 호르몬이 증가하면서

아기 말고 내 몸이 궁금해서

유방이 커지고 민감해지며 생식기로 가는 혈액량이 늘어나는데, 이게 어떤 이에게는 성욕을 높이는 결과로, 어떤 이에게는 통증을 유발해 도리어 성욕을 떨어뜨리는 결과로 이어진다는 것이다.

하기야 모두가 알잖은가. 똑같은 집에서 똑같은 사람과 섹스를 해도 그날그날 기분이나 몸 컨디션에 따라 달뜨는 느낌이나 오르가슴에 도달하는 시간이 전혀 다르다는 걸. 하물며 각종 호르몬이 폭발하는 임신 기간에 사람마다 그 결과가 다른 것은 너무나 당연하다. 비록 성욕은 늘었지만, 나 역시 유방이 커지면서 유두가 옷에 스치기만 해도 아픈 시기가 있었다.

익명의 힘을 빌려 여성 커뮤니티에 질문을 올렸다. 나는 성욕이 폭발했는데 당신들은 어떠하냐고. 성욕이 늘어 평소에 안 보던 '야동'을 봤다는 사람, 성욕은 별로 증가하지 않았는데 별별 꿈을 다 꿨다는 사람, 성욕은 늘었는데 막상 섹스를 하는 건 불편하고 아팠다는 사람, 초기에만 성욕이 늘었다는 사람 등등 제각각 다 달랐다. 어떤 사람은 첫째 아이를 가졌을 때와 둘째 아이를 가졌을 때 성욕이 달랐다고 했다.

임신 중 성욕만큼은 사실상 정상, 비정상의 구분이 없는 셈이다. 리사 랜킨이 말했다. "성욕이 늘었든 줄었든 둘 다 정상이다. 당신의 삶 전체가 변화를 겪고 있다. 성생활에도 변화가 일어나는 게 당연하다."

　그러나 안타깝게도 종합적인 '성기능'은 임신 후기(28~40주)로 갈수록 일관되게 떨어지는 모양이다. 성기능장애를 판별할 때 여성 성기능 척도FSFI, Female Sexual Function Index라는 걸 쓴다. 성적 욕구, 성적 흥분, 질 윤활액, 오르가슴, 만족감, 성교 통증 등의 문항으로 이뤄져 있는 설문이다. 총점이 낮을수록 성기능이 나쁘다. 일정 점수 이하이면 성기능장애군에 해당한다. 임산부 168명을 분석한 2014년 폴란드 연구[1], 623명을 분석한 2016년 미국 연구[2] 등에서는 임신이 진행될수록 성기능이 떨어진다고 보고했다.

　임신·출산 관련 책에서 임신 중 성관계 체위를 소개한 게 괜한 일이 아니었다. 사실 처음 책에서 그림을 발견했을 때 상당히 놀랐다. 도서관에서 얼굴 떳떳이 들고 읽을 수 있는 책에서 섹스 체위를 발견하리라고는 상상도 못했기 때문이다. 바람직한 일이라는 생각이 들면서도 왜 그전에는 이런 그림을 교육용 책자에서 보지 못했는지 곰곰이 생각했다. '여성'의 성과 달리, '기혼의 임신한 여성'의 성만은 편히 말할 수 있는 주제인 걸까.

　　아기 말고 내 몸이 궁금해서

임신 기간 중 남편과 섹스는 하지 못했지만 그렇다고 내가 오르가슴을 한 번도 느끼지 못했던 건 아니다. 몽정(?)만 두 번이나 꿨는걸. 하지만 황홀경의 끝은 씁쓸했다. 당황스러움과 죄책감뿐만 아니라 실제로 몸에도 변화가 느껴졌기 때문이다. 오르가슴을 느끼면 배가 뭉치면서 단단해졌다. 자궁이 수축한 것이다. 생리통처럼 알싸하게 아프기도 했다. 다행히 성관계 후 나타나는 배 경련과 자궁 수축이 태아에게 해를 준다는 임상적 근거는 없다. 오르가슴을 자주 느낀 여성이 조산할 위험이 크다고 하는 '썰'이 있는데, 이 역시 사실이 아니다.

언젠가 여성 커뮤니티에서 재미난 경험담을 읽은 적이 있다. 시어머니가 "자연분만을 하면 성관계 만족도가 떨어지니 제왕절개를 하라"고 했다는 것이다. 이를 두고 커뮤니티 회원들 간에 말이 많았다.

"시어머니가 그런 말씀을 하시다니 남사스럽네요."

"시어머니와 이런 대화를 할 수 있다는 게 부럽네요."

"여성의 만족도인지 남성의 만족도인지……."

시어머니가 며느리에게 그런 말을 했다는 건 둘째치고, 자연분만을 하면 정말 성기능이 떨어지는지 궁금했다. 연구에 따르면 '여성'의 성기능은 떨어지지 않는다. 임산부 452명을 조사한

2017년 연구에서 "정상적인 성기능의 보존 면에서 제왕절개가 질 출산(자연분만)보다 우월하지 않다"고 결론 내렸다.[3] 연구진은 "여성은 분만 유형과 관계없이 출산 6개월 후 성기능이 임신 전과 비슷해진다는 사실을 통보 받아야 한다"고 지적했다. 이와 비슷한 다른 연구들도 마찬가지였다.[4,5,6] 그러니 여성들이여, 이런저런 이야기에 휘둘리지 말고 당신이 처한 상황, 의학적 상황에 맞게 분만 방식을 정하자. 그건 당신의 권리!

아쉽게도 출산 후 성욕이 '제로'가 됐다. 슬픈 결말이다. 모유 수유를 하니 옥시토신 호르몬이 뇌 속에 풍부할 터였다. 옥시토신은 '행복 호르몬'이라는 별명이 있다. 남편에게서 행복을 찾을 틈이 없었다(남편, 미안해). 질이 건조해 섹스를 하기가 불편한 것도 섹스 생각을 없애는 데 한몫했다. 출산 후 에스트로겐 호르몬이 줄어들면서 나타나는 흔한 증상이라고 한다. 이는 여성호르몬이 줄어드는 완경기 여성이 겪는 갱년기 증상과 같다. 게다가 가슴을 애무하자 젖이 줄줄 흘러 섹스에 집중할 수 없었다.

'임산부의 성'으로부터 배운 교훈은 이렇다. '모든 임신은 다르다'는 것. 임신 중 성욕이 증가하든 감소하든, 성관계 만족도

아기 말고 내 몸이 궁금해서

가 낮아지든 높아지든, 그래서 남편과 성관계를 임신 전보다 많이 하든 적게 하든 그 누구도 죄책감을 가질 필요가 없다. 나의 성은 내 것이고, 임신을 해도 그 사실은 변하지 않는다. 이불 속에서 남편 가슴을 덥석 쥘지 말지는 오로지 '나'의 마음에 달렸다.

하지만 이런 말을 해주는 사람은 없다. 많은 여성이 임신 후 혹은 출산 후 남편과의 성관계 문제로 가슴앓이를 한다. 누군가는 너무 하고 싶은데 걱정 많은 남편이 거부해서, 누군가는 너무 하기 싫은데 남편이 졸라서 괴로워한다. "임신 중에 섹스해도 괜찮습니다"라는 단편적인 말 외에 좀 더 정확하고 상세한 정보와, 임신 주체인 임산부의 생각을 존중해야 한다는 조언이 함께 제공돼야 한다는 생각이 든다.

왜 이렇게 더운 걸까?

체온

임신 사실을 확인한 지 얼마 되지 않았을 때였다. 그날따라 몸이 으슬으슬한 게 마치 감기 몸살에 걸린 것 같았다. 평소 같았으면 이 정도 컨디션은 대수롭지 않게 여겼을 텐데, 임신을 하고 나니 아주 작은 이상만 감지돼도 걱정이 앞섰다. 담당 의사에게 물었다.

"감기 기운이 있는 것 같아요."

"임산부가 먹을 수 있는 감기약이 있으니까 견디기 힘들면 참지 말고 말씀하세요. 그리고 고열이 나면 바로 해열제 써서 열을 내려야 합니다. 태아에게 해가 갈 수도 있어요."

임산부를 가장 확실하게 위협(?)하는 방법이 하나 있다면 그건 바로 "태아에게 나쁠 수 있다"는 말일 것이다. 고열이 태아에게 위험한 이유는 이렇다. 태아를 포함해 우리 몸은 단백질로 이뤄져 있는데, 체온이 높으면 단백질이 변성된다. 뜨겁게 달궈진 프라이팬에 달걀을 깼을 때 벌어지는 일과 같다. 태아에게 각종 선천성 기형이 일어날 위험이 생긴다.

그런데 그날 밤, 유독 숨에서 따뜻한 기운이 느껴졌다. 이마도 왠지 뜨거운 것 같았다. 호들갑을 떨다가 '화유'한 경험이 있으므로(사실 호들갑을 떨어서 그런 건 아닌데도) 늘 의연하고자 다짐했건만, 내 머릿속엔 생각의 타래가 줄줄이 꿰인 굴비처럼 끝없이 이어지고 있었다.

'작년에 대상포진 걸리고도 그냥 두드러기겠거니 하면서 참다가 거의 다 나았을 때 병원 갔잖아. 의사가 안 아프더냐고 혀를 끌끌 찼지. 지금 내 상태도 그런 건 아닐까? 막상 열을 재봤는데 막 39℃ 찍는 거 아냐?'

'의사 처방 없이 타이레놀 살 수 있나? 혹시 타이레놀이 태아한테 더 안 좋은 거 아닐까? 타이레놀500이랑 타이레놀이알이 있던데 어떤 걸 먹어야 하지?'

'이러다가 저번처럼 또 유산이라도 되면……? 안 되지, 안 되고말고.'

신체 건강한 성인 남녀 둘이 사는 집에 체온계와 해열제 따위가 있을 리 없었다. 결국 남편을 일으켜 집 밖으로 내보냈다. 밤중에 문을 연 약국을 찾아 헤맨 끝에 남편은 타이레놀 한 통과 고막 체온계를 사 가지고 왔다. 병원에 가면 간호사가 귀에 꽂아 '삐익!' 하고 체온을 재주는 그 체온계였다. 처음엔 사용법

아기 말고 내 몸이 궁금해서

도 몰라 1분 1초가 시급한(?) 상황에 설명서를 읽느라고 둘이 진땀을 뺐다. 그러고는 서둘러 체온을 쟀다. 37.7℃. 열이 오르는 건 몸이 안 좋다는 가장 일반적인 초기 신호이지만, 임산부가 어떻게 대처해야 하는지는 잘 모르는 게 현실이다. 임신을 준비하는 과정에서, 또 실제 임신을 하고 난 뒤에도 임신 중에 아프면 어떻게 해야 할지 알아볼 생각은 하지 못했다. 병원에서도 그에 대해 미리 안내해주지는 않았다. 덜컥 겁이 났다.

타이레놀을 실제로 먹을지 말지 결정해야 했다. 약사는 임산부가 먹을 거란 말을 듣고 의사 처방 없이 약을 주는 걸 찝찝해했다고 한다. 언론에는 간혹 타이레놀을 먹은 임산부가 낳은 아이가 천식 같은 질병을 앓을 위험이 높다는 기사가 나오곤 한다. 타이레놀을 먹지 않아서 아이에게 생길지도 모를 기형의 위험과, 타이레놀을 먹어서 아이에게 생길지도 모를 천식의 위험 사이에서 저울질했다. 그 끝에 후자를 택했다. 다행히 지금까지 알려진 바에 따르면 타이레놀은 임산부가 먹을 수 있는 안전한 약 중 하나라고 한다(그래도 의사와 상담한 뒤 먹어야 한다).

그런데 그땐 몰랐다. 37.7℃면 사실 고열 축에도 못 끼는, 임산부라면 오히려 정상 범위에 가까운 체온이라는 사실을. 젤리곰처럼 생긴 귀여운 내 아기가 행여 잘못될까 봐 눈이 멀었다.

생리를 하는 여성이라면 원래 체온이 오락가락한다. 몇 년 전 한 선배가 '기초체온법'으로 임신을 시도 중이란 이야기를 듣고 알게 됐다. 매일 체온을 재다 보면 평소보다 0.2~0.5℃ 높을 때가 있는데, 이때가 배란일 무렵이라 부부관계를 가지면 임신할 확률이 높다고 한다.

처음 이 소리를 듣곤 정말 대단한 열정이다 싶었다. 머리맡에 정밀한 전자체온계와 노트를 두고 매일 아침 잠에서 깨어나 이불에서 나오기 전에 체온부터 재서 기록해야 하기 때문이다. 사실 열정이라기보단 절박함에 가깝다는 것을 이젠 이해한다. 안타깝게도 여러 논문에서 "기초체온법은 너무 부정확해서 임신을 원하는 부부에게 권장해선 안 된다"고 결론 내리고 있다.[1]

여성의 체온이 생리주기에 따라 달라진다는 건 1906년 네덜란드의 의사 테오도어 헨드릭 판더 팰더Theodor Hendrik van de Velde가 처음 발견했다.[2] 이후 연구에서 난자가 배란된 뒤 황체에서 나오는 프로게스테론 호르몬의 영향이라는 게 밝혀졌다. 임신이 되지 않고 생리할 때가 다가오면 프로게스테론 호르몬이 급감하기 때문에 체온도 정상으로 돌아온다. 반면 임신이 되면 이 호르몬이 계속 나와서 체온도 고온으로 유지된다. 기초체온

아기 말고 내 몸이 궁금해서

은 사람마다 달라서, 평소 체온이 36.5℃였던 사람은 37℃ 언저리로 유지될 것이고 평소 체온이 그보다 높았던 사람은 37℃보다 높은 체온이 유지될 터였다. 즉, 그날 내 체온이 37.7℃였던 건 임신 초기 고온기였을 수 있다.

체온의 변화마저 호르몬 때문이라니. 임신한 뒤 나타나는 신체적·정신적 변화에 '급변하는 호르몬 탓'이라는 말은 이제 나도 할 수 있을 것 같았다. 근본 원리가 궁금해졌다. 도대체 프로게스테론은 어떻게 임산부의 체온을 올리는 걸까?

구글 학술검색을 열심히 뒤진 끝에 1975년 《네이처》지에 실린 한 장짜리 논문을 겨우 찾아냈다.[3] 암컷 토끼 34마리의 뇌에 열 패드를 심고 프로게스테론 호르몬을 주입하면서 뉴런(신경세포)의 활동을 관찰한 연구였다. 이 뉴런은 뇌 시상하부의 시각교차앞핵에 있는 세포들이었다. 시각교차앞핵은 뇌로 들어오는 혈액의 온도를 이미 입력돼 있는 '기준온도set point'와 비교해서 체온을 조절하는 부위라고 한다. 만약 혈액 온도가 기준보다 낮으면 팔다리로 가는 혈액의 양을 줄이고 근육을 떨게 만들어 열을 낸다. 반대로 혈액 온도가 기준보다 높으면 말초혈관을 확장해서 땀을 흘리게 만들어 체온을 낮춘다. 실험 결과, 프로게스테론 호르몬을 주입했을 때 시각교차앞핵에 있는 뉴런들의 활동이 뉴런 종류에 따라 줄거나 늘어났다. 연구팀은 "이 뉴런들의 활동 변화가 '기준온도'를 높이는 것 같다. 직간접적으로 프로게스테론이 시각교차앞핵의 온도 감지 뉴런에 영향을 미쳐 기초체온이 높아지는 것 같다"고 결론을 내렸다. 프로게스테론 호르몬이 체온을 높이는 이유에 대해서는 "약간 높은 체온이 수정란이 착상하는 데 유리하다"는 가설이 있지만 실험으로 검증된 바는 없는 듯하다.

체온은 임신 13주쯤 다시 정상으로 돌아갔다. 사람마다 다르지만 보통 16주 이내에 조금씩 내려간다고 한다. 프로게스테론 호르몬이 계속 높게 유지되는데도 체온이 떨어지는 이유에 대해서는 미국의 한 임신 관련 사이트에서 "일단 태반이 형성되고 나면 임신 유지에 필요한 프로게스테론은 황체가 아니라 태반에서 분비되고, 태반 프로게스테론은 엄마의 몸에 미치는 영향이 적어 체온이 정상으로 돌아간다"는 설명을 찾을 수 있었다. 하지만 이 역시 근거를 찾기는 어려웠다.

만약 높은 체온이 수정란이 착상하는 데 유리하다는 설이 맞다면, 착상이 완료되고 나서 체온이 떨어지는 것도 설명이 된다. 임신으로 다시 한번 느꼈지만 인체란 참 신비롭다.

아기 말고 내 몸이 궁금해서

임신이 진행되고 배가 나온 뒤는 또 달랐다. 더웠다. 너무 더웠다. 열이 나는 것처럼 뜨거운 게 아니라, 실제로 더워서 땀이 흘렀다. 난 삼십 평생 춥다는 말을 입에 달고 살아왔다. 열대야가 뭔지도 잘 모르고 지냈다. 그런데 임신 막달이 되자 더워서 깊은 잠을 잘 수가 없었다. 에어컨을 켜고, 너무 건조해질까 봐 꺼짐 예약을 하고, 선풍기도 다시 켜고, 한두 시간 자다가 더워서 또 깨어나 에어컨과 선풍기를 조절했다. 두 달가량을 밤새 그랬다. 반대로 남편은 여름만 되면 냉장고 안에서 상해 물러버린 파처럼 맥을 못 추었는데 내가 실내 온도를 자꾸 낮추는 바람에 오히려 자주 춥다고 말했다.

둘째를 임신한 J 언니에게선 또 다른 변화가 감지됐다. 추운 데서 뛰어논 아이처럼 얼굴이 자주 붉어졌다. 안면홍조였다.

"남편이 '오늘 예쁘네?' 해서 거울 보면 추레한 얼굴 그대로야. 아이 낳고 나면 나아지겠지만 지금 당장은 너무 우울해. 거울 보기가 싫어."

임신 중 당연히 나타날 수 있는 증상인 것 같았는데, 언니는 자기 탓을 했다.

"첫째 임신했을 땐 뭐든 조심스러우니까 하나하나 가려 먹었는데, 이번엔 첫째 돌보느라 정신이 없어서 그러질 못했어. 그래서 이런가 봐."

안면홍조와 밤중에 땀을 흘리는 증상. 어디서 많이 들어봤다. 맞다. 갱년기 증상이다. 임신한 여성에게도 이런 증상이 많이 나타난다고 한다. 2013년 연구에 따르면, 조사한 429명의 임산부 가운데 3분의 1 이상이 안면홍조나 밤중에 땀을 흘리는 증상을 겪었다고 한다. 연구에 참여한 의사들은 에스트로겐 같은 여성호르몬이 급증하면서 나타나는 현상일 수 있다고 이야기했다.[4]

땀을 내고 얼굴을 벌겋게 만드는 이 에너지는 도대체 어디서 오는 걸까? 태아로 인해 에너지가 더 필요한 건 당연했다. 그러자면 신진대사가 빨라졌을 것이다. 심장도 '열일'을 할 테고, 펌프질을 열심히 한다는 건 온몸을 도는 혈액도 더 많이, 빠르게 흐르고 있단 뜻일 테다.

실제로 이와 관련한 연구가 여럿 있었다. 자궁 동맥을 흐르는 혈액의 양은 임신 전에는 분당 94.5mL였다가 임신 후기에 이르면 342mL로 세 배 이상 늘어났다. 자궁 동맥의 평균 지름은 임신 전 1.6mm에서 임신 후기 3.7mm로 두 배 이상 늘었다.[5] 또 다른 연구에서 자궁 동맥을 흐르는 혈액의 속도는 임신 중기에 초당 67.5cm였는데 임신 후기엔 초당 85.3cm로 빨라졌

아기 말고 내 몸이 궁금해서

더워 헥헥
나만 더워?
또 호르몬 때문이야?
야, 싸우자!

다.[6] 말하자면 난 최대치로 가동 중인 걸어 다니는 온수 매트였던 것이다. 아무도 더워하지 않는데 자꾸 혼자 더워하니, 과연 난 괴상한 온수 매트였다. 사람들 사이에서 자주 무안했다.

갱년기 증후군을 앓고 있는 엄마가 이런 기분이었을까. 스물셋에 나를 낳은 엄마는 늘 젊었다. 어렸을 때 학교에 찾아온 젊고 예쁜 엄마를 친구들이 부러워했다. 내가 자라서 엄마랑 키가 비슷해지고 난 뒤로는 자매 같다는 말을 늘 들었다. 그랬던 엄마가 어느 날부터인가 때때로 얼굴이 붉어졌고 연신 손부채질을 했다. 그럴 때마다 엄마는 무안한 듯 웃으며 말했다.

"나 갱년기인가 봐."

무심한 딸은 임신을 해서 갱년기 증후군과 비슷한 경험을 하고 나서야 갱년기를 통과한 엄마를 떠올렸다. 그리고 동시에, 30여 년 전 엄마의 임신 기간은 어떠했을지 생각해보게 됐다. 이런 과정을 거쳐 엄마도 나를 낳았을 텐데, 한번도 그 사실을 상기해본 적이 없다는 게 떠올랐다. 사람은 스스로 겪어봐야 아는 존재일까. 공감이란 애초에 불가능한 일일까.

임신은 지극히 개인적인 경험이고, 이런 글을 써서 사람들의 공감을 얻는다는 것 자체가 애초에 어불성설인지도 모른다. 더구나 임산부가 아닌 사람, 임신이 자신과 관련 없다고 생각할 수 있는 남성 및 비출산·비혼 여성들에게 호소할 수 없을지도 모른다는 생각이 자꾸 들었다. 가 닿지 않아도 누군가는 목소리를 내야 한다는 생각에 조금씩 말을 내뱉고 있지만 번번이 목소리가 떨린다. 더워서인가 자신감도 자꾸 녹아내리고 있었다.

제발 잠 좀 자고 싶다

잠

몇 년 전 직장 선배가 임신을 했다. 누구보다 성실하고 일을 잘했던 그 선배는 놀랍게도 임신을 하자마자 꾸벅꾸벅 졸기 일 쑤였다. 처음으로 목격한 그 날은 햇살이 가득한 청명한 가을 날이었던 데다 피부도 하얀 선배가 하필 주황색 당근 모양 펜을 들고 있어서 마치 햇볕 아래서 꾸벅꾸벅 조는 하얀 토끼 같았다.

결혼을 하기도 전인 당시 내 눈엔 그 모습이 의아했다. 마치 의지가 부족한 것처럼 보였다. 돌이켜보면 선배는 임신 전과 다름없이, 아니 전보다 더 많은 일을 해내고 있었는데도 다른 사람에게 피해를 준다고 생각했던 것 같다. 만연한 여성혐오를 체화한 오만한 생각이었다. 설사 선배가 일을 다 해내지 못했더라도 그런 생각을 하면 안 됐다. 임산부는 일시적으로 환자 상태와 비슷하기 때문이다.

임신 초기 졸음이 얼마나 무시무시한지는 몇 년 뒤 내가 직접 겪어보고서야 알았다. 학교 다닐 때 수업 시간에 졸아서 쫓거나기도 여러 번이고 교과서 장마다 지렁이를 그려놓기 일쑤였는데, 임신 초기 내 눈꺼풀을 누르는 미지의 힘은 대학 때 외계어를 읊어대던 교수님의 목소리를 넘어서는 것이었다. 세상에 불가능이란 없게 만든다는 마감일이 코앞인데도, 목을 자라처럼 빼고 모니터 속으로 빨려 들어갈 것같이 일하던 나는 더 이상 존재하지 않았다. 교과서 위에 샤프로 지렁이를 그리는 대신 모니터 속 워드 창에 나도 모르게 ㄹㄹㄹㄹㄹㄹㄹㄹㄹㄹㄹㄹ 따위를 쳐대는 나날이 이어졌다.

임신 초기에 잠이 쏟아지는 건 역시 급변하는 호르몬 때문일 가능성이 크다(또 호르몬……, 이놈!). 임신이 수면에 어떤 영향을 미치는지 연구해온 미국 UC 샌프란시스코 간호학과 교수 캐시 리Kathy Lee는 2017년 5월 17일, 미국의 과학 전문 온라인 매체인 〈라이브 사이언스〉와 인터뷰하면서 임신 중 수면장애에 대해 이렇게 설명했다.[1]

프로게스테론 호르몬은 신체를 이완시키는 효과가 있는데, 일부 여성은 이런 효과를 피로감으로 느낄 수 있다. 이 밖에도 태아가 자라면서 자궁이 커지고 체중이 늘고 체액이 쌓이면서 이런 증상이 나타날 수 있다고 한다. 태아를 키우기 위해 모체가 열심히 노력하고 있다는 반증이다. 이런 효과는 동물 연구에 아니, 부장님 그게 아니고요.
이게 꾀병이 아니고요…
제가 임신을 했는데
ㄹㄹㄹㄹㄹ
크헉~
드르렁

서 일부 검증됐다. 프로게스테론을 투여하면서 잠을 관찰했더니, 깊은 잠(비REM 수면)에 빠져드는 '대기 시간'이 줄고 얕은 잠(REM 수면, 꿈꾸는 잠)의 양도 줄었다고 한다.[2] 얕은 잠 단계를 거의 거치지 않고 바로 깊은 잠에 빠져버린다는 이야기다.

기면증을 경험해보지는 않았지만, 기면증과 비슷하다는 생각이 들었다. '에이, 좀 졸린 것을 가지고 기면증을 운운하나'라고 생각한다면, 그게 바로 기면증 환자를 병원에 가지 않게 만드는 사회적 편견이라는 사실을 먼저 짚고 싶다. 영화에서처럼 갑자기 픽 쓰러지는 '탈력 발작'을 앓는 기면증 환자는 1%에 불과하고 나머지는 시차 적응에 실패한 사람처럼 수시로 피곤해하고 존다고 한다. 낮잠 검사를 했을 때 8분 만에 잠들면 기면증일 확률이 높다고. 몇 년 전 기면증에 대해 취재했을 때 전문가에게 이런 묘사를 들은 적이 있다. 기면증 환자의 뇌는 무너지려는 집을 가까스로 붙잡고 있는 것과 같아서 조금만 다른 데 집중하려고 하면 와르르 무너져버린다고. 임신한 나 역시 그랬다. 와르르, 와르르. 흔히 기면증이라고 불러서 원인을 정확히 알 수 없는 증후군처럼 들리지만, 기면증은 뇌에서 각성을 유도하는 히포크레틴이라는 신경전달물질이 부족해서 생기는, 생물학적 원인이 분명한 '질환'이다. 그렇다면 임신 초기

아기 말고 내 몸이 궁금해서

임산부의 졸음 증상도 병으로 간주해야 하는 건 아닐까?

놀랍게도 그렇다! 2000년 미국수면학회American Academy of Sleep Medicine에서는 임신과 관련한 수면장애를 불면증 또는 임신 중 과도한 주간 졸음의 발생으로 정의 내려 별도의 질환으로 공식 인정했다.[3]

퇴근해 집에 오면 저녁 8시건 9시건 눕자마자 잠드는 게 일상이 되었다. 뉴스도 못 보고 평일 밤 늦게 방영하는 예능 프로그램도 볼 수 없었다.

금방 잠든다고 해서 밤에 푹 잘 수 있는 건 아니었다. 자다가 수시로 깼다. 오줌이 마려워서였다. 술 마셨을 때 말고는 자다가 깬 적이 없던 나였다. 그만큼 평소 푹 자는 편이었다.

임신 중 밤에 오줌이 마려운 현상은 무려 1973년 논문으로 발표된 적이 있다. 임산부 873명을 대상으로 설문조사를 했더니 임신 초기, 중기, 후기에 야간 빈뇨가 있다고 답한 사람이 각각 58%, 57%, 66%였다. 임산부 절반 이상이 밤중에 소변이 마려워 잠에서 깬다는 것이었다. 연구팀이 소변 배출량뿐만 아니라 소변에 함유된 나트륨, 칼륨, 요소, 포도당 같은 물질의 배출량도 조사해봤더니, 야간 빈뇨는 밤새 나트륨 분비 증가와 관런이 있고 이 때문에 소변 양이 늘었다고 한다. 나트륨 분비가 증가한 원인으로는 호르몬 변화를 들었다. 특히 임신 후기에는 임신 초·중기와 비교했을 때 밤중 소변은 좀 덜 늘지만, 자궁이 방광을 압박해 소변이 자주 마려운 거라고 결론 내렸다.[4]

자다가 화장실에 가는 것은 여간 귀찮은 게 아니었다. 하루는 화장실이 가고 싶어 잠에서 깼는데 몸을 움직일 수가 없었다. 꼬리뼈 통증이 심해진 날이었다. 릴랙신 호르몬에 의한 꼬리뼈 통증은 누워서 자세를 바꿀 때 가장 심하다. 화장실을 다녀올까, 다시 잠을 청해볼까 여러 밤 갈등했다. 그러나 오줌이 마렵다고 한번 인지하고 나면 그 요의를 잊기란 쉽지 않다.

결국 몸을 일으키지만, 화장실에 가는 것도 고역이었다. 당시 살던 신혼집은 14평짜리 아파트였다. 침실 겸 거실에 주방과 화장실이 바로 딸린 구조라서 정말 거짓말 하나 안 보태고 침대에서 나와 세 발짝이면 화장실에 갈 수 있었다. 꼬리뼈 통증으로 그마저 쉽지 않았던 어느 날은 화장실 문 앞까지 기어갔다. 그리고 침대로 돌아오고 나면 한두 시간이나 잤을까 뜬눈이나 마찬가지였다.

다행히 사정은 나아졌다. 임신 기간을 통틀어 가장 평화롭게 잠을 잤던 한 달을 기억한다. 아마 임신 6개월쯤이었을 것

아기 말고 내 몸이 궁금해서

이다. 방광 근처에 자리 잡고 있던 자궁은 태아가 커지면서 점차 위로 올라간다. 그래서인지 더는 밤에 오줌이 마려워 자다가 깨지 않았다. 배가 아주 크지도 않아서 잠을 청하기에 문제가 없었다.

　"아악!"
　"왜! 뭐야, 뭔데!"
　"쥐쥐쥐쥐쥐!"
　"어디어디어디!"
　"오른쪽오른쪽오른쪽!"

　올 것이 왔다. 26주차 4일째(7개월) 되는 새벽이었다. 한밤중에 자다가 느낌이 '쌔'해서 눈을 떠보니 오른쪽 엄지발가락 끝에서부터 무릎 아래까지 종아리 전체가 순식간에 뭉쳐 올라왔다. 남편이 다리를 주물러 다리 경련은 풀렸지만, 얼얼한 느낌에 다시 잠들지 못했다. 통증은 다음 날까지 지속됐다. 이렇게 센 쥐는 살면서 처음이었다. 그 후로도 수시로 쥐가 났다.

　미국 최대 의료 포털 사이트인 웹엠디WebMD에 따르면 이렇다.[5] 임신한 많은 여성이 임신 14주 이후부터 다리 경련leg cramps을 겪는다. 특히 밤에 자주 겪는다. 임신 중에 왜 다리에 쥐가 더 많이 나는지는 정확히 밝혀져 있지 않다. 체중이 늘고 혈액 순환이 잘 안 되면서 다리 근육에 스트레스가 가해지는 게 원인일 수 있다. 점점 커지는 태아는 엄마의 다리로 가는 신경과 혈관을 누른다. 일부 의사는 칼슘이 부족하거나 몸이 칼슘을 처리하는 방식이 바뀌면 경련을 일으킬 수 있다고 말한다.

아이를 먼저 낳은 선배가 다리에 쥐가 올 것 같을 때 다리를 쭉 편 채 발가락 끝을 몸 쪽으로 잡아당기면 쥐를 막을 수 있다고 조언해줬다. 이후로는 나도 요령이 생겨서 자다가 쥐가 나는 일은 없었다. 그러나…….

임신 후기엔 또 다른 어려움이 닥쳤다. 똑바로 누우면 숨이 쉬어지지 않았다. 배 위에 수박을 올려놓은 것 같았다. 장기가 위로 쏠린 게 느껴질 정도였다. 그렇다고 베개를 등 뒤에 놓고 비스듬히 누워 자자니, 그것도 하루 이틀이지 여의치가 않았다. 이렇게 눕고 저렇게 누워도 잠들기가 너무 어려웠다.

임신 초기에 남편 친구로부터 임신 축하 선물로 임산부 베개를 받은 적이 있다. 그때 솔직히 고마움에 앞서 '이게 과연 필요할까?' 하고 의문부터 들었다. 집이 좁아 그걸 어디에 둘지도 고민이었다. 그도 그럴 것이 베개는 거대한 임산부를 감쌀 수

아기 말고 내 몸이 궁금해서

있도록 거대했기 때문이다. 머리와 양팔을 모두 걸칠 수 있도록 만들어진 U자형 베개는 꾸깃꾸깃 진공 포장돼 배달됐고, 포장을 벗기자 한껏 실체를 드러냈다. 신혼집 작은 장롱엔 머리조차 들어가지 않았다.

그러나 임신 후기에 곧 그 친구의 선견지명에 감탄했다. 임산부 베개와 함께하고 나서야 비로소 평화가 찾아왔다. 한쪽 팔과 다리를 베개 아래에 넣고 나머지 팔과 다리를 베개 위에 올린 뒤 옆으로 누웠더니 그나마 잘 만해졌다.

심리적으로 날 괴롭힌 한 가지는 임산부는 왼쪽으로 누워 자야 한다는 것이었다. 여성 커뮤니티에는 임신 중에 잠을 자기 어렵다는 하소연이 많이 올라왔는데, 임산부 베개를 사용해서 '왼쪽'으로 누워 자라는 조언이 많았기 때문이다. 미국수면재단 National Sleep Foundation에서도 임산부에게 왼쪽으로 누워 잘 것을 권한다. 발달 중인 태아와 임산부의 심장, 자궁, 신장으로의 혈액과 영양분의 흐름을 개선할 수 있다는 게 그 이유다.[6] 하지만 난 오른쪽으로 누워 자는 걸 더 좋아했고, 불편한 마음으로 편하게 잠을 청했다.

이에 대해 미국 존스 홉킨스 의대 그레이스 피엔Grace Pien 박사는 미국의 과학 전문 온라인 매체 〈라이브 사이언스〉와의

2018년 8월 20일자 인터뷰에서 이렇게 설명했다.[7]

"오른쪽으로 자는 게 왼쪽으로 자는 것보다 더 나쁘다는 분명한 증거가 있다고 생각하지 않습니다. 왼쪽으로 자는 게 더 불편하다면, 오른쪽으로 자지 말아야 할 이유는 없습니다."

우리의 몸은 척추 오른쪽을 따라 하반신의 혈액을 모두 모아 심장으로 돌려보내는 하대정맥이 있다. 임신부의 경우 누워 있으면 태아가 하대정맥을 압박해 심장으로 돌아오는 혈액량을 줄일 수 있다고 한다. 그 말인즉 심장에서 나가는 혈액량도 줄어들 수 있다는 이야기다. 실제로 임신 후기에 똑바로 누워 자면 태아를 사산할 위험이 높아진다는 연구 결과가 있다.

이론적으로는 오른쪽으로 눕는 것보다는 왼쪽으로 눕는 것이 하대정맥을 누를 가능성이 낮다. 아이를 사산한 여성 155명을 조사한 2011년 연구[8]에 따르면 아이를 유산하기 전날 밤 오른쪽으로 잠든 여성이 약간 더 많았지만, 피엔 박사에 따르면 이 결과는 다른 연구로 검증되지 않았다.

"오른쪽과 왼쪽 수면을 비교하는 연구가 많이 없어서 실제로도 그런지는 말하기 어렵습니다."

쥐도 극복하고 다리에 베개를 끼고 옆으로 자는 데에도 적응

아기 말고 내 몸이 궁금해서

했지만, 한 가지는 결국 해낼 수 없었다. 엎드려 눕는 것. 임신 16주 때 배가 본격적으로 나오기 시작하면서 이미 엎드릴 수 없었다. 정말 엎드리고 싶었다. 일생에서 엎드릴 수 없는 기간이 있으리라고는 생각해본 적이 없었다. 엎드려 책 읽고 넷플릭스 오리지널 '정주행' 하는 게 삶의 낙이었는데…… 침대머리에 비스듬히 기대서 보는 건 맛이 안 났다. 꼭 베개를 끌어안고 팔꿈치로 바닥을 짚고 과자를 아작아작 씹으며 보아야만 제맛인데…….

출산 후 산후조리원에서 처음 엎드려 넷플릭스를 본 날을 오래오래 기억하게 됐다. 미드 〈굿 플레이스〉 시즌 1, 3화였다.

나는 물풍선이었다

체중

'아씨, 괜히 털양말 신고 왔어.'

벗어봐야 100g이나 줄어들까? 알면서도 양말을 벗을까 말까 진지하게 고민했다. 지방도 '솔찬히' 쌓였을 텐데⋯⋯. 입덧도 끝났겠다, 지난 진료 후 식욕이 폭발해 우리 동네 맛집은 두루 섭렵하겠다는 각오로 매일 밤 성찬을 먹어왔던 터였다. 지난 새벽에는 남편과 영화를 보다가 갑자기 배가 고파 떡볶이를 해 먹었다. 세상에나, 과거의 나여, 왜 그랬는가. 몸뚱이를 두르고 있는 것들이 죄다 무겁게 느껴졌다.

산부인과 전문의를 만나기 전 몸무게와 혈압을 재는 예비 진료실 앞에서 문틈으로 체중계를 노려봤다. 임신 4개월, 몸무게가 4kg이나 불어 있었다. 임산부마다 달라서 많이 쪘다 적게 쪘다 말하긴 어렵지만, 내가 느끼기에 너무 짧은 시간 안에 체중이 빨리 는 것 같았다. 아직 배가 눈에 띄게 나오지도 않은 데다 임신 4개월까지 몸무게가 전혀 늘지 않거나 입덧으로 오히려 몸무게가 줄었다는 사람도 많기 때문이었다.

30분간의 대기 끝에 상담사가 내 이름을 불렀다. 어떤 꼴로 체중계에 올라봐야 몸무게는 줄지 않는다는 걸 알면서도 어쩐지 내 몸은 야자 시간에 튀는 학생처럼 발가락 끝을 바짝 세우고 슬그머니 움직였다. 몸무게만 재면 되는데도 늘씬하고 길쭉한 자동신장체중계는 이번에도 측정기를 내 머리 위로 내리꽂았다. '또 찌워 왔니?'라고 질타하듯이. 팅기듯 내려와 체중을 확인했다. 어젯밤보다 500g이 더 늘어 있었다.

"안 는 건 아니네요?"

담당 의사는 경고인지 비난인지 모를 말을 내뱉었다. 체중이 늘긴 늘었는데 괜찮다는 건지 심각하다는 건지 속내를 알 수 없는 질타 앞에서 자기반성의 시간은 빠르게 찾아온다. 신선한 양파가 아삭아삭 씹히고 짭조름한 햄과 몽글몽글한 반숙 계란이 콧속 가득 고소한 풍미를 퍼뜨리는 단골 빵집의 '최애'를, 다음 진료까지는 하나 덜 먹겠다고 다짐했다.

엄마가 날 가졌을 때 20kg이 넘게 쪘다는 말을 들었다. 아마도 그때 임산부는 무조건 2인분을 먹어야 되는 줄 알았을 거라고 생각했다. 그도 그럴 것이 임신한 뒤로 2인분을 먹으라고 하는 사람들은 모두 중장년층이었다. 임신 중이더라도 의학적

으로는 하루 300kcal 정도(밥 한 공기)만 더 섭취하면 된다고 한다. 이 사실을 알고 있었기에 나는 엄마처럼 20kg이나 찔 일은 없으리라고 생각했다.

그러나 임신 사실을 안 순간부터 몸무게는 빠르게 늘었다. 53kg이었던 몸무게는 21주차에 60kg을 가뿐히 넘어섰고 40주차에는 70kg을 돌파했다. 평생 기분이나 장래희망이나 연인을 향한 사랑 같은 것들이 지진파처럼 널을 뛸지언정 몸무게만큼은 항상성이 높았는데, 앞자리가 두 번이나 바뀐 것이다. 예상치도 못한 일이었다. 내가 임신 중에 잘 먹긴 했지만 맹세코, 진짜로, 2인분을 먹은 일이 없는데, 갑자기 효율 좋은 발전소라도 된 듯 내 몸은 세상을 구성하는 분자들 가운데 자기 지분을 차곡차곡 늘려갔다.

반면에 태아는 참 느리게 컸다. 21주차에 몸무게가 확 늘어서 '이제 아기가 많이 큰 걸까? 벌써 허리며 다리가 너무 아픈데, 아기가 무거워서라고 당당히 말할 수 있는 건가?'라는 기대감(?)을 갖고 진료실에 들어갔는데 이게 웬걸, 아기는 461g에 불과했다. 충격과 공포였다. 당시 늘어난 7.2kg에서 461g을 빼면 6.739kg. 이게 다 뭐란 말이냐!

"너 조심해. 출산하면 아이 무게랑 기껏해야 양수 무게만 딱

아기 말고 내 몸이 궁금해서

빠진다니까."

　아이 둘을 낳은 Y 선배와 떡볶이를 먹다가 몸무게 이야기를 꺼냈더니 선배가 놀려댔다.

　'바로 그걸 걱정하고 있었다고요!'

　명치를 혹 때리는 말에 입으로 빨려 들어가던 포크가 멈칫했다. 그 바람에 노란 테이블 위로 벌건 떡볶이 국물이 뚝 떨어졌다. 아아, 끈적한 빨간색으로 물든 나의 육중한 몸무게여.

　마음의 구원은 우연히 찾아왔다. 산부인과에서 여는 출산교실에 참가했을 때였다. 강사가 출산 과정과 호흡법 등에 대한 자료를 프레젠테이션으로 보여주었다. 빠르게 넘어가는 슬라이드 가운데 '임신 중 장기별 체중 증가량'이라는 제목의 표가 있었다. 눈이 번쩍 뜨였다. 서둘러 사진을 찍었다. 자세히 살펴보니 임신 중 몸무게가 총 12.5kg이 늘어난 경우 태아는 3.4kg, 양수는 0.6kg이고, 유방 증가량 0.5kg, 태반 0.6kg, 자궁 증가량 0.9kg, 혈장 증가량 1.5kg, 세포외액 증가량 1.5kg, 지방 증가량 3.5kg이 나머지를 차지한단다. 그렇다, 임신 중 찐 살은 사실 다 '살'이 아니었던 거다! 몸속 지방세포들이 그리 많이 커졌을 것 같진 않아 정말 다행이었다.

신뢰할 만한 자료인지 궁금해 인터넷 검색을 거듭한 끝에, 이 숫자들이 임신과 수유 생리학 연구의 선구자로 불리는 프랭크 아이빈드 하이튼Frank Eyvind Hytten 박사 연구에서 나왔다는 걸 알게 됐다.[1] 국민건강보험공단이 2016년에 만들어 배포한 〈임산부 비만관리 가이드〉에 나오는 체중 증가 지침의 근거 자료는 미국 보건정책의 자문기관인 의학연구소IOM가 2009년 발표한 지침(정확히는 1990년 발표한 지침의 개정판)[2]인데, 이 보고서는 하이튼 박사의 다양한 연구들을 아주 빈번하게 인용하고 있었다.

이 지침은 미국 여러 대학의 영양학과, 공중보건학과, 역학과, 소아과, 산부인과 교수들로 구성된 위원회에서 만들었다. 임신 중 체중 증가량과 산모와 아기 건강의 상관관계를 밝힌 연구, 임신한 여성의 생리학 변화 연구 등을 종합적으로 고려했다. 예를 들어, 임신했을 때 체중이 지나치게 적게 늘거나 많이 늘면 제왕절개 분만률이나 조산할 위험이 높아진다. 아기의 출생체중이 너무 작거나 클 수도 있고 아동기 비만으로 이어질 가능성도 있다. 산모의 산후 체중이 돌아오지 않아 합병증을 앓기도 한다. 이런 위험이 현저히 적어지는 몸무게 구간을 임신 전 BMI에 따라 산출한 것이다.

지침에 따르면 임신 전 저체중(BMI 18.5 미만)이었던 사람은 임신 중 12.5~18kg 느는 게 적당하다. 또, 보통(BMI 18.5~24.9)이었던 사람(=나)은 11.5~16kg, 과체중(BMI 25~29.9)이었던 사람은 7~11.5kg, 비만(BMI 30 이상)이었던 사람은 5~9.1kg 느는 게 적당하다고 한다.

나는 임산부가 접할 수 있는 정보가 앞에서 언급한 '장기별 체중 증가량'과 '총 체중 증가량'이 사실상 전부라는 점이 문제라고 생각한다. 파고들어가면 임신 중 체중에 대해 궁금한 게 너무 많다. 예를 들어, 임신 시기별로 몸무게가 얼마큼씩 늘어야 좋은 걸까?

계산을 해본 적이 있다. 내 BMI 구간에서 최종적으로 권고 최대치인 16kg이 늘어난다고 가정했을 때 16kg을 40주로 나누면 0.4kg. 그러니까 일주일에 400g 이상 늘면 안 됐다. 당시 몸무게 기록을 찾아보니 임신 초기엔 괜찮았다. 한 주에 200g 정도 늘고 어떤 주엔 300g이 빠지기도 했으니까. 하지만 곧 이를 훌쩍 넘었다. 14~15주차에 갑자기 800g이 늘었고, 이런 양상이 35주차까지 이어졌다. 다행히 마지막 달에는 체중 증가가 미미해서 70kg으로 마감할 수 있었다.

이제야 안 사실인데, 이런 패턴이 일반적이라고 한다. IOM 2009 지침에 따르면 "임신 중 체중 증가 패턴은 S자형이 가장 많다. 비만 여성을 제외하고 BMI 범주 전반에 걸쳐 임신 후기보다 중기에 체중이 더 빨리 는다." 엑셀에 내 몸무게 변화를 넣고 그래프를 그려봤더니 옆으로 길게 늘인 S자(라기보다 머리를 쳐든 뱀 같은 그래프) 모양이었다. 이런 정보를 미리 알았다면 덜 불안하지 않았을까? 아니, 마음을 놓아버려 살이 더 많이 쪘을까? 이런 가능성까지 고려해 의사 선생님은 그렇게도 체중을 늘리지 말라고만 경고를 했던 걸까?

배우들이 배역 때문에 체중을 감량하는 것 못지않게 증량하는 것도 쉬운 일이 아니라는데, 임산부의 몸무게는 어쩜 이리도 쉽게 치솟는 걸까.

임신 중 체중 증가는 태아의 성장과 발달을 지원하는 독특하고 복잡한 생물학적 현상이다.[3] 체중은 엄마 몸의 변화된 신진대사뿐만 아니라 태반의 신진대사로부터도 영향을 받는다. 태반은 호르몬을 내뿜는 내분비 기관이면서 모체와 태아 사이의 물질을 운반하는 연결통로이자 둘 사이를 가로막는 장벽의 기능을 한다. 엄마 몸의 변화는 태반의 구조와 기능을 변형시켜 태아의 성장 속도에 영향을 줄 수 있고, 반대로 태반 기능은 엄

아기 말고 내 몸이 궁금해서

마 몸의 인슐린 기능 등을 바꿔 임신 중 체중 증가에 영향을 줄 수 있다. 이런 변화가 정상적인 태아 발달에 꼭 필요한 변화인지, 아니면 임신으로 인해 우연히 나타나는 현상인지는 아직까지 밝혀지지 않았다고 한다.[4]

아이를 낳고 산후조리원에 들어갔다. 2~3시간마다 수유를 해야 할 뿐만 아니라 모빌 만들기, 초점책 만들기, 산후 요가 같은 프로그램에 참여하느라 바쁘다는 말을 익히 들어온 터였다. 하지만 난 혼자 조용히 쉬고 싶었다. 각종 프로그램엔 웬만하면 참가하지 않기로 했다. 1회 무료로 제공하는 산후 마사지도 사실 받지 않으려고 했다. 20대 때 친구를 따라 마사지 숍에 갔는데 시원하긴커녕 아프고 간지러워서 돈이 아까웠던 경험이 있기 때문이다. 게다가 막 출산해서 여기저기 시커멓고 쭈글쭈글한 몸을 남에게 보이기도 싫었다.

그런데 어쩌다가 피부관리실에 들어섰을까. 잘 기억나지 않는다. 회당 비용이 13만 원이란 말을 들어서였나? 예약 확인차 걸려온 전화 너머 마사지사의 목소리가 부드러웠나? 어쨌든 난 무언가에 홀린 듯 관리실에 들어갔고, 손발 다한증 때문에 양말을 벗네 마네 마사지사와 실랑이를 하다가, 결국 시키는 대로 벗고 순순히 누워 전신 마사지를 받았다. 어디 사냐, 405호 엄마도 거기 산다더라, 친하게 지내라, 첫아이냐, 젖이 좋네, 몇 살이냐, 505호 산모랑 동갑이네, 어디 반찬 가게가 맛있더라 등등. 마사지사의 신명 나는 이야기를 경청하다가, 까무룩 잠이 들었다가 정신을 차려보니 마사지 7회 권을 결제하고 있었다. 천국 입장권이었다.

지치고 뒤틀린 몸을 돌봐주는 손길이 참 좋았는데, 놀라운 건 체중 변화였다. 사실 조리원에 처음 들어갔을 때 체중을 재보곤 Y 선배를 떠올리며 절망한 참이었다. 그의 말대로 4kg만 줄어 있었다. 아기는 3.4kg으로 태어난 터였다. 그런데 한 번 마사지를 받고 나면 1~2kg씩 줄어 있었다. 결국 산후조리원에 있던 2주 동안 10kg을 추가로 감량하고 나왔다.

살이 이렇게 단기간에 빠질 수도 있나 싶었는데, 그럴만한 이유가 있었다. 임신한 동안 증가한 체중의 상당량은 단백질이나 지방이 아니라 수분이라고 한다. 하이튼 박사가 1991년에 발표한 저서[5]에 따르면, 임신 후기까지 수분은 평균 7~8L가 늘어난다(태아에 2.414kg, 태반에 0.54kg, 양막에 0.792kg, 자궁에 0.8kg, 유선에 0.304kg, 혈액에 1.267kg, 세포외액에 1.496~4.697kg 포함). 출산을 앞둔 임산부는 2L짜리 생수 네 개를 몸에 매달고 있는 셈이다. 임신 후기에 나는 물풍선 같은 존재였던 거다.

이제와 생각하니 참 억울하네. 이런 정보를 알려주는 것도 아니면서 그네들은 나한테 살을 빼라 마라 잔소리했던 거야? 무례한 '오지라퍼'들 같으니라고.

임산부를 무례하게 대하는 법

시선

임신을 준비하며 여성 커뮤니티를 들락거릴 때 임산부들 사이에 '주수 놀이'라는 온라인 문화가 있다는 걸 알게 됐다. 임산부가 자신의 옆모습이나 배를 찍은 사진을 올리고 "임신 몇 주일까요?"라고 묻는 것이다. 상품을 주는 것도 아닌데 착한 임산부들은 서로 댓글을 열심히 달았다.

임신하기 전엔 이 문화를 이해하지 못했다. 임산부가 자기임신 주수를 몰라서 묻는 건 당연히 아닐 터였다. '태아가 잘 크고 있는지 알고 싶어서 그러나?' 하는 생각도 해봤지만, 내가지금껏 써온 글에서 다룬 주제들과 다르게 태아의 건강만큼은매달 정기검진 때 의사가 확인해주는 가장 중요한 이슈였다. "주수 놀이를 하는 이유와 심리가 무엇이냐"고 묻는 글을 본 적도 있는데, "나도 궁금했다"는 사람은 많았지만 그럴듯한 답을주는 사람은 없었다.

그런데 임신을 하고서야 이해하게 됐다. 지하철에서 만난 낯선 사람뿐만 아니라 주변 사람들이 내 배에 관해 많은 말을 쏟아냈다. 배가 너무 작네, 너무 크네, 딸 배네, 아들 배네, 배 모양이 이상하네, 예쁘네, 못생겼네, 뾰족하네, 동그랗네, 퍼졌네 등등. 출산 예정일까지 두 달이나 남은 어느 날 퇴근길 지하철에서 만난 낯선 이가 "어이구, 곧 출산이에요?"라고 물었을 때 나도 처음으로 '주수 놀이'를 하고 싶다는 생각이 들었다. 오늘 어떤 사람이 나더러 만삭이냐고 묻던데, 내 배가 너무 비정상적으로 큰 거냐고. 대체 내 배가 몇 주로 보이느냐고.

우리 사회는 '정상'과 '평균'에 대한 강박이 크다. 누군가가 거기에서 조금만 벗어나 있으면 주변 사람들이 타박하고, 모두 주변인의 기대(?)에 부합하려고 부단히 노력한다. 임산부도 그 레이더망을 피해갈 수 없어서, 주수 놀이가 그런 사회적 분위기에서 파생된 게 아닌가 하는 생각이 들었다.

출산을 앞두고 있는 심은희 씨도 임신 기간 내내 비슷한 경험을 했다고 토로했다. 나처럼 배가 크다는 말을 너무 많이 들어서 노이로제에 걸릴 지경이란다. 상대는 한 번 말하는 거지만, 자신은 백 명한테 듣는 거라고.

"제가 키는 작은데 뼈대가 굵은 탓인지, 아니면 허리가 긴 체형 탓인지 유난히 배가 큰 편이에요. 근데 보는 사람마다 굉장

아기 말고 내 몸이 궁금해서

히 독특하단 식으로 말을 해요. '막달 같다' '쌍둥이냐' 등등."

"기분이 어떠셨어요? 그런 말 들을 때."

"'가슴 크기가 작네, 크네'라는 말을 듣는 것같이 불쾌해요. 대놓고 '살쪘다'고 말하는 거랑 비슷하달까요."

"아, 정말 와닿는 비유예요. 공감이 많이 되네요."

"제 맘대로 배가 커지는 게 아니잖아요? 여자들이 각자 원하는 크기의 가슴을 가진 게 아닌 것처럼. 제 배도 그냥 체형일 뿐인데, 그걸 평가하는 게 너무 황당하더라고요. 사실 다들 가슴 크기나 다리 굵기 같은 체형을 지적하는 게 옳지 않은 일이란 건 알잖아요. 임산부에게는 왜 그런 예의를 지키지 않는지 의아했어요."

앞의 '체중' 편을 쓰면서 하고 싶었던 이야기는 사실 바로 이거였다. 임산부를 대하는 사람들의 시선과 태도 말이다. 숨 쉬듯 자연스럽게 외모 지적을 하는 한국 사회에서 임산부는 만만한 상대인 것 같다. 임산부가 아닌 사람에게는 보통 하지 않는 무례한 행동을 임산부에겐 스스럼없이 하는 경향이 있다. 배 속에 태아가 생겼다는 점 외엔 아무것도 달라지지 않은 임산부는 그 극심한 온도차에 화들짝 놀라곤 한다.

임신 중기 어느 날 만난 아는 언니가 날 보더니 대뜸 큰 소리로 말했다.

"얼굴이 달덩이야!"

'내가 제대로 들은 거 맞나? 나한테 이야기한 거 맞나? 사람이 사람한테 보통 달덩이란 말을 대놓고는 안 하지 않나? 달덩이랑 한 번 충돌하게 해줘야 하나? 이렇게 우주의 역사를 바꿔봐?'

별별 생각을 다 하는 와중에 그는 쐐기를 박는 다음 질문으로 내 마음속에서 '아웃'됐다.

"몇 킬로 쪘어?"

'종아리는 날씬하다'고 '칭찬'하는 사람도 있었는데, 이 역시 외모를 평가하는 행동에 지나지 않는다는 걸 사람들은 잘 모르는 것 같다.

임산부의 배는 공공재가 아니므로 배를 함부로 만지면 안 된다는 걸 이제는 많이들 알고 자제하지만(그럼에도 불구하고 여전히 배를 불쑥불쑥 만지는 사람들이 많다), 이제 손 대신 눈으로 만진다. 배를 눈으로 훑거나 뚫어져라 보기도 한다. 눈빛으로 두들겨 맞는 기분이랄까. 당신이 지금 보고 있는 게 아기가 아니라 내 몸이라는 사실을 알려주고 싶은 적이 여러 번이었다.

아기 말고 내 몸이 궁금해서

한 번은 이런 일도 있었다. 때는 6월, 만삭이었다. 배는 산 만 해진 지 오래였다. 퇴근길 지하철에서 비어 있던 노약자석에 앉았다. 사람의 감이란 참 신기하기도 하지, 누군가 빤히 쳐다 보는 느낌이 들어 고개를 들었더니 맞은편 노인과 눈이 마주쳤 다. 그는 기다렸다는 듯이 내게 말을 걸었다. 맞은편에서, 내가 혹시 못 들을까 봐 한 자 한 자 또박또박 큰 소리로.

"배!안!에!서!아!기!가!발!로!툭!툭!차!네!잘!보!인!다! 잘!보!여!"

순간 주변에 있던 사람들의 수많은 눈동자가 내 배 위로 굴 러떨어졌다. 그게 무거워 미칠 것만 같았다. 얼굴이 벌게졌다. 창피했다.

어느 날엔가는 직장 동료 A가 다가와 소곤거렸다. 내 배는 많이 나왔고 다른 임산부는 배가 덜 나왔다고 X선배가 떠들었 다는 것이다. 한 마디로 두 임산부를 모두 모욕한 대단한 기술 이었다. 불쾌했다. 화가 났다. 그 선배가 남성이라 더 그랬다. 'X 선배님께'로 시작하는 장문의 메일을 썼다.

"…… 수치심이 들었습니다. 이는 성희롱입니다. 임산부의 몸은 공공재가 아닙니다. 함부로 재단하고 품평하는 존재가 아 닙니다. 앞으로는 절대 그러지 말아주세요."

아기 말고 내 몸이 궁금해서

'보내기'를 클릭하기 직전 마지막 순간에 여성 특유의 자기 검열 정신이 발동했다. 주변 여성들에게 자초지종을 설명하고 내가 쓴 메일을 보여줬다. 내가 상황을 오해한 건 아닌지, 메일 내용이 지나친 건 아닌지 물었다. 친구들은 함께 분노했고 '당장 보내라'고 독려(?)도 했지만, 난 결국 메일을 보내지 못했다. 불합리, 불의에 저항했을 때 남성은 흔히 용감하다, 결단력 있다, 대범하다는 말을 듣기 마련이지만 여성은 예민하다는 말로 퉁쳐지며 비난의 대상이 된다. 하물며 임산부라면 임신해서 그런 거라는 비난거리 하나가 추가될 뿐이다. 직장 내에서의 평판이 업무 능력만큼이나 중요하다는 건 말해 무엇하리. 당시 나 역시도 직장에서 불이익을 당하거나 예민한 사람으로 찍힐까 봐 걱정됐다.

임신 후 허리 라인이 가장 먼저 무너졌다. 10주 만이었다. 남편이 예쁘다며 애칭을 붙여 불러주던 유일한 신체 부위였다. 침대에 나란히 옆으로 누워 남편이 허리를 쓰다듬으며 애칭을 불러주는 시간이 참 행복했다. 그러나 더는 그럴 수 없었다. 애칭이 민망할 만큼 변해버려서. 시간이 더 흐르자 유방 바로 아래쪽 브래지어 밑단이 닿는 부분이 답답했다. 등이 두툼해진

듯했다. 허벅지가 두꺼워지면서는 임신 전에 즐겨 입던 속바지를 편히 입을 수 없었다.

나만 그런 줄 알았는데, 이게 임신 특유의 패턴이라고 한다. 건강한 임산부 84명을 대상으로 팔뚝, 어깨, 갈비뼈, 등, 허벅지, 무릎 등 일곱 군데의 피하지방 두께를 쟀더니,[1] 임신 30주까지 엉덩이, 등, 허벅지 위쪽에 지방이 먼저 쌓였다고 한다. 특히 허벅지는 5mm 이상 두꺼워졌다. 자기공명영상MRI 장치를 활용한 또 다른 연구에서 임신 중 지방은 몸통 아래에 46%, 위에 32%, 허벅지에 16%, 종아리에 1%, 팔뚝에 5%가 쌓였다고 한다.

그러나 사람들이 소비하는 만들어진 임산부 '이미지'는 이와 다르다. 인터넷엔 '아름다운 D라인'이란 제목 아래 배만 볼록 나온 여자 연예인의 모습이 종종 등장한다. 의학 교과서에도, 임신 및 출산 안내서에도 임신 주수별 엄마의 신체 변화를 나타낸 그림에서는 배와 가슴만 불룩하게 나온다. 허벅지·엉덩이·등·허리 변화 역시 분명 임신으로 인한 변화인데, 잘 보여주지 않는다. 사람들이 제멋대로 임산부의 몸을 평가하고 그걸 입 밖으로 꺼내길 주저하지 않는 건 이런 풍토와도 관련이 있지 않을까?

이른바 'D라인'이 예쁘다고 생각하는 사람도 있을 것이다. 빛이 쏟아져 들어오는 창가 앞에서 하늘하늘한 드레스를 입고 서서 시선은 살짝 아래로 향하고 옅은 미소를 띤 채 두 손으로 볼록 나온 배를 안고 있는, 세상 부러울 것 없어 보이는 임산부의 만삭 사진을 보고 그렇게 생각할지도 모른다.

그런데 사람들은 알까? 그 사진이 아이를 낳기 두 달도 더 전인 임신 30주경에 찍은 사진이라는 걸. 산부인과를 다니거나 산후조리원을 예약하면 보통 만삭 사진, 신생아 사진, 50일 사진을 무료로 찍어주는 스튜디오 촬영권이 따라온다(물론 완전 공짜는 아니고 촬영이 끝난 뒤 수백 만 원짜리 성장 앨범 영업을 들어야 한다). 가장 먼저 만삭 사진을 예약하라고 안내를 받는데, 그때 안내해준 이가 이렇게 말했다.

"만삭 사진은 보통 임신 32주 전에 찍어요. 그때가 가장 예쁘거든요."

만삭 사진은 사실 만삭 사진이 아닌 것이다. 사람들의 관념 속에 임산부란 어떤 존재일까? 두 팔 안에 쏙 들어오는 비치볼 같은 배를 안고 있는 모습이 예쁜 임산부일까? 그보다 배가 작거나 더 크면 안 예쁜 걸까? 팔다리는 가늘어야 하고? 진짜 만삭인 임산부는 아름답지 않은가? 사실 임산부가 더 잘 알고 있다. 배는 터질 듯하고 조금만 움직여도 숨을 가쁘게 몰아쉬고 뒤뚱뒤뚱 걷는 만삭 임산부인 나는…… 아름답지 않았다. 눈앞에 그런 모습을 두고 임신해서 너무 기쁘고 행복하기만 하다고 말한다면 거짓일 것이다.

배 크기와 외모를 지적당하면서 가장 견디기 어려웠던 마음은, 내가 내 일을 사랑하고 열정을 다하는 프로처럼 보이지 않을 거란 두려움이었다. 나는 늘 내 일을 성실히 최선을 다해 잘해내는 사람으로 비쳐지길 바랐다. 그러나 임신을 하자 다양한 내 정체성은 모두 지워지고 임산부라는 이름 하나만 남는 듯했다. 취재원에게 '내가 나이는 어리지만 당신과 동등한 위치에서 인터뷰를 할 수 있는 프로다'라는 신뢰감을 주는 게 내겐 무척 중요한 일이었는데, 행여 부른 배 때문에 뒤뚱거리는 게 우스워 보이면 어쩌나 걱정됐다. 출퇴근길 지하철에서 사람들이 '저 여자는 왜 붐비는 시간에 지하철을 타서 민폐를 끼치나'라고 생각하면 어쩌나 하는 괜한 자격지심까지 들었다. 하지만 과연 이게 내 안에서 비롯된 피해의식이었을까?

우리는 한 사람에게 여러 가지 정체성이 있을 거란 사실을 떠올리지 못하는 편협한 사람들을 만나곤 한다. 나는 임산부이

아기 말고 내 몸이 궁금해서

면서 동시에 직장인이다. 직장인이 출퇴근 시간에 어디 있겠는가. 당연히 출퇴근하는 지하철이나 버스 안이다. 걸음이 느린 어린아이와 노인은, 자리를 많이 차지하는 임산부나 비만인 사람은, 출퇴근 시간에 지하철을 타면 안 되는 걸까? 그렇게 공공장소를 이 사회가 인정하는 '정상성'으로만 채워야 할까?

김원영 변호사는 《창비어린이》 2019년 봄호에 기고한 〈낭만적 예찬을 넘어서—이미지 시대의 아동을 생각하다〉에서 아동 유튜버의 인기와 '노키즈존'이 병존하는 현실을 진단했는데, 마지막에 이런 문장을 썼다. "공적 공간은 점점 젊고, 건강하고, 세련된 행위 규범을 익힌 존재들만의 세계가 되어가는 중이다."

이 글을 읽으면서 임산부도 그런 존재가 아닌가 생각했다. 새 생명을 품은 숭고하고 아름다운 임산부! 하지만 배가 아니라 팔다리에도 살찐 임산부는 싫어. 내가 앉을 지하철 좌석을 뺏는 임산부는 더 싫지.

이 두려움은, 누군가가 번듯한 내 이름과 직책을 내버려두고 임신했단 이유만으로 사무실에서 공개적으로 나를 애기 엄마, 심지어 아줌마라고 칭하면서 현실이 됐다. 그래서 출퇴근 길에도 취재 중에도 주눅이 들었다. 어떻게 하면 내가 출근하는 직장인이라는 사실이 보일까? 근무 시간 안에 오늘 일을 끝마치기 위해 토할 것처럼 일하고 있다는 사실을 어떻게 보여줄까? 어찌하면 지금 내가 노곤한 몸을 끌고 퇴근한다는 사실이 보일까?

사실 그런 방법 따윈 존재하지 않았다. 그리고 이건 내 잘못이 아니었다.

이 글을 그 선배와 그 언니가 끝끝내 보지 못하길 바라는 마음과, 우연히 발견해 읽기를 바라는 마음이 충돌한다. 읽지 못한다면 나와 그들 사이의 표면만 평온한 관계는 별 탈 없이 유지될 것이고, 읽는다면 그들은 미안해하기보다 무안한 마음에 나를 원망할 가능성이 크다. 그러니 이 글을 그들이 읽지 않길 기도하거나 아예 지금 지워버리는 편이 내겐 더 이득이다. 그래서 많은 임산부가 입을 다무는 것이겠지.

무례한 사람에게서 정신적인 피해를 당하는 사람이 할 수 있는 일은 많지 않다. 특히 주먹을 휘두른 쪽이 상사이거나, 연장자거나, 젠더 권력을 쥐고 있는 쪽이라면 더욱이. 그래서 나는 임산부들의 말이 임산부들의 공감만 사고 끝나지 않길 바란다. 당장 나부터도 이 글을 쓰면서 앞으로 다른 임산부를 만날 때 외모에 대해 말하거나, 배를 대놓고 쳐다본다거나, 임신에 대해 아는 척하지 않겠다고 다짐한다. 나는 결국 이 글을 지우지 않기로 결정한다.

배 한가운데에 봉제선이 생겼다
임신선과 튼살

임신 중기를 넘어 배가 본격적으로 불러오면서 배꼽이 서서히 튀어나오기 시작했다. 어느 날 샤워를 하다가 무심코 튀어나온 배꼽을 봤는데, 새카만 때가 비어져 나와 있어 소스라치게 놀랐다.

까만 때는 미세먼지, 각질, 피지, 땀이 섞인 '반죽'이다. 미세먼지를 제외한 나머지는 지방과 단백질 같은 다양한 영양 성분으로 이뤄져 있다. 세균 활동이 늘면 지방산, 암모니아, 황화수소 등 강한 악취가 나는 물질로 분해된다. 만약 주변에 볕이 잘 안 들고 축축하다면 금상첨화다. 우리 몸에서 그런 부위가 어디일까? 바로 배꼽이다. 그러니 얼마나 더러울까! 혼자 있는 화장실에서 보는 사람도 없는데 창피했다.

왜 사람은 혼자 있을 때 몸 구석구석의 냄새를 확인해보고 싶을까?(솔직히 나만 그런 거 아닌 거 안다) 새카만 배꼽을 내려다본 후 상태를 확인해보고 싶은 마음을 간신히 억누르며 때수건으로 배꼽을 살살 밀기 시작했다. 하얘져라, 하얘져라, 주문을 외면서. 하지만 까만 때가 걷히긴커녕 피부 자극으로 벌게지기만 했다. 이상해서 자세히 살펴보니 때가 아니라 회갈색으로 착색된 내 피부였다. 어잉?

그제야 샤워를 하다 말고 몸 구석구석을 살피기 시작했다. 가슴은 일찌감치 유륜도 넓어지고 색도 진해져서 이전의 가슴이 아니라는 걸 알고 있었는데, 생각지도 못한 겨드랑이와 허벅지 안쪽도 시멘트 색깔로 변해 있었다. 너무 어이가 없어서 웃음이 나왔다. 아니, 이럴 수도 있나? 나를 포토샵에 세워두고 콘트라스트를 한껏 끌어올린 것 같았다.

특히 치골 라인에서 시작해 배꼽을 지나 명치까지 이어지는 '임신선'은 날이 갈수록 진해졌다. 인체의 배 정중선에 배 근육의 근막들이 모여 이뤄진 '백선linea alba'이라는 게 있다. 주변보다 색소가 적어서 이런 이름이 붙었다. 우리 몸에서 배는 내부의 압력과 호흡을 지지하고 가슴운동을 돕는데, 백선은 이 기능의 일부를 담당한다. 여기에 색소가 침착되면서 '흑선linea nigra'으로 변하는 것이 바로 임신선이다.[1]

위에서 내려다보면 마치 황톳빛 모래사막 위에 산화철로 된 붉은 흙길 같았다. 너비는 1cm가량 되었다. 경계선이 울퉁불퉁한 그 흙길은 배꼽 즈음에 다다라 왼쪽으로 살짝 치우쳐 배

아기 말고 내 몸이 궁금해서

아가야, 미안
엄마가 일부러 그런 건 아니야…
근데 이건 뭐 엄마 배니까ㅋㅋㅋ

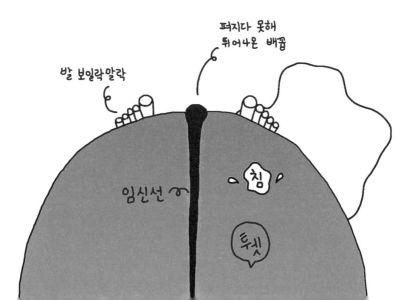

꼽을 휘돌아 내려가는 모양새를 하고 있었다. 회전교차로 같다고나 할까. 사막에 회전교차로라니, 하하 이 맥락 없는 의식의 흐름은 무엇인가. 전신 거울 앞에 서 보니 배 한가운데에 봉제선이 드러난 곰 인형 같기도 했다.

곰곰 생각해보니 부른 배를 드러낸 임산부 사진은 종종 봤지만 임신선은 한 번도 본 적이 없었다. 늘씬한 모델에게 하얗고 매끈한 배 모형을 입혀 사진을 찍었거나, 실제 만삭 임산부라면 사진을 찍은 뒤 포토샵으로 보정을 했을 터였다. 하지만 배가 불러오는 게 임신의 특징이듯, 임신선도 임신에 따른 필연적인 과정이라면, 임산부를 표현할 때 임신선도 있어야 하지 않을까? 내가 이렇게 쓰는 덴 이유가 있다. 국내 한 연구에 따르면 임신선이 무려 95.1%의 임산부에게서 나타났기 때문이다.[2] 연구에 따라 수치는 조금씩 달랐지만, 한결같이 80~90% 이상 높은 비율을 기록하고 있었다.

피부가 착색되고 임신선이 생기는 과정은 아직 명확히 밝혀지지 않았다. 임신 중에 증가하는 여러 호르몬이 복합적으로 작용한 결과라고 추정한다(이쯤 되면 호르몬은 여기저기 간섭 안 하는 데가 없는 '프로 오지라퍼'다).

우리 몸에서 검은색을 담당하는 건 멜라닌색소다. 여름철 햇

빛에 과다 노출되면 해로운 자외선이 우리 몸에 침투하는 걸 막기 위해 뇌하수체에서 '멜라닌세포 자극 호르몬'이 분비되고, 그 결과 피부에 있는 멜라닌세포에서 멜라닌색소가 만들어져 표피 위로 올라온다. 이걸 '피부가 검게 탄다'고 한다.

그런데 임신을 했을 때도 멜라닌세포 자극 호르몬이 분비된다. 임신 2개월부터 꾸준히 늘다가 출산 이후 며칠 만에 평소 수준으로 돌아온다.[3] 과학자들은 이 때문에 멜라닌이 과도하게 만들어지면서 피부가 착색되고 임신선이 생긴다고 추측한다. 도대체 왜 이런 일이 생길까? 우리 몸이 "너 임신했으니까 까매져라!" 하고 이 호르몬을 분비하는 건 아닐 테다. 다른 이유로 멜라닌세포 자극 호르몬이 증가하는데 그에 따른 결과로 피부 착색이 일어나는 것이다. 실제로 멜라닌세포 자극 호르몬은 색소를 만드는 것 외에 식욕, 에너지 균형, 성적 흥분을 조절하고 다양한 항염, 보호 작용을 한다.[4] 임신 중 엄청나게 증가하는 에스트로겐, 프로게스테론 호르몬도 멜라닌세포를 자극한다. 그래서 멜라닌색소가 밀집돼 있어 원래 어두운 색을 띠면서, 동시에 이 성호르몬들에 민감하게 영향을 받는 부위인 유두, 유륜, 배꼽, 회음부, 허벅지 등이 임신 중에 더욱 검게 변하는 것이다.

그즈음 내 배는 '전쟁으로 짓밟힌 곳의 입체지도'처럼 변해 있었다. 임신성 피부질환(소양증) 때문에 어딘가는 전쟁 통에 불타고 있는 듯 시뻘겠고 또 어딘가는 이미 다 타고 재만 남은 듯 시커멨다. 오돌토돌한 두드러기는 꼭 지도 위에 표시한 작은 산봉우리나 바다 위에 점점이 흩뿌려진 섬 같았다. 아기가 통통통, 울룩불룩 움직일 때 내 배는 곧 폭발할 활화산처럼 보였다. 《섹시함은 분만실에 두고 왔습니다》를 그린 일본의 인기 일러스트레이터 야마다 모모코의 표현을 빌리자면 "배가 절망적으로 지저분"했다. 너무 웃기기도, 너무 슬프기도 했다.

정점은 배에 두꺼운 털들이 나기 시작한 것이었다. 남편이 "너 배에 털 났어!" 하고 일러줘서 봤더니 임신 전보다 더 두껍고 긴 털이 많이 나 있었다. 임신을 하면 태반과 난소에서 안드로겐 호르몬(남성호르몬)이 나와 남자처럼 얼굴, 팔, 다리, 가슴, 배 등에 털이 날 수도 있다.[5] 남편은 내게 자기와 같은 '배렛나루'가 생겼다고 좋아했다. 자꾸 보니 정들 리는…… 없고 좀 징그러웠다. 뾰족하고 억센 강모였다. 나는 내 몸의 털을 사랑하는 사람이다. 까맣고 숱 많은 머리털도, 다리털도, 여름이면 면도를 하지만 겨드랑이털도 좋아한다. 언젠가는 밀지 않고 다니는 게 자연스럽길 바란다(솔직히 면도하기 너무 귀찮다). 하지만 잔

아기 말고 내 몸이 궁금해서

디밭처럼 온몸에 복슬복슬 털이 나는 건 다른 이야기였다.

설상가상으로 살갗이 트는 사람도 많다. 콜라겐 섬유 사이의 결합이 파괴되면서 생기는 튼살은 배, 유방, 허벅지 등 피부가 최대로 당겨지는 부위에 주로 생긴다. 처음엔 붉은색 선으로 나타났다가 시간이 지나면 반짝이는 하얀 색으로 변한다. 임신 중 증가하는 에스트로겐, 릴랙신 호르몬이 콜라겐 섬유 사이의 결합력을 줄이고 바탕이 되는 물질을 만들어서 튼살이 생기게끔 촉진한다고 한다. 나는 사춘기 때 급격하게 살이 찌면서 종아리와 허벅지 바깥쪽 살갗이 텄는데, 어쩐 일인지 임신했을 때는 생기지 않았다. 엄마한테도 튼살은 없다. 연구에 따르면 호르몬 변화와 갑작스런 체중 증가뿐만 아니라 유전 요인도 영향을 준다고 한다.[6]

피부 착색이나 임신선, 튼살을 예방하는 방법이 있을까? 나도 임신을 하고 튼살 방지 크림을 여러 개 선물 받았지만, 예방법은 사실상 없다고 한다. 시중에서 파는 튼살 방지 크림은 살이 더 쉽게 트는 조건, 즉 건조함을 보습할 뿐이라고. 그래서 난 일반 보습 크림을 치덕치덕 자주 발랐다. 착색된 피부에 미백 크림을 바르는 사람도 있다던데, 의사 처방이 필요한 기미 치료제가 아닌 이상에야 미백 화장품의 효과는 한계가 있다.

더구나 임신을 한 많은 여성이 태아에게 해가 갈까 봐 몸에 닿는 화학물질을 최대한 줄인다. 미백 크림은 언감생심이다.

임신을 하면 이처럼 내 몸 구석구석 잠자고 있던 존재들과 만나는 경험을 하게 된다. 결코 긍정적이지만은 않다. 한번 눈에 들어온 변화는 거울 앞에 설 때마다 내 눈길을 붙잡고 나를 우울한 상념 속으로 밀어 넣는다.

'이렇게 진한 선이 과연 출산 후에 사라질까?'

'임신 전 그 매끈한 피부를 돌려받을 수 있을까?'

'이제 여름에 비키니 입기는 그른 건가?'

'아아, 나이가 들면 못하는 게 점점 많아진다는데, 임신과 출산으로 목록을 추가해야 되는 건가?'

어느 날은 이런 잡생각을 하면서 무심코 임신선을 손가락으로 비비는 나를 발견한 적도 있다. 지우개로 지우려는 듯이. 두꺼운 털과 피부 착색, 임신선은 출산을 하고 100일이 훨씬 지나서야 없어졌다(튼살은 사라지지 않는다). 울적한 나날들이었다.

이런 변화를 누구보다 가까이에서 본 남편은 어떻게든 날 달래려고 노력했다.

"지금 당신 예뻐."

괜한 거짓말이 아니라는 걸 안다. 머리에 까치집을 짓고 침을 흘리며 자고 있는 남편의 모습이 나도 정말 사랑스럽고 귀엽게 느껴지니까(아닐 때도 많지만…… 남편, 미안). 깊이 사랑하는 사람이라서 할 수 있는 말이다. 고마운 일이다.

하지만 이런 말이 남편의 입이 아닌, 제삼자의 입을 통해 공공연하게 통용되는 걸 보면 어째 좀 괴기하다. 임신을 해본 사람으로서, 임산부가 일반적인 기준에서 아름답지 않다는 걸 안다. 오히려 그 반대에 가깝다. 그런데 "임신은 숭고하다"며 "임신한 여성이 아름답다"고 하는 건, 어쩐지 나를 기만하는 것 같다는 생각이 든다. 임산부 개인이 겪는 고통에는 관심도 없으면서 아이를 낳게 하려고 어르고 달래는 느낌이랄까. 내가 겪고 있는 육체적·심리적 고통을 한 방에 아무것도 아닌 걸로 만든다. 그렇게 대놓고 거짓말할 바에는 피부과 병원에서 실질적인 도움을 받을 수 있도록 치료비나 좀 주면 좋겠다. 차라리 아무 말 말거나.

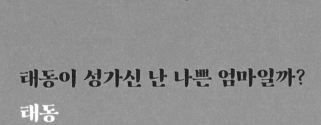

태동이 성가신 난 나쁜 엄마일까?
태동

배 속에 아기가 있다는 사실을 어떻게 믿을 수 있을까? 내가 임신을 했다는 직접적인 증거는 없는 것처럼 보인다. 태아를 직접 보거나 만질 수 없기 때문이다. 입덧 같은 증상뿐만 아니라 임신테스트기 결과, 혈액 검사 결과, 심지어 초음파 검진 결과도 과학자나 의사가 아닌 산모에게는 간접적 증거에 불과하다. 거울이 빛을 반사해 보는 장치라면 초음파 기기는 소리를 반사해 보는 장치인데, 진료실 의자에 누워 천장에 매달린 모니터를 통해 보는 초음파 영상이 자궁 속 태아로부터 실시간으로 반사된 소리가 재구성된 영상인지, 아니면 사전에 녹화하거나 컴퓨터 그래픽으로 만든 영상인지 산모는 알 도리가 없다 (물론 의사가 그런 행동을 할 이유는 없겠지만). 그만큼 임신은 몹시 비현실적인 경험이다.

그런데 도무지 그 존재를 부인할 수 없는 순간이 온다. 바로 태동이 느껴질 때다. 연구에 따르면, 임신 7.5주차에 처음으로 태아가 목을 구부리는 모습이 포착된다고 한다.[1] 말이 7.5주차지, 이론적으로는 수정란이 착상한 뒤 불과 5주가 지난 시점이다. 약 임신 6~7주차에 아기의 심장 소리를 처음 듣게 되는데, 이때 벌써 아기가 움직일 수 있었다는 게 믿기지 않았다. 물론 이때 태아는 아주 작고 움직임도 미약해 엄마가 느끼기 어렵다. 임신 15주차가 되면 태아는 호흡운동을 비롯해 머리 회전, 머리 굽히기, 턱 벌리기, 빨기, 삼키기, 깜짝 놀라기, 딸꾹질, 손으로 얼굴 만지기, 팔운동, 다리운동, 하품, 스트레칭 등을 할 수 있게 되는데, 이즈음부터는 엄마도 태동을 느낄 수 있다.[2]

나는 임신 16주차에 처음 느꼈다. 남편과 함께 침대에 누워 텔레비전을 보고 있는데 갑자기 배 속에서 '뽀글뽀글' 탄산이 터지는 느낌이 났다. 지난 정기검진 때 담당 의사가 첫 태동이 이럴 거라고 미리 일러주지 않았다면, 음식물이 소화되는 중이거나 방귀가 나오기 직전이라고 대수롭지 않게 여겼을 것이다. 여지껏 한번도 느껴보지 못한 '뽀글뽀글'이었다. 남편에게 "태동이다!"라고 외쳤다. 깜짝 놀란 그가 서둘러 내 배 위에 손을 올려봤지만 이미 지나간 뒤였다. 온 우주에서 오직 아기와 나, 단 둘만 교감한 순간이었다.

임신 18주차에는 남편도 태동을 느낄 수 있었다. 처음엔 쉽지 않았다. 사방을 고요하게 하고 남편 손을 내 배 위에 가만

아기 말고 내 몸이 궁금해서

히 올리게 한 뒤, 눈을 또렷이 고정시키고 고도로 집중해야만 열에 한 번쯤 감지할 수 있는 정도였다. 하지만 그 뒤로 태동은 몰라보게 또렷해지고 횟수도 늘어나서, 나는 물론 남편도 배가 움직이는 걸 눈으로 확인할 수 있었다. 오른쪽 옆구리를 삐쭉 미는 게 아기의 머리일지, 손일지, 발일지, 엉덩이일지 남편과 함께 추측하는 재미가 있었다. 배를 통통 두드리면 그 방향으로 뭔가가 삐쭉 나오기도 하고, 반대로 볼록하게 나온 부분을 만지면 놀란 아기가 쏙 숨어 들어가기도 했다. 아기의 움직임을 확인한 순간 마음이 편해지면서 임신이 행복해지고 있었다. 앞으로 닥칠 일은 까맣게 모른 채.

어느 날 오싹 소름이 돋았다. 사무실에 앉아 일을 하는데 배속에서 뭔가 스멀스멀 지나가는 것 같은 느낌이 들었다. 깜짝 놀라 태동에 신경을 집중했다. 왼쪽으로 오른쪽으로 스르륵스르륵 마치 뱀이 지나가는 듯한 느낌이었다. 아기에겐 미안한 말이지만, 징그럽고 당혹스러웠다.

그 이후로도 이런 느낌이 종종 찾아왔다. 가령 뱃가죽이 출렁일 때도 그랬다. 그 좁은 자궁 속에서 태아가 기지개라도 켜는지 종종 배가 양옆으로 죽 늘어났다. 배 속의 아이가 에이리

언처럼 느껴졌다. 임신 초기에 통통거릴 땐 마냥 귀여웠는데, 사실 그때만 해도 다른 생명체가 자궁벽을 두드리고 있다는 생각은 하지 못했던 것 같다. 하지만 아기가 뱃가죽을 잡아 늘리기 시작하자 금방이라도 배를 찢고 나올 것만 같았고, 아직 얼굴을 보지 못한 한 생명체가 나와 연결돼 있다는 사실이 기괴하게만 느껴졌다. 귀엽고 사랑스러워야 할 아기에게 이런 감정을 느끼다니, 내가 나쁜 엄마가 된 것만 같았다.

태동에 적응한 뒤론 태동이 몹시 귀찮게 느껴졌다. 아기는 시도 때도 없이 움직였다. 태아는 한 번 잠들면 20~40분간 조용하고, 건강한 태아의 수면 주기는 최대 90분을 넘지 않는다.[3] 1시간 30분마다 최소 한 번씩은 아기가 사지를 뻗고 발을 구르고 딸꾹질을 한다는 말이다.

만삭 임산부 31명을 대상으로 24시간 동안 태동을 관찰한 연구에 따르면, 태아는 시간당 평균 31번 움직였다고 한다.[4] 내가 밥을 먹을 때도, 친구와 수다를 떨 때도, 회의를 할 때도, 길을 걸을 때도 태아는 쉼 없이 부지런히 움직였다. 태아가 건강하게 잘 자라고 있다는 생각에 안심이 되면서도, 끊임없이 주의력이 갉아 먹혀 난감했다.

움직임은 또 어찌나 큰지. 태아가 딸꾹질을 시작하면 배가

아기 말고 내 몸이 궁금해서

위아래로 요동쳤다. 내가 배로 딸꾹질을 하는 셈이랄까. 출퇴근 지하철 안에서 불룩한 배 위에 스마트폰을 얹고 전자책을 읽곤 했는데, 딸꾹질이 시작되면 그대로 수분간 눈앞에서 활자가 함께 흔들렸다. 태아한테 뜨끈한 보리차를 먹일 수도 없고 참. 당시 회사에서 새로 출시한 영상 콘텐츠를 제작하느라 그림을 그릴 때가 많았는데, 아기가 갑자기 발로 차는 바람에 탈선(!)을 한 적도 여러 번이었다. "아 나……" 하고 낮게 읊조릴 때마다 건너편에 앉은 선배는 "아기가 또 밀었어?"라며 웃었다. 아기는 사랑스럽지만…… 솔직히 짜증 날 때도 있었다.

　30주차가 넘어가면서 태동이 클 때는 통증이 느껴졌다. 특히 아기에게 갈비뼈를 채일 땐 신음 소리가 절로 나왔다. 학교 책걸상에 팔꿈치 뼈와 뼈 사이의 빈 공간을 부딪히면 피부에 인접한 신경다발이 충격을 받아 마치 전기가 흐르듯 찌릿한 느낌을 받게 되는데, 그와 비슷했다. 출산하기 불과 며칠 전에 느낀 태동은 무섭기까지 했다. 나올 때가 임박해서인지 아기 머리가 성기 바로 위 치골을 통통 내리 찍었다. 몸 안에 있는 뼈를 말 그대로 얻어맞고 있었다. 아파서 "악!" 소리가 절로 나왔다. 금방이라도 밑을 뚫고 나올 것 같은 공세에 공포감마저 일었다.

도대체 아기가 발로 차는 힘은 얼마나 셀까? 이런 걸 연구한 사람이 과연 있을까? 별 기대 없이 검색해보니, 놀랍게도 관련 연구가 있었다. 2018년 1월에 발표된 나름 따끈따끈한 연구였다.[5] 임신 20~35주차 태아의 자기공명영상을 찍고 컴퓨터 모델링으로 아기가 발로 차는 힘을 계산한 결과, 임신 20주차에 태아의 발차기 힘은 29N(뉴턴)이었고, 30주차엔 47N까지 커졌다고 한다. 1N은 질량이 1kg인 물체를 가속도 $1m/s^2$으로 가속하는 데 필요한 힘이다. 47N이면 질량이 약 4.8kg인 아령이 허공(중력가속도 $9.8m/s^2$)에서 떨어질 때 받는 힘이다(다시 생각해도 아프군). 그 이후엔 점점 약해져 임신 35주차 태아의 발차기 힘은 17N이 된다고 한다.

태동은 태아의 근골격계가 정상적으로 발달하는 데 중요한 역할을 한다. 위 연구에 따르면 태아가 계속 자라면서 움직일 공간이 좁아져 태동이 줄거나 둔해지지만, 골격 안에 생기는 저항력(응력)과 골격이 순간적으로 변하는 정도는 임신 35주차까지 꾸준히 늘었단다. 태아 주변을 둘러싸고 있는 자궁벽으로부터 저항을 많이 받아 뼈를 단련하는 셈이다. 이런 줄도 모르고 태동이 너무 성가신 나머지 "아가야, 좀 가만히 있으면 안 될까?" 하고 말을 건 적도 있다. 아기에게 금방 미안해했지만.

아기 말고 내 몸이 궁금해서

이런 괴로운 심정을 여성 커뮤니티에 토로한 적이 있다. 의외로 나와 비슷한 생각을 한 사람이 많았다. 어떤 이는 임신한 뒤로 몸이 힘들어 태동이 반갑지만은 않다고 했고, 또 어떤 이는 스멀스멀 움직이는 태동이 느껴지면 잠을 설친다고 했다. 본인 의지와 상관없이 몸통 전체가 꿀렁꿀렁 흔들리는 느낌이 싫다는 사람도 있었다. 그리고 상당수는 '내가 나쁜 엄마인 것 같다' '이런 생각을 하는 게 아기에게 미안하다'고 했다.

지금에야 드는 생각인데, 임신 중 태동이 사랑스럽지 않다고 우리가 나쁜 엄마는 아닐 것이다. 이건 우리 내면의 문제가 아니다. 모성애는 타고나거나 저절로 생기는 게 아니기 때문이다. 이제 많은 과학자가 모성애는 경험을 통해 만들어진다고 본다.

예를 들어, 신경과학자들이 친부모 가정, 그리고 한 명만 생물학적 아버지인 남성 동성애자 커플 가정의 모성애를 조사한 연구가 있다.[6] 아기 영상을 보여주면서 기능성자기공명영상 fMRI을 촬영했더니, 모든 부모 뇌의 '양육 네트워크'가 활성화됐다. 그런데 부모 간 차이가 있었다. 엄마 뇌는 오래전 진화한 '감정적 두뇌 네트워크'가 더 많이 활성화된 반면, 아빠 뇌는 나중에 개발되는 '사회 인지적 두뇌 네트워크'가 더 많이 활성화

됐다. 뭐야, 결국 엄마의 모성애는 여성의 선천적 특징이고 아빠의 부성애는 단지 학습의 결과라는 말인가?

반전은 동성애 커플 가정에 있었다. 주 양육자 아빠는 사회인지적 두뇌 네트워크뿐만 아니라 친부모 가정의 엄마처럼 감정적 두뇌 네트워크도 크게 활성화된 것이다. 또, 두 네트워크가 연결된 모습이 관찰됐다. 연구팀은 직접 출산하지 않았더라도 아이를 돌보는 경험을 통해 아빠 뇌가 엄마 뇌와 같은 방식으로 양육 네트워크를 활성화한다는 결론을 내렸다. 즉 모성애도 부성애도 모두 육아 행위의 산물이다. 반대로 이야기하면 양육은커녕 아직 얼굴도 보지 못한 태아의 태동에 특별히 애착을 느끼지 못한다고 해서 이상한 일도 아니고 나쁜 엄마는 더더욱 아니다.

문제는 오히려 임신한 여성에게 당연히 강력한 모성애가 있을 거라고 가정하는 사회가 아닐까. 과학자도 이제 더는 그렇게 이야기하지 않는데 말이다. 가령 우리가 평소에 먹는 음식 대부분은 태아에게 해를 끼치지 않는데, 고작 커피 한잔 마셨다고 모성애 없는 비정한 엄마로 몰아세우는 일이 비일비재하다. 모성애는 신화에 가깝다. 프랑스의 철학자 엘리자베트 바댕테르Elisabeth Badinter는 저서 《만들어진 모성》에서 사람들이 흔히 이야기하는 것처럼 모성애는 본능이 아니라 근대가 발명한 역사적 산물이라고 주장했다. 예컨대, 1780년 파리 치안 감독관의 통계에 따르면 파리시에서 매년 태어나는 아기의 5% 미만이 모유를 먹고 자랐다고 한다. 18세기 말까지도 아기에 대한 무관심이 만연했는데, 19세기 들어 노동력이 중요해지자 국가가 여성들에게 모성애를 강요하기 시작했다는 것이다. 모성애를 핑계 삼아 태아만을 중심에 놓고 엄마의 삶을 희생하도록 강요하는 사회적 압력은 부당하다.

태아의 발차기 힘을 연구한 아일랜드 출신의 생체의공학자 스테판 베르브루겐Stefaan Verbruggen 박사의 홈페이지를 살펴보다가 연구 당시 찍은 자기공명영상 사진들을 이어 붙여 만든 동영상을 발견했다.[7] 아기가 엄마 배 속에서 발을 퉁퉁 차고 엄마 자궁벽을 손으로 쭈욱 밀기도 하는 모습이 선명하게 보였다. 앞에서도 말했듯이, 몸속에 아기를 키운다는 건 너무 비현실적인 경험이라, 적어도 나의 경우엔 초음파 사진 속 외계인처럼 생긴 존재가 내 아이라는 사실이 선뜻 와닿지 않았다. 실존 자체에 의문이 들었다고나 할까. 그때 이 영상을 봤다면 아마 별 감흥이 없었을지도 모르겠다. 그러나 자주 울고 때론 방

굿 웃는 아기를 품에 소중히 안아 살을 맞대고 어르고 달래 먹이고 씻기고 입히고 재우며 함께 울고 웃는 일상을 300일쯤 해낸 지금에서야 영상을 보니 '아이고, 내 딸. 네가 엄마 배 속에서 저런 모양으로 있었구나. 저렇게 용쓰느라 엄마 배가 출렁였던 거네' 하고 비로소 이해하게 됐다. 이제야 태동은 '사랑스러운 아기의 기특한 움직임'으로 기억 속에 다시 쓰였다.

출산을 한 순간에도, 그리고 아기와 10개월이 넘게 함께 지낸 지금도 내 배 속에서 나왔다는 사실이 잘 믿기지 않는다. 그러나 이젠 '아무렴 어때'란 생각이 든다. 내게서 나오지 않았더라도 상관없다. 지금 이 아기는 내게 무척 소중하다. 다른 사람 품에 안겨 있을 땐 세상이 떠나가라 엉엉 울다가도 내가 곁에 다가가면 뭐가 그리 좋은지 울음을 뚝 그치곤 헤헤 웃는다. 태어났을 때 "응애, 응애" 하고 울던 아기가 이제 "엄마, 엄마" 하고 운다. 이 모든 게 사랑스럽다. 모든 걸 다 주고 싶다. 대체 불가능한 유일무이한 감정이다. 이렇게 교감하면서 모성애를 만들고 가꿔나가는 거겠지. 앞으로 이 아기가 더 사랑스러울 거라는 걸 안다. 믿는 게 아니라 그냥 안다. 태동이 좀 성가시긴했어도, 죄책감을 느낄 일은 아니었다. 우리 모두는 이렇게 차차 진한 모성애의 소유자가 되어갈 테니까.

아기 말고 내 몸이 궁금해서

그런데 딸아, 너 엄마 배 속에 있을 때 정말 대단하긴 했어. 엄마 아빠가 태동을 느끼면서 "우리 애 축구 선수 시켜야겠어"라고 말하는 클리셰가 괜히 있는 게 아니라니까.

어느 날 똥꼬에 손이 닿지 않았다
관절

쓸까 말까 고민했다. 쓰면서도 고민하고 있다. 하지만 쓰기로 마음먹었다. 이건 무척 사적인 이야기다. 그래서 더 써야 할 것 같다. 쓰지 않으면 영영 아무도 모를 테니 말이다.

임신 후기를 향해가던 어느 날이었다. 배가 살살 아파서 화장실에 갔다. 철분제를 챙겨 먹으면서부터 변비에 시달리고 있었지만, 그 날은 다행히 수월하게 볼일을 봤다. 오랜만에 맛본 상쾌함.

'이제 나가서 아이스크림 먹어야지. 룰루.'

기분 좋게 오른손에 화장지를 둘둘 말아 들었다. 그러곤 손을 뒤로 뻗었다. 그런데 어라? 항문에 손이 닿지 않았다. 뭐지? 다시 한 번, 으쌰. 닿지 않는다. 앞으로 해볼까? 끙, 가당치도 않지. 배가 이렇게 많이 나왔는데. 배를 가로질러 배꼽을 지나 그곳까지 가는 길은 임신 전에 비해 두 배는 길어졌을 것이다. 뒤로 다시 한 번만 해보자. 영차, 안 된다. 반동을 줘볼까? 으쌰, 안 된다. 망했다.

오른손엔 휴지를 그대로 말아 들고 아무도 없는 집 화장실에서 실성한 듯 웃었다. 임신을 하면 스스로 발톱을 못 깎거나 양말을 못 신을 수도 있겠다는 생각을 임신 전에 해본 적이 있는데, 똥을 못 닦으리라고는 상상조차 하지 못했다. 몸을 이리 틀고 저리 틀어 겨우 뒤처리를 했다. 웃긴데 너무 슬펐다. 수치스럽기도 했다. 도대체 알 수가 없었다. 앞으로 안 되는 거야 그렇다 치고, 뒤로는 왜 손이 안 닿는 걸까?

이 책을 쓰면서 '구글 신'의 도움을 많이 받았다. 궁금한 키워드를 검색해 각종 기사며 책, 논문 자료를 찾았다. 그런데 이번엔 뭐라고 검색해야 할지조차 몰랐다. 누구에게 물어봐야 할지도 감이 오지 않았다. 업무상으로야 새로 발표된 논문을 토대로 기사를 기획하면 그 연구자와 인터뷰를 하면 되지만, 호기심이나 질문에서 출발한 기사는 취재원을 찾는 게 첫 번째 과제다. '고양이는 야생동물일까, 반려동물일까' '빅뱅이론은 완벽할까' 같은 기사가 그랬다. 출발점을 찾기 힘들 때는 마지막 수단으로 페이스북을 이용했다. 공대를 졸업한 덕분에 공학도 친구가 많아서, 페이스북에 질문을 남기면 똑똑하고 착한 친구들이 종종 실마리를 주는 경우가 있었기 때문이다.

그래서 이번에도 페이스북에 접속했다. 하지만 차마 "임신

아기 말고 내 몸이 궁금해서

아니 시방
이게 지금
무슨 시츄에이션이여
똥 닦다가
똥 나오겠네

후기, 똥꼬에 손이 닿지 않는데 이유를 아시는 분 계세요?"라고는 물을 수는 없었다. 임산부의 생체역학을 아는 사람도 많지 않을 듯싶었다. 대신 이렇게 물었다.

"비만으로 배가 많이 나오면 팔 관절이 움직일 수 있는 범위가 달라질까요?"

친구들은 이번에도 내 기대를 저버리지 않았다. 재활공학을 연구한 후배 S가 〈비만이 남성의 능동 관절 가동범위에 미치는 영향Obesity effect on male active joint range of motion〉이라는 논문[1]의 링크를 달아준 것이다. 이 연구에 따르면, 비만인 남성은 30개의 관절운동 중 9가지 동작을 잘 못했다고 한다. 관절이 움직일 수 있는 최대 각도를 '관절 가동범위RoM, Range of Motion'라고 하는데, 그게 크게 줄었다고. 특히 왼쪽 어깨를 몸 안쪽으로 모을 수 있는 최대 관절 가동범위는 38.9%나 줄었다고 한다. 임산부도 그럴까? 논문을 쓴 박우진 서울대학교 산업공학과 교수에게 메일로 자문을 구했다.

"임신도 비만과 유사한 신체 변화가 생기기 때문에 몸통과의 간섭으로 어깨를 몸 안쪽으로 모으는 동작의 관절 가동범위가 확실히 줄어들 것 같습니다. 그런데 화장실에서 손을 뒤로 뻗는 동작은 어깨뿐만 아니라 몸을 비트는 동작이나 옆으로 구부

아기 말고 내 몸이 궁금해서

리는 동작의 관절 가동범위와도 상관있을 겁니다. 임산부는 이런 동작을 하기 어려울 거고, 손을 뒤로 뻗는 기능적인 운동도 제한을 받겠죠. 물론 연구를 해봐야 확실히 알 수 있습니다."

박 교수는 "임신이 관절의 가동범위에 미치는 영향을 보고한 논문이 있는지 검색해봤는데 찾을 수가 없었다"며 "임산부를 위한 인간공학 설계 측면에서 대단히 의미 있는 연구 주제임에도 연구가 별로 없어서 놀랐다"고도 했다.

서두에 쓴 일화는 개인적으로 가장 충격적인 것이었을 뿐, 그 밖에도 일상의 수많은 움직임에 제약이 뒤따랐다. 하루에 많게는 십수 번 해야 하는, 의자에서 일어나는 것만 해도 큰일이었다. 가뜩이나 커진 자궁이 방광을 압박해 오줌이 자주 마려웠는데, 화장실에 가려고 의자에서 일어날 때마다 몸을 일으키기가 힘들어 "아이고" 소리가 나왔다. 역학적으로 보면 의자에서 일어나는 행동은 지지대 역할을 하는 의자와 발을 기준으로 몸통의 무게중심을 앞과 위 방향으로 옮기면서 동시에 균형을 유지할 수 있어야 가능한 까다로운 임무다. 만약 몸통의 움직임이 조금이라도 제한되면 이 임무를 제대로 완수할 수 없다.[2] 그런데 임신이 진행될수록 몸통을 앞으로 구부릴 수 있는 최대 각도는 줄어들고 몸무게는 늘어난다.[3] 의자에서 일어나기란 갈수록 힘들어진다.

29~33주차 임산부 200명을 대상으로 32가지 움직임에 대해 설문조사를 한 연구[4]에 따르면, 임산부들은 바닥에서 무언가를 집을 때, 안전벨트를 맬 때, 차에 타거나 내릴 때, 또 침대에 눕거나 침대에서 일어날 때 기동성mobility이 현저하게 떨어졌다. 제한된 공간에서 몸을 구부리거나 비틀거나 들어 올리는 행동을 하기가 어려운 것이다. 이 밖에도 책상에서 일할 때엔 등 통증이 있고, 계단을 오르는 일은 매우 피로하며, 높은 선반에서 무언가를 꺼내는 건 몸의 불안정성이 커져서 어렵다고 답했다. 또 발끝이 잘 보이지 않아 신발을 신기가 어렵다고도 했다.

출산 전까지 누워만 있을 게 아니라면 이런 고난이도(?)의 행동을 어쨌든 해내야만 하고, 그 부담은 관절의 몫이다. 의자에서 일어날 때 무릎 관절에 미치는 힘을 계산한 연구에 따르면, 출산 후보다 임신 중일 때 무릎 관절에 미치는 힘이 30% 넘게 더 컸다고 한다.[5] 임신과 출산을 겪으면 무릎이 나간다는 말이 괜한 게 아니었다.

임산부는 이 사실을 본능적으로 알고 있기라도 한 걸까? 배가 나올수록 팔자걸음을 걷게 되는데, 팔자걸음이 실은 무릎

아기 말고 내 몸이 궁금해서

관절의 부담을 줄여준다고 한다. 연구에 따르면 일반 걸음이나 안짱걸음보다 팔자걸음을 걸을 때 '무릎 내전 모멘트'가 더 작았다.[6] 무릎 내전 모멘트란 정강이뼈가 허벅지뼈를 기준으로 안쪽으로 회전하려는 힘을 말한다. 이 값은 관상면(신체를 앞과 뒤로 나누는 가상의 면)에서 무릎 관절 중심 사이의 거리에 의해 결정되는데, 두 발의 각도를 많이 벌릴수록 이 거리가 줄어들어 결과적으로 모멘트 값이 작아진다고 한다.[7]

요리조리 움직이기는 갈수록 힘들어지는데, 설상가상으로 세상은 너무 좁았다. 임신을 하고 보니 오직 신체 건강한 표준 체중의, 즉 날씬한 성인만 가까스로 이용 가능한 것들이 많았다.

특히 설거지를 할 때 허리가 끊어질 듯 아팠다. 커진 배가 싱크대에 걸리면서 수도꼭지까지 손이 닿지 않았다. 그릇을 씻으려면 허리를 최대한 굽혀야 했다. 나보다 키가 훨씬 큰 남편이 설거지를 힘들어하는 이유를 알 수 있었다. 도저히 안 되겠다 싶어서 까치발을 들어 배를 싱크대 위에 턱 걸쳐놓은 뒤 설거지를 하기도 했는데, 배가 온통 물에 젖는 데다가 허리가 끊어지느냐 종아리에 쥐가 나느냐 택일의 문제가 돼버릴 뿐이라 그만뒀다.

좁은 주차장에 주차를 한 뒤 차에서 내리지 못한 적도 여러 번이었다. 남편과 있을 땐 차를 다시 뺀 뒤 내리면 되는데, 나 혼자 운전을 해서 나갔을 땐 상대적으로 공간이 넓은 기둥 옆자리를 찾아 헤매야 했다. 차에서 내렸지만 차와 차 사이를 빠져 나오지 못한 적도 많았다. 임신하기 전엔 좁은 공간에서 몸을 옆으로 돌려 까치발을 하고 빠져 나올 수 있었지만, 임신으로 배가 부른 뒤론 몸의 앞뒤 길이가 몸의 가로 길이를 능가해 그마저도 불가능했기 때문이다(만삭 때 양 옆구리 사이 직선거리는 29cm였고, 등 가운데에서 배꼽까지의 직선거리는 34cm였다. 배가 너무 많이 나와서 가로와 세로 중 어디가 긴지 알아보자며 남편이 재봤다. 하하).

주차장뿐만 아니라 공중화장실, 영화관, 사무실 책상과 의자, 싱크대, 에스컬레이터 등등 임신한 내가 접근하기에 세상은 너무 좁거나 너무 높거나 너무 낮았다. 출산을 하면 해결될 줄 알았지만, 그도 아니었다. 부른 배 대신 이젠 그보다 더 큰 아기가 품에 안겼기 때문이다. 매번 움직일 때마다 남에게 도움을 청할 수도 없는 노릇이었다. 그러나 이런 이야기를 하면 사람들은 대수롭지 않게 여기곤 했다.

'유니버설 디자인'이란 개념이 있다. 모든 제품이나 건축물을

아기 말고 내 몸이 궁금해서

사용자의 연령, 능력, 성별, 장애, 언어에 관계없이 최대한 유용하게 사용할 수 있도록 설계하는 개념이다. 누구나 힘들이지 않고 탈 수 있는 저상버스, 휠체어가 건물 안에 진입할 수 있게 해주는 경사로, 선반 안으로 머리와 팔을 구겨 넣지 않아도 쉽게 물건을 꺼낼 수 있는 바퀴 달린 선반 등이 그 예다. 임산부, 장애인, 노인, 비만인, 어린아이뿐만 아니라 신체 건강한 표준 체중의 성인에게도 훨씬 편하다. 처음 이 개념을 접한 스물여섯 살 때는 '이런 것도 하면 좋지'라고 다소 시혜적인 시선으로 바라봤다. 하지만 임산부가 되고 보니 당사자에겐 '있으면 좋은 것'이 아니라 '있어야만 하는 것'이었다.

하지만 이런 개념, 이론이 발달하는 것과 우리의 일상적인 환경이 변하는 것 사이엔 아주 큰 시간적 괴리가 있다. 유니버설 디자인도 마찬가지라서, 세상에 적용되는 건 매우 제한적이고 그나마도 잘못 만들어 원성을 사기도 한다. 또 언제나 그렇듯 과학과 기술은 완전한 해결책이 될 수 없다. 여기엔 반드시 사람들의 배려와 따뜻한 시선이 필요하다.

언제쯤 세상은 다양한 사람들을 포용할 만큼 넓어질까.

똥 때문에 아이가 놀리면
어떡하지?
빈혈, 변비, 치질

자꾸 똥 이야기를 해서 미안하지만, 똥을 잘 누는 건 살아가는 데 아주 중요한 문제다. 임신이 진행되면서 똥이 잘 나오지 않았다. 살면서 3분을 넘긴 적이 없는데, 자꾸 시간이 길어졌다. 출산 교실에서 "출산에 임박해 힘을 줄 때 똥을 누는 것 같은 느낌으로 힘을 줘야 제대로 하는 것"이라는 말을 들은 뒤로는 출산 연습을 하는 기분으로 똥을 눴다. 난 예습을 잘하는 모범생이니까!

나중엔 변기에 거의 드러눕다시피 했다. 살면서 이렇게 큰 힘을 줘본 적이 있던가. 조금 과장해서, 이러다 아기가 같이 나오는 건 아닐까 싶었다. 하루 종일 자궁벽을 차대던 아기도 이 순간만큼은 긴장을 한 건지, 엄마 힘내라고 응원을 하는 건지, 그도 아니면 딸려 내려가지 않으려고 자궁벽이라도 붙잡고 있는 건지 아무런 움직임도 없이 고요했다. 더 큰 문제는, 화장실에 가지 못하는 일수가 자꾸 늘고 있었다는 점이다. 담당 의사에게 "똥 때문에 아기가 눌리지는 않나요?"라고 물었다가 큰 웃음을 샀다.

"엄마가 힘들 뿐이지, 아기는 안전하게 잘 있습니다. 커진 아기와 자궁에 엄마 장이 눌려서 변비가 심해질 수는 있어요."

나의 장운동에 무언가 심상찮은 변화가 생기고 있음은 임신 초기부터 알고 있었다. 임신한 뒤로 속이 자주 더부룩하고 고약한 '방귀쟁이 뿡뿡이'가 돼가고 있었기 때문이다. 인류의 막대한 먹이 활동을 주제로 한 기획기사를 진행하면서 원고를 청탁한 인연이 있는 김성우 미국 노스캐롤라이나주립대학교 교수에게 메일을 보냈다.

"교수님, 임신하고 나서 방귀를 자주 뀌고 방귀 냄새가 지독해졌어요!"

그의 설명은 이랬다. 기본적으로 장운동이 약해지면 소화물의 이동이 느려진다. 그러면 대장에서 발효가 더 많이 일어나고 장내 미생물 균총에 변화가 생길 수 있다. 이로 인해 방귀가 더 많이 나올 수 있다. 특히 황화수소와 메르캅탄 등 악취를 내는 화합물이 더 많이 생기면서 방귀 냄새가 더 지독해질 수 있다.

"그럼 임신 중에 장운동은 왜 느려지는가? 이에 대해서는 의

아기 말고 내 몸이 궁금해서

견이 분분할 수 있습니다. 임신 중에 몸을 지배하는 프로게스테론 호르몬의 영향이 크다고들 하는데, 꼭 그렇지 않다는 논문도 있네요. 동물실험이 늘 그렇듯 연구마다 결과가 달라서, 한마디로 결론을 내리는 건 무리가 아닐까 합니다."

임산부의 장에 직격탄을 날리는 존재는 따로 있다. 바로 철분제다.

국가가 보건소를 통해 임산부에게 무료로 제공하는 딱 두 가지 영양소가 엽산과 철분인데, 엽산이 필수라는 건 알고 있었지만 철분도 필수라는 건 다소 의외였다. 이유는 혈장과 적혈구의 불협화음에 있다. 한 연구[1]에 따르면, 임신을 하면 혈액을 구성하는 액체 성분인 혈장이 늘어난다. 임신 중기부터 급증하기 시작해 35~36주차가 되면 최대치가 된다. 3.3kg의 평균 태아를 가진 건강한 여성의 경우 혈장량이 1250mL까지 늘어난다고. 임신하지 않은 여성의 총 혈장량이 2600mL니까, 원래 양의 50%가 늘어나는 셈이다. 반면 적혈구의 양은 상대적으로 훨씬 덜 늘어난다. 임신 후기까지 약 250mL만 늘어난다. 임신하지 않은 여성의 평균 적혈구 양이 1400mL인 걸 고려하면 18% 증가하는 데 그치는 것이다. 철분제를 먹으면 그나마 적혈구가 400~450mL가량 증가하는데, 이것도 30% 정도에 불과하다. 즉, 혈장량이 급증하기 시작하는 임신 중기부터 적혈구가 혈장에 희석된다. 피가 묽어진다는 말이다.

이 때문에 임산부는 '철 결핍성 빈혈'이 생기기 쉽다. 철 결핍성 빈혈은 적혈구의 주요 구성 성분인 헤모글로빈이 부족한 상태를 말한다. 헤모글로빈은 철을 포함하는 빨간색 단백질로, 폐에서 산소를 업고 출발해 혈액을 타고 몸 구석구석을 돌아다니며 산소를 내려준다. 철분이 부족해지면 산소를 배달해줄 헤모글로빈과 적혈구가 제대로 생산되지 않아 각 조직으로 산소가 충분히 가지 못한다. 뇌에도 산소가 충분히 가지 않기 때문에 어지럼증을 느끼게 된다. 임산부의 정상 헤모글로빈 수치는 혈액 1dL(데시리터, 1dL는 100mL)당 11g 정도. 반면 임신하지 않은 여성은 12~16g/dL다. 피가 너무 묽으면 출산할 때 출혈 위험이 높다고 한다. 따라서 피가 급격히 묽어지기 시작하는 임신 16주차부터 빈혈 예방을 위해 철분제를 보충해야 한다.

그런데 철분제의 대표 부작용이 바로 변비다. 남편은 임신 초기부터 내게 철분제를 못 먹여 안달이었다. 남편은 걱정을 사서 하는 타입으로, 안위에 대한 보통의 증상이 '안전 불감증'이라면 남편의 경우는 '안전 민감증'이다. 나의 임신 사실을 알고 그는 가장 먼저 각종 영양제와 '월화수목금토일'이라고 쓰인 약통을 구입했다. 뭐 하나라도 부족하면 행여 태아가 잘못되기라도 할까, 비타민C부터 시작해서 비타민D, 식물성 오메가3, 칼슘 등을 내게 들이부으려 했다. 그중에는 철분제도 있었다. 임신 12주차밖에 안 됐을 때 남편은 담당 의사에게 "선생님, 혹시 지금부터 철분제를 먹어도 되나요?"라고 물었다. 물론 만류당했다.

"철분제를 먹으면 심한 변비가 생기기 때문에 지금부터 드시게 하면…… 아마 아내 분이 남편 분 멱살을 잡을 겁니다. 16주 이후에 드세요."

여담인데, 사실 이 이야기를 하자 주변 사람들은 거짓말 하지 말라고 놀려댔다. 세상에 그런 남편이 어디 있냐는 것이었다. 임신이 여성과 남성 둘 모두의 책임이라는 건 이제 상식처럼 됐지만(그럼에도 불구하고 미혼 여성의 임신은 여전히 여성 혼자만의 문제로 떠넘기는 이 사회에 분통 터진다), 산모의 건강과 원활한 출산 과정에 대한 책임까지도 남성이 함께 져야 한다는 사실은 아직 공감대가 널리 형성돼 있는 것 같지 않다. 산부인과 검진에는 기꺼이 동행하지만, 남편들은 거기에서 기쁨과 행복을 주로 취한달까. 철분제를 챙겨 먹는 일을 포함해 임신을 정말 축복으로 만들기 위해 해야 할 수많은 일을 세심하게 챙기는 남편은 사실 나도 많이 본 적이 없다. 그래서 임신 전부터 남편과 이에 대해 많은 이야기를 나눴고 고맙게도 남편은 임신 관련 서적을 읽고는 임신 중 해야 할 다수의 귀찮은(!) 일을 자기가 챙기겠다고 나서준 거였다.

철분제를 먹기 시작하자 몸에 바로 변화가 나타났다. 가장 먼저 대변이 새까매졌다. 처음 그것(?)을 만났을 땐 깜짝 놀라 잠시 눈싸움을 했다. 장에 이상이 생긴 줄 알았다. 서둘러 인터넷 검색을 해보니 다행히 철분제를 복용할 때 나타날 수 있는 정상적인 현상이란다.[2] 원래 똥은 간에서 만들어진 황갈색 담즙과 죽은 세포, 장내 세균, 소화되지 않은 음식물 등이 섞여 갈색을 띤다. 그런데 철분제를 먹었을 경우 100% 몸에 흡수되는 게 아니라서 혈액에 들어가고 남은 철분 성분이 대변으로 빠져나간다. 철분이 공기 중 산소와 만나면 산화해 검은색을 띠는 것이다.

'휴, 이제 본 게임이 시작되는 건가.'

변비가 시작됐을 때는 오히려 담담했다. 철분제의 부작용이 변비란 말을 익히 들어서였다. 흡수되지 않은 철분 성분이 장의 다른 배설물과 결합하면 *끈끈하게* 변하는데, 이 때문에 대

아기 말고 내 몸이 궁금해서

변이 잘 이동하지 않아 변비가 되는 거라고 한다.

몇 달간 지속된 변비와 힘겨운 똥 누기의 결과는 무시무시했다. 출산 후 어느 날 대변을 보는데 피가 제법 쏟아졌다. 처음엔 생리를 다시 시작한 줄 알았다. 이제 피임을 해야겠다고 생각하면서 뒷수습을 하는데 아무리 봐도 질에서 피가 나오는 게 아니었다. 항문에 뭔가가 만져졌다. 임신성 치핵인 것 같았다. 치핵은 항문 혈관과 근육이 비정상적으로 아래로 늘어져 생기는 덩어리로, 치질의 일종이다. 임신성 치핵'인 것 같다'고 짐작 형태로 말하는 이유는 피를 쏟고 넉 달이 지난 지금까지도 병원에 가보지 못해서다. 홀로 아기를 돌본다는 게 이렇다.

그 날, 초콜릿 두 봉지를 해치웠다
임신성 당뇨병

임신 기간은 고통과 걱정의 연속이다. 마치 게임을 하듯 각 주수마다 새로운 물리적 고통에 직면하고, 새로이 떨어진 과제를 '도장깨기' 하듯 인내하고 격파해야 한다. 만약 어떤 단계를 무사히 넘기지 못하면 출산하기 전까지 밤낮없는 걱정에 시달리거나 혹독하게 관리를 해야 하는 일도 생긴다. 임신 7개월, 25주차 과제는 흔히 '임당'이라고 부르는 임신성 당뇨병 검사였다.

당뇨병이라니, 맙소사. 이토록 구체적이면서도 동시에 나와는 아무 상관없는 일이라고 생각했던 병명 앞에서 잠시 아득해졌다. 의학 학술지나 생명공학 학술지에는 당뇨병에 관한 연구 결과가 꽤 자주 실린다. 2011년 기준 전세계 당뇨병 환자가 무려 3억 6600만 명이다.[1] 이는 미국의 인구와 맞먹는 수치다. 언젠가 당뇨병에 대한 흥미로운 연구 결과를 발견해 기사로 쓰려고 발제를 한 적이 있는데, 편집장이 바로 '킬'했다. 우리 과학 잡지의 주요 독자인 청소년이 당뇨병에 관심이 없다는 게 이유였다. 당뇨병을 모르기로는 나도 마찬가지였다. 전세계 당뇨병 환자는 40~59세에 몰려 있다. 그러니 32세에 불과한 내가 임신을 해서 당뇨병 환자가 됐을지도 모르며, 이 때문에 검사를 받아야 한다니 이 얼마나 자다가 봉창 두드리는 소리냐 말이다. 알고 보니 임신성 당뇨병은 임산부에게 흔하게 생기는 내과 질환 중 하나라고 한다.[2] 국민건강보험공단 자료에 따르면 임신성 당뇨병 유병률이 2007년 4.1%에서 2011년 10.5%로 빠르게 늘었다고.

우리가 식사를 하면 가장 먼저 혈액 속에 포도당이 늘어난다. 아직은 포도당을 에너지로 바꿔 쓸 수 있는 상태가 아니다. 이걸 에너지로 이용하려면 인슐린이 분비되어 포도당을 세포 속으로 흡수해야 한다. 그런데 어떤 원인으로 인슐린 기능이 떨어지거나 분비량이 부족하면 포도당이 흡수되지 못하고 혈액 속에 넘쳐흐르다가 소변으로 배출된다. 이게 바로 당뇨병이다.

그런데 임신을 하면 '원래' 인슐린 기능이 절반까지 떨어진다. 따라서 엄마의 체세포가 혈액 속 포도당을 세포 속으로 흡수해 에너지로 바꿔 쓰는 비율이 절반으로 줄어든다. 태아에게 영양분을 잘 공급하기 위해서다. 이에 대한 부작용으로 혈당이 높아지기 쉬운데, 이를 보완하기 위해 엄마 몸은 인슐린 물량전을 펼친다. 임신 전에 비해 인슐린 분비가 200~250%까지 늘어난다.[3] 그런데 어떤 원인으로 인슐린의 기능이 지나치게 떨어지거나 추가로 분비되지 않으면 결국 고혈당 상태가 된다. 이게 바로 임신성 당뇨병이다. 미국당뇨병학회는 임신성 당뇨병을 임신 중기나 후기에 처음 진단된 당뇨병으로, 임신 전부터 있었던 당뇨병과 구분해 정의하고 있다.

혹자는 임산부는 환자가 아니라고 말한다. 임신이란 여성의 전 생애주기에서 매우 정상적인 과정이라고 한다. 의료화된 임신과 출산이 오히려 문제라고 주장하기도 한다. 그렇다면 임신성 당뇨병 같은 '질환'은 왜 생겨난 걸까. 이해가 되지 않았다.

이에 대한 답을 인간의 진화 과정에서 찾으려 한 과학자들이 있었다. 미국 하버드대학교 진화생물학자들이 쓴 리뷰 논문(특정 주제에 대한 주요 연구 결과들을 정리한 논문)[4]에 따르면, 아주 먼 옛날에는 인슐린을 둔하게 만드는 게 임신을 유지하고 성공적으로 출산하는 데 필수였던 것 같다. 먹을 것이 풍족하지 않았던 수렵채집 시대에는 포도당이 엄마 몸에 덜 흡수돼야 태아한테도 줄 수 있었기 때문이다.

그런데 인류가 농업을 시작하면서 고탄수화물 식단을 먹게 됐다. 임신으로 인해 인슐린 기능이 떨어진 상태에서 혈당이 높아지면서 태아가 지나치게 커져버렸고, 그 탓에 많은 여성이 분만 중에 죽거나(그땐 제왕절개가 없었다) 각종 합병증으로 죽었다. 결국 임신 중 혈당을 낮추는 돌연변이 유전자가 생긴 여성들이 더 많이 살아남아 자연선택됐다는 것이다.

연구자들은 그 근거로 임신성 당뇨병의 유병률이 비만 같은 환경적 요인을 통제했을 때도 다양한 인구 집단에서 다르게 나타난다는 점을 들었다. 미국의 공중보건학자들이 뉴욕시에 거주하는 다양한 출신지의 여성들을 대상으로 임신성 당뇨병 유병률을 조사한 연구[5]에 따르면, 유럽계 여성들은 3.6%로 위험이 가장 낮았다. 반면 남아시아 출신 여성은 14.3%로 위험이 훨씬 높았는데, 그중에서도 방글라데시에서 온 여성은 유병률이 21.2%로 가장 높았다. 진화생물학자들은 이를 두고 유럽인은 1만 년 전부터 고탄수화물 식단과 유제품을 많이 먹어서 임신 중 혈당을 낮추는 돌연변이 유전자가 생긴 사람이 많은 반면, 방글라데시인은 전통적으로 혈당을 크게 높이지 않는 생선을 많이 먹었기 때문에 이런 유전자를 가진 사람이 많지 않다고 주장했다.

아기 말고 내 몸이 궁금해서

임산부에게 임신성 당뇨병은 공포의 대상이다. 별다른 자각 증상은 없지만, 임신성 당뇨병에 걸린 채로 적절한 식단 관리나 적당한 운동을 하지 않으면 태아가 너무 커져서 난산을 겪을 위험이 높다.[6] 결과적으로 산도가 손상되거나 제왕절개수술을 받을 가능성이 높다. 임신성 당뇨병은 출산 후에는 사라지지만, 약 절반은 20년 이내에 제2형 당뇨병으로 진행된다.

임신성 당뇨병은 아이의 건강에도 많은 영향을 미친다. 신생아 저혈당증, 신생아 황달, 호흡 곤란증 같은 합병증이 생길 확률이 높다. 초등학교 때부터 비만이 될 가능성이 높고, 사춘기에 내당능 장애(당뇨병 전 단계)로 발전한다는 보고도 있다. 이 때문에 "임신성 당뇨병 진단을 받고 아기한테 미안해서 하루 종일 울었다"는 임산부도 있었다. 물론 임신성 당뇨병에 걸린 게 그의 탓은 아니다. 임신성 당뇨병은 비만 같은 환경 요인 외에도 가족력, 즉 유전 요인이 크게 작용하기 때문이다.

그래서일까. 근래 임신 경험이 있는 선배들은 안부 인사를 주로 "임당 검사 했어?"라고 물었다. 아직 안 했다고 답하면 긴 조언이 이어졌다.

"검사 일주일 전엔 빵도 먹지 말고 밥도 줄여, 응? 한 방에 검사 통과 못 하면 그다음엔 병원에서 하루 종일 보내야 한다? 피를 한 시간에 한 번씩 네 번인가 뽑는다구, 알아? 휴, 진짜 지겹다고. 병원에 뿌린 피만 도대체 몇 리터야? 세상에. 나 결국 임당 나와서 엄청 고생했잖아. 알지?"

정말이지, 검사 전날 밥 먹겠다고 하면 쫓아와서 말릴 기세였다. 선배들이 하도 겁을 주는 바람에 난 2주 전부터 식단 관리에 돌입했다(사실 검사 결과에 큰 영향은 없다고 한다). 내가 좋아하는 과자, 빵, 국수, 초콜릿을 딱 끊었다. 쉽지 않은 결단이었다. 내 안에는 또 다른 인간이 있었다. '내 안에 거지'가 아닌 말 그대로 사람, 즉 태아 말이다. 에너지를 가장 많이 먹는 뇌를 비롯해 거의 모든 장기가 두 개씩 있었다. 임신은 사춘기마냥 먹고 돌아서면 배고픈 시기였다.

검사 당일 아침 8시, 산부인과에서 미리 받아놓은 노란색 음료수를 마셨다. 포도당 50g이 포함된 물이었다. 어렸을 때 먹었던 오렌지색 해열제와 맛이 비슷했다. 그다지 좋은 맛은 아니어서, 공복 중에 마시니 구역질이 났다. 1시간 후 채혈을 해 혈당이 치솟았는지, 아니면 정상으로 떨어졌는지 알아볼 터였다. 혈액 1dL에 포도당 함량이 140mg 미만이어야 통과다. 얼마나 긴장을 했던지 1년이 지난 지금도 그날 아침 공기 냄새가 기억난다.

아기 말고 내 몸이 궁금해서

채혈 후 병원 근처의 마트를 배회했다. 검사 결과가 나올 때까지 가만히 앉아 있을 수가 없었다. 마트 의류 코너에서 남편이 옷 몇 가지를 골라 입고 나왔는데 남편 모습이 눈에 들어오지 않았다. 남편이 뭐라 뭐라 하는데 잘 들리지 않았다. 휴대전화만 자꾸 들여다봤다. 유령 진동이 자꾸 느껴지는 것 같았다. 12시 25분, 드디어 기다리던 문자가 왔다.

"임신성 당뇨 검사 결과 87로 정상입니다."

야호, 검사를 통과했다! 연애 시절 남편이 취직했다는 소식을 들었을 때 이후로 가장 크게 환호를 외쳤다. 남편을 얼싸안고 둥실둥실 춤을 추고는 식료품 코너를 향해 달렸다. 단팥빵 두 개, 감자칩 한 봉지, 초콜릿 두 봉지를 해치웠다. 그렇게 후련하고 행복할 수가 없었다.

사실 난 검사를 통과하는 바람에 임신성 당뇨병 진단을 받은 산모들이 그렇게까지 고생하는 줄 몰랐다. 그 이후로 전혀 관심을 갖지 않았기 때문이다.

임신성 당뇨병 진단을 받으면 각종 합병증을 피하기 위해 출산 전까지 혹독하게 관리해야 한다. 혈당이 지나치게 높아지지 않도록 규칙적으로 골고루 정해진 양만큼만 먹는 게 중요하다. 공복이 너무 길어서도 안 되기 때문에, 정해진 간식을 소량씩 챙겨 먹어야 한다. 그래서 다들 입을 모아 "먹고 싶은 걸 마음대로 못 먹을 뿐만 아니라 안 먹고 싶을 때 안 먹을 수도 없다는 게 무척 힘들었다"고 했다. 식사 후엔 꼭 간단한 산책이라도 해야 한다. 하루에도 몇 번씩 손가락 끝을 찔러 혈당을 측정해야 하는데, 아픈 것도 힘들지만 혈당 수치가 높아지면 그것 또한 스트레스라고 했다.

심한 경우에는 인슐린 주사를 맞거나 약을 먹어야 한다. S는 임신성 당뇨병을 호되게 앓았던 경우다. 그는 일주일간 입원까지 해야 했다. 혈당이 너무 높아서 인슐린 주사를 맞아야 하는데, 어느 정도 맞아야 할지 정하는 과정이 필요했기 때문이다. 인슐린을 너무 많이 맞으면 저혈당으로 의식을 잃을 위험이 있다.

"혈당 체크를 하루에 일곱 번씩 했어요. 아프니까 손가락을 번갈아가며 찌르는데, 반복되니까 결국엔 상처가 남고 붓더라고요. 인슐린은 하루 네 번씩 허벅지에 주사했어요. 복부, 팔뚝, 허벅지같이 지방이 많은 곳에 주로 주사하는데, 임산부들은 복부에 주사 맞는 걸 꺼려하거든요. 내 허벅지는 벌집이 되다시피 했어요. 참담했죠. 그때 주삿바늘이 너무 무서웠어요."

이 어려운 걸 다들 해낸다. 배 속의 아기만 생각하며 버티고 또 버틴다. 나는 정말 놀라운 일이라고 생각하는데, 사람들은 임산부에 관한 한 놀라운 걸 놀랍지 않다고 생각하는 것 같다.

병명 PUPPP?
임신성 소양증

"어머, 배 밑이 왜 이래요?"

배 초음파 검사를 준비하던 간호사가 동그랗게 뜬 눈으로 소리치며 말했다. 출산을 한 달여 앞둔 날이었다. 날이 더워지면서 배꼽 아래쪽이 점점 더 가렵긴 했지만, 땀띠 정도로 여기고 있었다. 118년 만의 폭염이라더니, 앉아 있을 때 배 아래쪽과 허벅지가 맞닿아 땀이 차면서 그런 것 같았다. 사실 배가 너무 많이 나와 배꼽 아래쪽을 직접 보지 못한 지 오래였다. 애써 노력하지 않으면 거울로도 잘 안 보였다.

집에 돌아와 전신 거울 앞에 섰다. 배를 감싸 안고 한껏 들어 올렸다. 고개를 쭉 빼고 보일락 말락 하는 배 아래쪽을 노려봤다. 상태는 생각했던 것보다 심각했다. 피부가 오돌토돌 붉게 부풀어 있었고 가려워 긁은 탓에 피와 진물이 스며난 상처가 있었다. 이미 딱지가 앉은 자리도 많았다. 뒤늦게 검색해보니 임신 중에 피부 가려움증이 흔히 나타나는데, 이를 '임신성 소양증'이라고 했다. 임신 중이라 약을 쓰고 싶진 않아서 병원에는 가지 않았다. 다른 증상들처럼 출산 후에 나아지겠거니 하고 그냥 참았다. 하지만 결국 출산 후 사달이 났다.

"아니, 어깨가 왜 이래요?"

산후조리원 수유실에서 아기에게 젖을 먹이려고 상의 단추를 풀고 얌전히 앉아 기다리던 내게 신생아실 간호사가 깜짝 놀라 소리를 질렀다. 배 아래에만 느껴지던 가려움증이 배를 가로질러 왼쪽 갈비뼈 부근과 왼쪽 쇄골, 어깨까지 번진 뒤였다. 사실 제왕절개수술을 한 뒤 산후조리원에 들어가기 전까지 5박 6일간 피부가 어떻게 망가져갔는지 전혀 생각나지 않는다. 땀띠가 아닌 건 확실했다. 빨갛게 성난 두드러기에 가까웠다. 하얀 속싸개로 둘둘 싼 아기를 건네받고는 민망해 어깨를 손으로 살짝 가렸다. 수유실에 함께 둘러앉아 아기에게 젖을 먹이던 다른 산모들의 시선이 느껴졌기 때문이다. 행여나 전염되는 피부병 같은 걸로 오해할까 봐 신경이 쓰였다. 하루 이틀 지나면 낫겠지 싶어 그대로 며칠을 더 뭉갰다. 그러나 그새 등과 팔다리, 손등과 발등에까지 소양증이 나타났다. 결국 산부인과를 찾았다.

"항히스타민제랑 스테로이드제를 처방해드릴게요. 모유 수유 중이시니까 저용량으로. 일단 항히스타민 주사 한 대 맞고 가세요. 손등에 수포처럼 보이는 건 피부과에서 진단받아보시는 게 좋겠어요."

임신한 동안 내내 나를 돌봐준 간호사는 주사를 놓아주며 안타까워했다. 소양증으로 고생하는 산모가 많다고 했다. 임신 중에 소양증이 나타나는 경우가 많은데, 나처럼 산후에 심한 경우는 처음 본다고 했다. 처방전을 들고 약국에 가기 전, 혹시 몰라 근처 피부과 병원으로 향했다. 자초지종을 이야기하고 배와 등, 팔을 내보였다.

"제가 어렸을 때 아토피 피부염을 심하게 앓았거든요. 혹시 아토피 아닌가요?"

"양상이 달라요. 아토피 피부염은 팔 안쪽이나 오금처럼 접히는 부위에 주로 나타나거든요."

"손등에 난 건 혹시 한포진 아닌가요?"

여성 커뮤니티에서 한포진(손이나 발에 작은 물집이 무리 지어 생긴 비염증성 수포성 질환) 때문에 고생 중이라는 산모들의 하소연을 본 적이 있었다. 그러나 의사는 그것도 아니라고 했다. 계속 고개를 갸우뚱하더니 결국 뭔지 모르겠다는 진단을 내렸다.

"그냥…… 알레르기 같아요. 이런 동네 병원 말고 대학병원에 가서 조직 검사라도 해 보세요. 모유 수유 중이시라니까, 산부인과에서 받은 처방 외에 여기서 더 해드릴 수 있는 건 없습니다."

난감했다. 2시간마다 젖을 먹어야 하는 신생아를 두고 진료 시간이 얼마나 걸릴지 모르는 대학병원에 무작정 갈 수는 없었다. 임신성 소양증 전문의가 있다면 모를까. 인터넷 검색을 해봐도 소양증과 관련해 유명한 대학병원이나 교수에 대한 정보를 찾을 수 없었다.

결국 처방받은 항히스타민제와 스테로이드제를 샀다. 히스타민은 인체의 기본 구성 성분으로 세포 증식과 분화, 혈구 생성, 조직 재생과 신경전달에 관여하는데, 특히 염증 반응에 관여한다. 이 때문에 히스타민을 억제하는, 즉 항히스타민제를 쓰면 알레르기 염증 반응을 낮출 수 있다.[1] 요컨대 원인을 치료한다기보다 증상을 완화하는 약이라는 이야기다. 내가 받은 항히스타민제는 지름 6.5mm의 노란 '페미라민정'이었다. 약학정보원 사이트에서 검색해봤더니 미국식품의약국 분류상 B등급(태아에 대한 위험성을 나타낸다는 증거가 없음) 약이었다. 그마저도 아침저녁에 반 알씩만 먹도록 처방받았다.

스테로이드는 신장 옆에 붙은 부신의 겉 부분인 피질에서 분비되는 호르몬으로, 강력한 소염 작용을 한다. 이를 약으로 만든 게 바로 스테로이드 크림이다. 처방받은 '삼아리도멕스크림'을 검색해봤더니 FDA 분류상 C등급으로 "태아에 대한 위험성을 완전히 배제할 수 없어 임산부에겐 치료상의 유익성이 위험성을 상회한다고 판단되는 경우에만 투여한다" "국소적으로 투여한 코르티코이드(부신피질 호르몬의 하나)가 모유로 들어가는지 여부는 알려져 있지 않지만 전신에 투여하면 문제가 된다"라고 밝히고 있었다.

일단 수유 중에 아기가 직접 먹지 않도록 가슴 부분을 제외한 상처 부위에만 조금씩 바르기로 했다. 손이 닿지 않는 등에도 온통 두드러기가 돋은 통에 남편이 퇴근해 돌아오기만을 기다리는 나날이 이어졌다. 전신에 오돌토돌 돋은 상처 부위에 일일이 연고를 바르는 데만 십여 분이 걸렸다. 약을 발라주던 남편도 울고, 그 소리에 나도 울었다.

효과는 없었다. 스테로이드 연고를 바른 자리는 연한 갈색으로 착색만 될 뿐, 가렵기는 매한가지였다. 의사는 모유 수유를 끊고 치료하자고 권했다. 어떤 치료를 하느냐고 물었더니, 항히스타민제와 스테로이드제를 고용량으로 쓰는 거라고 했다.

"그렇게 하자. 너부터 살고 봐야 하지 않겠어?"

남편이 설득했지만, 난 약에 대한 신뢰를 이미 잃은 터였다. 무엇보다 모유 수유를 끊고 싶지 않았다. 그땐 왜인지 아기에게 줄 수 있는 게 모유뿐인 것 같았다.

산후조리원에서는 모유가 펑펑 잘 나오는 엄마가 왕이다. 산후조리원에 입소한 첫날 신생아실 간호사가 모유 유축을 도와줬는데, 90mL가 나왔다. 초유치곤 많이 나온 거라고 했다. 모유가 아기한테 좋다며, 젖몸살이나 유선염 같은 모유 수유의 고통을 하나도 모르는 사람들이 모유 수유를 강조하는 모습을 보면서 '나는 여차하면 바로 모유 끊고 분유 먹여야지. 요즘 분유가 얼마나 잘 나오는데!'라는 생각을 해왔는데, 막상 모유가 잘 나온다는 칭찬(?)을 듣고 나니 뿌듯했다. 금세 소문이 났다.

"이번에 입소한 산모 세 명이 다 젖이 잘 나온대요. 세상에서 제일 부러워."

"엄마 젖이 잘 나와서 그런가, 우유(딸아이의 태명)가 제일 통통하고 뽀얘요."

이러니 모유를 끊을 수가 없었다.

피부관리실에서 나처럼 심한 소양증으로 고생했던 산모를 한 명 만났다. 나란히 누워 마사지를 받았는데, 그는 많이 호전

아기 말고 내 몸이 궁금해서

된 듯 보였다. 여기저기에 착색된 흉터만이 지나간 고통을 희미하게 보여주고 있었다. 자신은 한의사인 아버지가 침을 놔주고 약재를 달인 물로 상처 부위를 닦게 해서 나았다고 했다. 그는 소양증이 한창 심했을 때를 회상하면서 당시 심정을 한마디로 말했다.

"밤에 가려워 한 숨도 못 잘 때는 딱 죽고 싶죠."

산후조리원에서 나와 집으로 돌아온 뒤 증세는 더 심해졌다. 그야말로 온몸에 붉은 독이 올라왔다. 눈 뜨고 있는 동안은 어딘가를 문지르거나 긁고 있었다. 온몸 구석구석을 촘촘히 모기한테 물어뜯긴 기분이었다. 알로에 젤을 수시로 뒤집어썼다. 그러고도 화끈거려 하루에도 몇 번이나 찬물로 샤워했다. 산후 100일까지는 찬 바닥에 맨발도 대지 말라고 하지만, 산후풍을 걱정할 때가 아니었다. 밤엔 가려움이 더 심해져 잠을 잘 수가 없었다. 목구멍이 간지러울 때 목을 아무리 긁어봐야 소용없듯이, 몸속 깊은 곳에서 올라오는 듯한 가려움은 해소되지 못했다. 피부는 계속 붉게 부풀어 올랐고 때론 떨어져나갔다.

생후 20일 된 신생아를 돌보는 게 점점 더 힘들어졌다. 수유하느라 아기를 안고 있자니 아기와 맞닿은 배와 가슴이 화끈거렸다. 엉덩이와 허벅지도 따가워 앉아 있기가 힘들었다. 당장 아기를 내려놓고 얼음찜질을 할까 수백 번 생각했다. 아무것도 모르는 아기 얼굴을 들여다보다 여러 번 엉엉 울었다. "딱 죽고 싶죠." 그의 말이 자꾸 떠올랐다. 인생에서 가장 어두운 터널을 지나고 있었다. 끝이 보이지 않았다. 어쩌면 끝이 없을지도 몰랐다. '평생 이렇게 살아야 하는 건가' 하는 두려움이 엄습했다. 여성 커뮤니티에 임신성 소양증이 만성으로 진행돼 몇 년간 고생했다는 후기가 더러 있었다.

뭐라도 해야 했다. 병원에서는 별 소용이 없을 거라고 했지만, 그래도 알레르기를 유발하기 쉽다는 고기, 밀가루, 고춧가루, 견과류 등을 끊고 채식을 했다. 단백질은 두부와 두유로 보충했다. 한약도 먹었다.

이제 와 안 사실이지만, 소양증은 그저 가려운 '증상'을 뜻하는 말이다. 병명이 아니다. '임신성 소양증'이란 사실 아무런 정보 값을 가지고 있지 않은 셈이다. 도대체 무슨 병인지, 왜 이런 증상이 나타나는 건지, 근본적인 치료법은 없는 건지 몹시 답답했다.

까똑!

"이것 좀 봐! 드디어 찾았어!"

노란 창에 남편이 보낸 네모난 말풍선이 둥실 떴다. 그 아래엔 링크가 달려 있었다. 어떤 영문 사이트였다. 남편도 어지간히 답답했던지, 내가 나은 뒤로도 별별 키워드로 검색을 해봤다고 했다. '누가 이기나 보자'며 검색된 페이지를 한없이 넘겨보다가 그 사이트를 발견했다고 했다. 거기엔 임신했을 때 가려운 증상을 의학계에서는 '임신 가려움 팽진 구진 및 판PUPPP, Pruritic Urticarial Papules and Plaques of Pregnancy'이라고 부른다는 문장이 있었다. 사실 이것도 증상을 나열한 것에 불과했지만, 어쨌든 이 이름을 토대로 연구 논문을 찾아볼 수는 있게 됐다. 여러 병원을 전전하며 고생하다가 뒤늦게 병명을 알게 된 난치병 환자의 기분이 이런 것일까.

국내 문헌[2]에 따르면 PUPPP는 산모 130~300명당 한 명꼴로 발생하는 비교적 흔한 질환이지만, 아직 명확한 정의조차 없다. 연구자에 따라 임신성 중독 발진, 후기 임신성 양진, 임신 중독성 홍반, 임신성 다형 발진 등 다양하게 불렸다. 주로 임신 후기에 복부, 대퇴부, 둔부에 발생한다고 했다.

1979년 처음 발표[3]된 뒤 지금까지 PUPPP를 동반한 많은 산모가 보고됐지만, 아직까지 명확한 원인은 밝혀지지 않았다. 피부 결합조직이 과도하게 당겨지면서 파괴돼 모체의 면역체

게 안에 숨겨져 있던 항원이 면역반응을 유발한다는 가설, 쌍둥이 임신으로 배의 피부가 과도하게 당겨지면서 혈관의 투과성이 높아져 태아 세포가 모체로 이동해 면역학적 반응을 유발한다는 가설 등이 있다. 또 다른 연구에서는 전남편과의 사이에서 생긴 첫째, 둘째 아이 임신 때는 증상이 없었다가 현재 남편과의 사이에서 셋째 아이를 낳을 때 소양증이 생긴 여성의 사례를 보고하며, PUPPP의 원인이 아버지에게 있을 수 있다는 가설을 제기했다.[4]

논문에 실린 사진들을 보는데 눈물이 펑 터졌다. 이름 모를 그 산모의 고통이 고스란히 느껴졌다. 울긋불긋한 피부를 보고 있자니 당시 나를 한없는 구렁텅이로 밀어 넣었던 극심한 가려움이 재현되는 것만 같았다. 관자놀이에서부터 정수리까지 묘하게 가려운 느낌이 들면서 소름이 돋았다. 만약 다시 돌아가면 과연 살아낼 수 있을까? 자신이 없었다.

이 질환에 대해 연구하는 사람이 있다는 사실을 안 건 큰 위안이 됐지만, 논문을 처음 발견했을 때 걸었던 기대와 달리 근본적인 치료법은 없었다. 대부분 국소 스테로이드제와 항히스타민제로 증상이 호전된다고 한다. 많은 피부 질환이 근본 원인을 찾기 어렵다지만, 특히 임신성 소양증은 연구 자체가 너무 적어서 앞으로도 원인을 찾거나 다른 치료법이 개발될 가능성은 요원해 보였다. 태아에게 특별한 부작용이 없어서 아마 더 그럴 것이다.

유병률을 0.5%라고 보면 2018년에만 임산부 1,635명이 고통 받았을 것이다(출생아 수 32만 6,900명). 짧게는 몇 달, 길게는 1년 넘게 시달렸겠지. 삶의 질이 떨어지고 우울 증세가 나타나는, 행복해야 할 임신 기간 중 짙은 그늘이 드리웠던 긴 시간을 도대체 무엇으로 위로해야 할까.

헉헉, 이러다 죽는 건 아니겠지
그 밖의 임신 부작용

숨가쁨

숨이 너무 찼다. 조금만 움직여도 격한 운동을 한 것처럼 헐떡거렸다. 임신 37주차까지 회사를 다니고 있던 터라 자꾸 숨가빠하는 모습이 부끄러웠다. 카메라 장비를 이고지고 현장에서 몇 시간씩 해야 하는 취재를 잠시 떠났으니 망정이지, 훨씬 고통스러울 뻔했다.

처음엔 미세먼지 마스크 때문인 줄만 알았다. 미세먼지 수치가 최고조인 봄날에 임신 중기를 지나고 있었다. 미세먼지가 임산부와 태아에게 악영향을 미친다는 연구가 줄을 이었던 터라, 입자 차단 성능KF이 가장 높은 마스크를 볼과 턱에 완전히 밀착시켜 쓰고 다녔다. 그런데 마스크를 놓고 나간 날에도 숨이 찬 건 마찬가지였다. 지하철역에서 회사까지 100m도 채 안 되는 야트막한 언덕길이 있는데, 그걸 오르고 나면 등반이라도 한 것처럼 숨이 찼다. 출근길에 만난 동료들이 그런 나를 안쓰러워하며 웃었다.

배가 불룩 나온 뒤론 몸이 무거워서 숨이 가쁜 거라고 생각했다. 태아와 양수, 늘어난 체액 탓에 몸무게는 20kg가량 불어 있었다. 맨몸으로 걷는 것과 20kg짜리 짐을 들고 걷는 것은 확실히 다를 것이다. 근육이 운동하려면 산소가 평소보다 더 필요하다. 쉴 때 분당 15회(공기 12L) 호흡했다면 운동 중에는 분당 40~60회(공기 100L)까지 호흡이 증가해야 한다.[1] 이땐 근육에 산소를 빨리 보내기 위해 혈액 순환도 빨라진다. 심장이 쿵쿵 빨리 뛴다.

만삭 땐 가만히 앉아만 있어도 숨이 찼다. 39주차엔 자다가도 숨이 막혀 깰 정도였다. 한참 숨을 몰아쉬다가 다시 잠들기를 반복했다. 평소에 운동을 잘 안 해서일까? 혹시 심장이나 폐에 문제가 생긴 걸까?

알고 보니 숨가쁨shortness of breath은 임신한 여성의 60~70%가 겪는 현상이라고 한다.[2] 이 역시 임신 중 정상적인 생리적 반응이라고.

폐에는 근육이 없기 때문에 폐 바로 밑에 붙은 근육인 횡격막이 움직여야 폐가 호흡을 할 수 있다. 늑골과 흉골이 올라가고 횡격막이 내려가면서 폐가 확장되고 폐 내부의 압력이 대기압 이하로 떨어지면 공기가 들어온다(들숨). 반대로 늑골과 흉골이 내려가고 횡격막이 올라가면서 폐 내부의 압력이 대기압 이상으로 올라가면 공기가 나간다(날숨).

그런데 임신을 하면 커진 자궁 때문에 횡격막이 4cm가량 올라간다.[3] 즉, 폐의 일부가 항상 눌린 상태가 된다. 이 때문에 숨을 내쉰 뒤 폐에 남아 있는 기체의 양(기능적 잔기량)이 10~25% 줄어든다. 평소 폐에 가지고 다니는 공기의 양이 줄어든다는 뜻이다. 폐포에 항상 일정량 이상 공기가 있어야 어떤 상황에서도 세포로 꾸준히 산소를 보낼 수 있다. 만약 잔기량이 부족하면 세포에 산소를 원활히 보내지 못하게 되고, 우리 몸은 호흡수를 늘리려고 노력한다. 즉, 호흡이 가빠지는 것이다.

공기를 더 잘 마시기 위해 변하는 건 이뿐만이 아니다. 임산부 흉곽의 전후좌우 지름이 각각 2cm 정도씩 커져서 가슴둘레가 늘어난다. 숨을 최대로 들이쉴 수 있는 흡기량이 늘어난다. 1회 호흡량도 늘어난다. 비(非)임산부가 한 번 호흡할 때 들이마시는 공기의 양이 450mL인 데 비해, 임산부는 600mL 정도라고 한다. 실제로 임신했을 때 자꾸 숨을 크게 들이 쉬어야 했던 기억이 났다.

이는 주로 프로게스테론 때문이란다. 세상에, 호흡이 변하는 것마저 호르몬 때문이라니! 프로게스테론은 임신 6주차에 혈액 1mL당 25ng(나노그램, 1ng은 1000분의 1mg)이고 37주차가 되면 150ng쯤 된다. 폐포에서는 산소와 이산화탄소 기체의 압력 차이로 산소 교환이 이뤄지는데, 프로게스테론이 폐포를 좀 더 민감하게 만들어 산소를 더 열심히 교환하게 만든다고 한다. 임신 호르몬은 늘 이런 식이다. 뭔가를 자꾸 빠르고 민감하게 만든다. 마치 일하라고 채찍질하는 직장 상사 같다.

숨가쁨이 별거 아닌 것처럼 느껴질 수도 있지만, 시도 때도 없이 운동하고 난 직후처럼 호흡이 가쁘다고 상상하면 삶의 질이 얼마나 떨어지는지 가늠할 수 있다. 친구를 만나 수다를 떨거나 혼자 편하게 쉬는 것도 여의치 않았다. 늘 흥분 상태나 마찬가지니까. 임산부들은 호흡이 가빠 일을 할 때 특히 어려움이 많다. 사람들 앞에 나서거나 말을 많이 해야 하는 직업을 떠올리면, 그 숨가쁨에 한숨이 절로 나온다.

임신성 비염

"호르몬 때문이라는 말은 이제 저도 하겠어요!"

둘째를 임신 중인 후배 B가 울분을 터뜨렸다. 임신하고 없던 비염이 생겨서 의사에게 원인을 물었더니, 임신 호르몬 때문

아기 말고 내 몸이 궁금해서

이라는 답변을 들었다는 거였다. 아침에 일어날 때마다 이불 먼지 때문에 셀 수 없을 정도로 재채기를 하는 것도 서러운데, 의사가 별다른 설명을 해주지 않으니 화가 났던 모양이다. 난 이 이야기를 들으며 임신성 비염이란 것도 있다는 사실에 또 놀랐지만 말이다.

그 후론 잊고 있었는데, 임신성 비염이 내게도 찾아왔다. 원래 계절성 비염을 앓고 있어서 꽃가루가 날리는 봄가을이면 재채기와 콧물이 종일 터져 나와 눈을 뜨고 있을 새가 없었는데(계절성 비염을 앓는 동료는 이를 두고 '춘추(春秋) 알리미'라고 불렀다), 임신 중에 겨울과 한여름에도 계절성 비염과 비슷한 증상이 나타났다. 재채기가 수시로 나왔고 콧물도 자주 흘렀다. 코피가 난다는 임산부도 있었다. 그제야 친구가 했던 이야기가 생각났다. 임신성 비염도 정말 임신 호르몬이 원인일까?

연구에 따르면, 임신 후기에 기도의 점막층이 뚜렷하게 변한다.[4] 기관과 폐를 포함하는 하부 기도엔 별다른 변화가 없고 주로 코와 후두 등을 포함한 상부 기도에 변화가 나타난다. 충혈되거나 점액이 과분비되고 부종이 나타나기도 한다. 그 결과 코막힘, 재채기, 비출혈 같은 증상이 나타난다.

이런 현상은 임신 중 급증하는 에스트로겐 호르몬 때문이라고 한다. 혈류량이 증가하면서 그렇다고도 하지만, 이는 간접적인 요인이라고. 임신 중 고농도의 에스트로겐 호르몬이 기도 조직의 세포 사이사이를 채우고 있는 히알루론산이란 물질의 생성을 촉진한다. 그 결과 조직 내 수분량이 증가하면서 몸이 붓는 부종이 생긴다고 한다.

결국 임신성 비염도 호르몬 탓이었던 셈이다. 처음에 친구 이야기를 들었을 땐 의문만 가득했는데, 그 내막을 알고 보니 그래도 내 몸이, 정확히는 내 코가 왜 이러는지 납득이 갔다. 그 의사 선생님도 아주 조금만 더 자세히 설명해주셨다면 저런 원망은 듣지 않았을 텐데……

임신성 요실금

임신을 하고 난 뒤 나만 들을 수 있는 작고 낮은 목소리로 욕을 읊조리는 날이 많아졌다. 이것도 아주 사적이고 부끄러운 이야기인데, 바로 임신성 요실금 때문이었다.

임신성 비염 때문에 하루에도 몇 번씩 건물을 날려버릴 것만 같은 재채기를 했는데, 하루는 오줌을 지렸다. 급히 힘을 줬기에 망정이지 하마터면 사무실 의자에 앉아 그냥 힘없이 줄

아기 말고 내 몸이 궁금해서

줄 쌀 뻔했다. 짐짓 아무렇지 않은 표정을 지어 보였지만, 머릿속에 상상의 나래가 펼쳐지면서 순간 너무 끔찍해 소름이 돋았다. 두피가 따끔따끔하면서 식은땀이 났다. 임신성이긴 해도 요실금은 요실금이다. 내 나이 서른둘, 요실금을 만났다. 허허허.

임신 첫 3개월(이후 자궁이 서서히 위로 올라간다)과 마지막 3개월 중에는 자궁이 커지면서 방광을 누른다.[5] 또 태아 머리가 음부 신경을 압박하기도 한다. 분만할 때는 골반 아래의 근막, 인대, 신경, 근육 등이 손상되기도 한다. 이런 이유들로 요실금이 발생할 수 있다. 임신과 출산으로 인한 요실금은 일시적인 증상이라 분만 후 1년 이내에 대부분 없어지지만, 이 기간에 요실금을 겪은 사람은 중년에 요실금이 발생할 확률이 높다고 한다.[6]

요실금은 약물이나 수술로 치료할 수 있다. 그러나 임신과 수유 기간 중 일부 약물은 금기이고 수술은 항문 괄약근 파열같이 즉각 치료가 필요한 경우에만 해당한다. 그래서 흔히 골반저근운동, 그중에서도 대표적으로 1948년 아놀드 케겔Arnold Kegel 박사가 고안한 '케겔 운동'이 약물이나 수술보다 우선 수행된다고 한다.

케겔 운동은 엄연히 여성건강간호학 교과서에 임신 및 산욕기 간호관리 방법으로 소개돼 있는 운동이다. 하지만 임신과 출산으로 인해 생긴 요실금을 치료하는 데 케겔 운동이 도움이 된다는 사실에 살짝 웃음이 나왔다. 케겔 운동이 흔히 성기능 향상에 좋다고 알려져 있기 때문이다. 또, 운동이라고 부르지만 우리가 흔히 떠올리는 운동과 비슷하지 않다는 속성 때문이었다. 케겔 근육이란 자궁, 방광, 직장 및 소장 등을 지지하는 골반 근육으로, 단순하게 설명하면 등이나 배가 아니라 회음부를 조이는 느낌으로 운동하는 것이라고 한다. 그래서인지 일부 연구에서는 환자가 골반저근을 정확하게 인지하고 훈련했는지, 또 치료자와 환자가 얼마나 케겔 운동을 신뢰하고 진지하게 훈련했는지에 따라 다른 연구 결과를 보인다고 한다.

물론 나는 임신성 요실금을 치료하기 위해 케겔 운동을 해본 적이 없어서 그 효과를 알지 못한다. 병원이나 산후조리원 어디에서도 임신성 요실금과 케겔 운동에 대한 안내를 들어본 적이 없기 때문이다. 이런 정보를 미리 알았다면 직접 배워보고 여기에 적었을 텐데 너무 아쉽다(이렇게 재미난 글감이 또 어디에 있을까!).

아기 말고 내 몸이 궁금해서

이 밖에도 임신 부작용은 무척 다양하다. 예컨대, 임신으로 인해 위장운동이 느려지면서 소화불량이 기본으로 따라왔다. 그런데도 늘 배가 고팠다. 태아가 크는 데 영양분이 골고루 필요해서일까? 먹어야 하지만 소화하지 못하는 위장은 그야말로 '어쩌라고'의 상태였다.

다한증도 임신 전보다 심해졌다. 땀이 비 오듯 흐르는데 화학물질이 태아에게 나쁜 영향을 줄까 봐 땀 억제제나 땀냄새를 없애주는 데오드란트도 마음껏 쓸 수 없었다. 임산부를 위해 화학물질을 줄였다는 제품도 써봤지만, 효과가 좋지 않았다. 게다가 뭐가 문제인지 피부가 자극돼 가렵고 따끔거렸다. 땀 냄새가 싫어도 별다른 방법이 없었다. 사람을 만나기가 힘들어졌다. 좋아하는 작가가 강연을 한다는 소식에 만삭의 몸으로 달려갔지만, 내게서 느껴지는 땀 냄새 때문에 말 한마디 못 건네고 집으로 돌아온 적도 있다.

임신을 하면 질 분비물도 많아진다. 어떤 임산부들은 하루에도 몇 번씩 속옷을 갈아입어야 할 정도라고 했다. 이래저래 자꾸 내 몸이 불결하다는 생각이 들었다. 그러나 발암물질 생리대 파동 직후 여성용품에 대한 기사를 쓰면서 질 청결제의 방부제 성분이 외음부를 거쳐 몸속으로 흡수된다는 사실을 실험으로 확인한 바가 있었다. 외음부는 일반 피부가 아닌 구강 점막과 비슷한 조직으로, 화학물질 흡수율이 더 높다. 여성 청결제는 애초부터 고려할 옵션에 없었다.

커진 자궁이 압박해서인지 외음부가 자주 붓고 아팠다. 밑이 빠지는 듯한 느낌도 들었다.

임신 30주차를 넘어가면서는 손이며 팔다리, 발이 땡땡 부어서 결혼반지가 맞지 않았고 평소보다 한 치수 큰 신발을 신어야 했다. 퇴근해서 집에 돌아와 옷을 벗으면 입고 있던 레깅스의 봉제선 자국이 종아리부터 허벅지까지 그대로 남아 있었다. 발가락 다섯 개가 하나로 붙어 보였고 발가락뼈와 발등뼈는 진작부터 보이지 않았다.

임신 후기로 가면서는 자주 배가 뭉쳤다. 몸이 출산을 대비하는 자궁 수축이라고 했다. 어떤 느낌인지 남편이 꽤나 궁금해했는데, 마땅한 말을 찾다가 '배에 쥐가 나는 느낌'이라고 설명했다. 실제로 종아리에 쥐가 날 때처럼 배가 돌덩어리같이 딱딱해지면서 자궁이 당기는 느낌이 든다. 출산할 때가 아니면 보통 고통스럽지 않다는데, 나는 영 아프고 불편했다. 산책을 하거나 차를 타고 이동 중에 배가 뭉치면 차를 세워서라도 쉬었다가 가야 했다.

아기 말고 내 몸이 궁금해서

다시 말하건대 이 모든 건 임신 기간 중 단 한 번도 이상 소견을 받아본 적이 없는, 지극히 정상 임산부였던 내 몸에 일어난 변화였다.

사라져버리고 싶었다
산전·산후우울증

우울에 대해 이야기하려면 출산 후 2주 뒤로 잠시 시간을 건너뛰어야 한다.

그때 난 조명을 낮춘 안방 침대에 앉아 아기에게 젖을 먹이고 있었다. 산후조리원에서 나온 직후였고, 2시간마다 아기를 먹이는 것은 이제 정말 오롯이 나만의 일이었다. 제대로 하고 있는지 알 수 없어 압박감이 엄청났고, 출산 후 전신으로 번진 소양증 때문에 온몸이 화끈거리고 가려워 몹시 괴로웠다. 그때 남편이 아마도 평생 잊을 수 없을 한마디를 했고, 그 순간 내 안의 무언가가 끊어지는 소리가 들렸다. 눈물이 줄줄 흘렀다. 아기와 단둘이 아무도 모르는 곳에 숨어버리고 싶었다. 돌이켜 생각해보면 남편은 일상적인 대화의 물꼬를 텄을 뿐이었다. 나뿐 아니라 남편 역시 아기와 산모를 잘 돌봐야 한다는 강박에 예민한 상태였고 상황이 나아지길 바라는 마음에서 말을 꺼냈던 것이었다. 하지만 나는 당시 몸과 마음이 지쳐 있던 탓에 '지금 굳이 이런 말을 내게 해야 해?'라는 서운함이 밀려왔다. 그러자 남편을 비롯해 누구와도 접촉하고 싶지 않다는 생각이 줄줄 풀려 나왔다.

그 이후로 모든 게 귀찮았다. 가족들 사이에서 아내, 딸, 며느리로서 내 마음이 쓰이는 것조차 버거웠다. 안부를 묻고 축복을 건네는 한마디 한마디가 소중하고 감사했지만, 한편으로는 모두들 날 좀 내버려두면 좋겠다고 생각했다. 별것 아닐 수도 있는 남편의 한마디가 머릿속을 맴돌았다. 남편이 없는 낮 시간보다 남편이 옆에 잠든 밤 시간이 더욱 고통스러웠다. 아기에게 젖을 먹인 뒤 아기가 트림을 할 때까지 20분이고 30분이고 멍하니 앉아 아기 등을 두드릴 때면 별것도 아닌 그 말이 귓가를 울려 눈물이 났다.

그땐 몰랐다. '내가 지금 우울하구나' 이런 생각을 할 겨를이 없었다. 그저 모든 걸 내게 의존하는 작고 약한 생명체를 먹이고 입히고 재우는 일이 고단했다. 잠도 못 자고 식욕도 없었다. 그저 입맛을 되찾고 늘어지게 자면서 기분 좋은 꿈을 꾸고 싶었다. 10개월이 지난 지금에야 그때를 돌이켜보니 '그게 산후우울증은 아니었을까' 싶다.

국내 산후우울증 발생 빈도는 10~20%라고 한다. 산후조리원에서 20여 명이 함께 생활했으니 당시 두 명에서 무려 네 명까지 산후우울증을 앓았을지도 모른다. 적지 않은 수가 산후우울증을 겪고 있지만 도움을 받는 산모는 많지 않다. 하루가 멀다 하고 터져 나오는 "산후우울증 앓던 산모 극단적 선택" 같은 뉴스 제목만 봐도 알 수 있다.

아기가 6개월이 됐을 때 이 책을 본격적으로 쓰기 시작했다. 육아와 살림 외에 좋아했던 일을 다시 시작하니 숨통이 트였다. 글을 시작할 아이디어가 떠오르면 설렜고 한 편씩 완성할 때마다 무척 기뻤다. 남편은 내가 글을 다시 쓰기 시작하면서 활기를 많이 되찾았다고 했다. 그도 그럴 것이 내 글의 첫 독자는 늘 남편이었고, 우리 부부는 아기를 재운 뒤 글에 대해 이야기를 나눴다. 지난 시간을 떠올리며 같이 웃기도 하고, 그러다가 글로 적을 좋은 생각이 떠오르면 서로 신나서 아이디어를 주고받았다.

다시 평온한 일상을 찾은 것 같아도, 불현듯 그 시간들이 떠오른다. 잊은 게 아니라 감춰둔 거라는 생각이 자꾸 든다. 언젠가는 곰곰이 되짚어봐야 할 문제이지만, 몸을 추스르고 아기를 키우느라 생각하기를 여태 미뤄둔 것 같다. 산후우울증은 출산 후 3개월 이내, 길게는 1년 이내에도 발생할 수 있다.[1]

산후 10개월이 지난 지금도 간혹 응어리진 마음이 불쑥불쑥 튀어나와 정신을 갉아먹는다. 지금이라도 병원에 가야 하는 걸까? 도대체 왜 이렇게 됐을까?

산후우울증에 영향을 주는 요인으로는 크게 생물학적 요인과 사회심리학적 요인이 있다.[2] 생물학적 요인으로는 출산에 따른 여러 호르몬 변화, 감염과 같은 분만 전후의 의학적 상태 변화, 유전 등이 있다. 나 역시 출산을 한 뒤였으니 호르몬 변화가 있었을 테고, 우울증을 경험한 가족이 있으니 가족력도 있다. 사회심리학적 요인으로는 결혼 상태, 사회·경제적 지위, 자아 존중감, 산전 우울감, 산전 불안, 임신 의도, 우울 병력, 사회적 지지, 결혼 및 배우자 만족, 생활 스트레스, 양육 스트레스, 아기의 기질, 모성 우울감 등이 꼽힌다.

일을 쉬면서 자존감이 많이 떨어진 상태였고, 양육 스트레스도 상당했다. 연애 3년, 결혼 3년 이렇게 6년을 보내면서 남편에 대해 다 안다고 생각했는데, 출산 후엔 미처 알지 못했던 남편의 또 다른 모습을 발견했다. 그게 스트레스가 됐다. 우울증과는 먼 삶이라고 생각했는데, 역시 임신과 출산은 예측하기 어려운 일이었다. 나를 비롯해 그 누구도 안전하지 않다는 걸 알았다.

아기 말고 내 몸이 궁금해서

위험 요인 가운데 특히 '산전우울증'이 눈에 띄었다. 산후우울증에 비해 잘 알려져 있지 않지만, 산후우울증을 겪은 산모 가운데 절반은 임신 중 또는 임신 이전에 이미 우울 증세를 경험한다고 한다.[3] 미국산부인과학회ACOG에 따르면, 임신 중에 14~23%의 여성이 우울 증상으로 어려움을 겪는다고. 2013년에 새로이 발간된 정신장애 진단 통계 편람DSM-5에서는 기존 산후우울증(출산 4주 이내 우울증 발생)을 주산기우울증(임신 기간 및 출산 4주 이내 우울증 발생)으로 진단 범위를 확장했다. 기존에는 여성의 정신건강을 주로 산후에 집중해서 봤는데, 이제는 출산 전부터 중요하게 진단하기 시작했다는 것이다.[4]

제일병원 정신건강의학과 이수영 교수팀은 2013년 3월부터 2017년 11월까지 3,700여 명의 임산부를 대상으로 정신건강을 추적하는 연구를 했다.[5] 그 결과 우울증 위험도가 높은 비율(우울증 선별군)은 임신 초기가 19.4%로 가장 높았다. 산후우울증이 잘 알려져 있는 것과 달리 산전우울증은 존재조차 모르는 사람이 많다는 걸 고려하면, 놀라운 결과였다. 산후 한 달 시점이 16.7%, 임신 후기가 14.2%, 임신 중기가 13.9%로 뒤를 이었다.

임신 후 나타나는 여러 신체 변화 외에도 산전우울증의 위험

요인은 무척 다양하다. 누누이 말했듯 임신은 쉬운 일이 아니다. 연구팀이 확인한 요인은 미혼, 가계소득, 우울증의 가족력과 과거력, 경산부(둘째 아 이상), 입덧, 절박유산, 배우자와의 관계 문제 등이었다.

이를테면 현재 기혼 상태가 아닌 경우 기혼 상태보다 우울증 위험도가 2.1배 높았다. 가계소득이 300만 원 미만이면 500만 원 이상인 경우보다 우울증 위험도가 2.0배 높았다. 우울증을 경험했던 경우는 위험도가 5.3배, 가족 중 우울증 환자가 있는 경우는 2.0배였다. 당뇨 병력이 있을 경우는 우울증 위험도가 4.3배였다. 심한 입덧이 있는 경우는 1.6배, 임신 20주 이전 질출혈을 뜻하는 절박유산 경험이 있었던 경우는 1.6배였다. 구구절절 공감되는 이유들이다.

흥미롭게도 배우자와의 관계에 문제가 있는 경우 우울증 위험도가 3.8배로, 우울증 병력, 당뇨 병력 다음으로 높았다. 이 연구 결과를 보면서 "산후우울증은 시작도 끝도 남편"이라는 말이 실감났다. 나 역시 그랬으니까. 사실 돌이켜보면 아기를 잘 돌봐야 한다는 강박, 수면 부족, 산후소양증, 가족들의 관심에 대한 부담감 등 모든 상황이 나를 짓누르는 상황이었지만, 내 눈물샘을 결국 폭발시킨 건 남편의 사소한 한마디였다.

과거에 비해 산전우울증을 겪은 임산부가 늘었다고 한다.[6] 영국의 한 연구팀은 1990년부터 1992년까지 수행한 연구에서 19~24세 임산부 2,390명을 대상으로 우울 증세를 진단했고, 그 결과 약 17%가 우울감을 나타냈다. 그런데 이들의 딸과 며느리를 포함해 2012년부터 2016년까지 19~24세 임산부 180명을 조사한 연구에서는 결과가 더 나빴다. 이들 중 25%가 우울증 징후를 보인 것이다. 특히 임신 중 우울증을 겪은 여성의 딸은 훗날 임신했을 때 우울증을 겪을 확률이 우울 증세를 겪어보지 않았던 여성의 딸과 비교해 3배 더 높았다.

연구팀은 이런 결과에 대해 "1990년대보다 자녀를 둔 많은 여성이 일하고 있으며, 경제가 어려워지면서 여성들이 유연하지 못한 직업을 갖게 된다. 스트레스가 더 많고 수면의 질은 더 나쁘며 앉아서 생활하는 비활동적인 시간이 더 길어서 이런 결과가 나타났을 수 있다"고 밝혔다.

"산후우울증이 의심되면 자가 진단을 한 뒤 병원을 찾아야 한다"는 안내문을 종종 보게 된다. 곱씹을수록 부아가 난다. 보건소에 가면 자가 진단서가 있다던데, 엽산과 철분제를 받거나 아기 예방접종 등 각종 정보를 얻으러 보건소에 숱하게 갔음에도 자가 진단서를 본 적이 단 한번도 없다. 눈에 띄는 곳에 있지 않았다는 뜻이다. 직접 요청하거나 인터넷에 검색해야 한다. 산후 검진과 소양증 때문에 병원에 몇 차례 갔음에도 "기분이 어떠냐"는 질문 한번 받아본 적이 없다. 처음부터 끝까지 모든 게 산모의 의지에 달린 셈인데, 적어도 내 경우엔 그게 불가능했다. 우울할 땐 우울한 줄 몰랐으니까.

심지어 산후우울증 고위험군이라도 산부인과에서 구체적이고 실행 가능한 도움을 주지 않는다. J언니는 임신 38주차에 아기를 잃었다. 오늘 올까 내일 올까 진통만 기다리고 있던 어느 날, 갑자기 아기 심장이 멈추어버렸다고 했다. 더는 흘릴 눈물도 없다고 말하는 전화 목소리가 담담했다. 고요해서 더 걱정이 됐다. 넌지시 물었다. 의사가 적극적으로 도와주더냐고.

"아니, 상담받아보라는 말 한마디 하곤 끝이던데."

하물며 산전우울증은 산후우울증에 비해 인식조차 거의 없다. 피로나 수면장애, 식욕 감퇴 같은 우울증의 몇 가지 신체적 증상은 임신 중 '정상' 증상과도 매우 비슷하다. 아마 내가 이런 증상을 토로했더라도 의사는 늘 그랬듯 "임신 중 정상 증상입니다. 출산만이 답이죠"라고 답했을 것 같다. 임산부의 말에 귀 기울이지 않는 현실에서 여성들은 제대로 도움을 받을 수 없다.

아기 말고 내 몸이 궁금해서

임신부터 출산까지 최소 열 번은 병원엘 간다. 평소 건강한 사람이 살면서 이렇게 주기적으로 병원에 가는 경우가 흔할까. 정신건강을 추적할 수 있는 절호의 기회를 왜 날려버리는지 모를 일이다. 얼마나 더 잃어야 인식과 제도가 개선될까.

무통분만은 없다
출산

모든 게 분명해 보였다. 의사도 간호사도, 네이버 블로그 후기에서도 같은 말을 하고 있었다. 이런 경우 열에 아홉은 제왕절개를 한다고 했다. 게다가 내가 할 수 있는 최선은 이미 다 한 것 같았다. 무엇보다 지쳐 있었다. 36시간의 진통을 견딘 직후였다. 12시간 전부터는 진통 주기가 10분으로 짧아져 밤새 한숨도 못 잤다. 진통이 지속되는 1분 30여 초 동안은 온몸이 부들부들 떨렸고 꽉 쥔 주먹 안에서 손톱이 손바닥을 뚫고 들어갈 것 같았다. 이런 나를 지켜보는 남편도 역시 힘들어했다. 그래서 의사가 다시 내진(질 속으로 손가락을 넣어 자궁경부가 얼마나 열렸는지 가늠하는 진찰)을 위해 분만실에 들어섰을 때 외쳤다.

"제왕절개 할게요!"

그때부턴 일사천리였다. 간호사가 건넨 서류 몇 장에 남편이 사인했다. 원래 자연분만을 할 예정이어서 일찌감치 음모를 제거하고 관장을 했다. 등허리에 무통 주사까지 꽂고 있었다. 별다른 준비가 필요 없었다.

"안녕, 이따가 봐."

남편에게 손을 흔들고 수술실로 걸어 들어갔다. 차가운 수술대에 눕자 아랫도리를 훌렁 다 벗겼다. 부끄러워 발가락이 꼬부라들었다. 곧 양손이 묶였다. '칙칙' 뿌려지는 찬 소독약을 맞자 소름이 살짝 돋았다. 이어서 '덜커덩' 하고 몸이 두세 번 크게 흔들렸다.

"12시 15분 여아입니다."

응? 수술실에 들어간 지 15분 만이었다. 비명도 피도 없었고, 몸이 땀범벅이 되지도 않았다. 고요했다. 너무 평온해서 오히려 당황스러웠다. 내가 방금 출산을 했다는 게 믿기지 않았다. 곧이어 아기 울음소리가 들렸다.

'아기를 어디서 갑자기 데려온 거지?'

그러나 엄마의 본능이었는지 코끝이 찡해지며 눈물이 흘렀다. 머리맡에 앉아 있던 마취과 전문의가 두루마리 휴지를 둘둘 풀어 내 눈가를 꾹꾹 찍었다. 간호사가 초록색 면포로 싼 아기를 안고 왔다. 하얗고 촉촉하고 반들반들한 이마와 볼, 앙다문 입술, 눈부신 듯 꼭 감은 두 눈……. 그 순간 느낀 감정만으로 이 글을 꽉 채울 수 있지만, 진부한 한 문장으로 대신하려고 한다. 형언하기 어려운 감동이었다.

아기 말고 내 몸이 궁금해서

만남은 짧았고 얼굴 위로 마취제를 넣는 마스크가 씌워졌다. 태반을 제거하고 절개 부위를 꿰맬 차례였다.

"후처치 해야 하니까, 이제 수면 마취ㅎ……. 일어나세요, 많이 피곤하셨나 봐요."

너무 오래 잤나? 아니면 코를 심하게 골았나? 좀 부끄럽다는 생각이 드는 찰나, 숨이 잘 쉬어지지 않았다. 마취 직전에 울어서인지 코가 꽉 막혀 있었다. 순간 몹시 당황했다. 비명을 질러 댔다. 내가 몸부림치자 간호사가 진정시키려 애썼다.

"코가 막혔어요, 엉엉, 숨이 안 쉬어져요! 코가 막혔다고요!"

"조금만 참아요. 지금 해줄 수 있는 게 없어요!"

"코가 막혔어요, 엉엉. 숨이 막혀요, 엉엉."

"입으로 숨 쉬어서 코가 막힌 거예요."

마취에서 막 깨어나 정신이 하나도 없었지만, 그 말을 듣곤 '도대체 무슨 소리야'라고 생각했던 건 지금도 또렷이 기억난다. 코가 막혔다고 우는 산모라니, 간호사도 어지간히 당황했던 모양이다.

수액, 진통제, 항생제, 소변 줄을 줄줄이 꽂은 채 입원실로 향했다. 간호사와 남편이 힘겹게 나를 들어 올려 입원실 침대로 옮겼다.

"여보 나 코가 막혔어, 숨이 안 쉬어져, 엉엉. 마트 가서 애기 콧물 빼는 거 사 와, 엉엉."

당황한 남편은 잽싸게 나가서는 정말로 아기 콧물을 빼주는 호스를 사 왔다. 알고 보니 호스 끝을 아기 코에 꽂은 뒤 반대쪽 끝을 입으로 빨아들이는 구조였다. 그 정신없는 와중에도 남편에게 내 콧물을 먹게 할 수는 없다고 생각했다. 울면서 격렬하게 거부했다. 돌이켜 생각하니 진상도 그런 진상이 없었다. 41주간의 임신은 그렇게 막을 내렸다.

잠시 후 들어온 간호사가 "헉!" 하더니 전화를 걸었다.

"여기 304호인데요, 침대 시트랑 산모 패드 좀 갖다주세요. 피가 다 샜네."

감각이 없어서 몰랐는데 피를 엄청 쏟고 있었다. 자연분만이든 제왕절개든 출산 후에는 마치 생리처럼 질을 통해 출혈이 계속되는데 이걸 '오로'라고 한다(나는 산후 한 달간 오로가 나왔다). 피가 얼마나 샜는지 보려고 했지만 몸이 움직이지 않았다. 시트를 갈 때 슬쩍 보니 흥건하게 젖어 있었다.

자연분만은 고통이 선불이고 제왕절개는 후불이라 했던가. 질은 멀쩡했지만, 5박 6일 동안 회복하는 절차도 만만찮았다.

아기 말고 내 몸이 궁금해서

수술 후 24시간이 지나도록 아무것도 먹을 수 없었다. 수액을 맞아서 온몸이 땡글땡글하게 부었다. 3일째가 돼서야 조금 걸을 수 있었다. 엉덩이와 등이 배겼지만 천장을 보고 누울 수밖에 없었다. 돌아누울라치면 배 속 장기가 쏟아지는 느낌이 들었다. 밤에는 식은땀이 나고 오한이 들었다. 새벽에 무려 10분간이나 이가 딱딱 부딪치고 온몸이 덜덜 떨렸다. 다행히 진정됐지만, 남편도 나도 큰 이상이 생긴 줄 알고 무척 놀랐다. 퇴원 후 산후조리원에 가서도 한동안 수술 부위가 아파 걷기가 힘들었다. 아기에게 모유를 먹이는 것도 영 여의치가 않았다.

　내게는 찾아오지 않을 줄 알았던 비명, 피, 땀범벅이 결국 다 있었다.

　원래는 유도분만(옥시토신을 주입해 인위적으로 자궁 수축을 일으켜 출산하게 하는 방법)이 예약돼 있었다. 임신 40주가 넘도록 진통은커녕 출산 징조('이슬'이라고 부르는 피 섞인 질 분비물)도 보이지 않았기 때문이다. 다행히 출산 이틀 전 이슬이 비친 뒤 진통이 시작됐고, 자궁경부가 충분히 열리기 전에 병원을 가면 어차피 돌려보낸다는 이야기를 익히 들은 터라 밤새 진통을 견디다 오전 8시 예약 시간에 맞춰 병원을 간 터였다. 자궁경부는 이미 4cm가 열려 있었고(10cm면 다 열린 거란다) 별다른 이상이 없었기에 자연분만을 준비했다. 옷을 갈아입고 이런저런 준비를 하고 나니 9시 20분, 간호사가 물었다.

"무통분만 할 거죠?"

그 순간 다시 진통이 시작됐고 나는 고개를 위아래로 세차게 흔들었다.

"으윽, 네! 으흐흡."

무통 주사의 정식 이름은 경막외마취다. 국소마취제를 제 3~4번 요추의 경막 바깥 부분에 주입하는 것이었다.[1] 무통 주사를 맞은 뒤 나타나는 몸과 마음의 평안을 여성들은 '무통 천국'이라고 표현한다. 하지만 어쩌다 '무통분만'이라고 불리게 돼서 여성들이 마치 정말로 아무런 고통 없이 출산하는 것처럼 오해하게 만들었는지 모르겠다. 자궁경부가 일정 정도 열리기 전에는 무통 주사를 놓지 않고 심지어 집으로 돌려보낸다. 또 8cm 이상 열려도 마취제를 넣어주지 않는다. 아기를 밀어내야 할 때 산모가 힘을 잘 못 주기 때문이란다. 예약 시간이 더 늦 었더라면 이마저도 못 맞을 뻔했다.

마취과 의사가 도착했다. 옆으로 누워 무릎을 당겨 안고 허리를 최대한 동그랗게 말았다. 등이 따끔했다. 꽤 아팠다. 미간이 찌푸려지고 신음이 새어 나왔다. 척추를 따라 차가운 느낌이 흘렀고 이내 하반신에 감각이 없었다. 과연 무통 천국이었다. 자궁이 수축할 때마다 진통이 느껴지는데, 자궁 수축 정도를 나타내는 기계 속 숫자는 이미 100을 찍고 있었지만(이게 기계가 나타낼 수 있는 최대치라고) 별 느낌이 없었다. 주사를 맞기 전 수치가 30일 때도 그렇게나 아팠는데, 마취제가 아니었다면 지금 내가 느껴야 하는 고통이 어느 정도일지 가늠되지 않았다. 급기야 까무룩 잠이 들었다. 약 30분 뒤, 내진을 하던 의사가 고개를 갸우뚱했다.

"자궁경부는 8cm 열렸는데 아기는 아직 안 내려왔네요. 초음파 좀 봅시다."

간호사가 초음파 기계를 밀고 들어왔다. 의사와 간호사가 초음파 화면을 응시했다. 진료실과 달리 분만실에는 산모가 볼 수 있는 모니터가 따로 없어서 무척 궁금했다.

"내 이럴 줄 알았다. 아기가 엄마 배를 보고 누워 있네요. 하늘 보는 아기요. 지금쯤이면 엄마 등을 보고 돌아 누워 있어야 하는데. 이런 경우 난산일 확률이 높아요. 보통 제왕절개를 많이 하니까 한번 고려해보세요."

당황스러웠다. 임신 중에 한번도 이상 소견을 보인 적이 없었기에 나는 당연히 자연분만에 성공할 거라고 굳게 믿고 있었다. 다른 선택지는 아예 생각조차 하지 않았다. 그런데 출산에 임박해 제왕절개를 하라니……. 의사가 나간 뒤 간호사는 안쓰러운 표정으로 이렇게 말했다.

"제가 여기 10년 근무했는데, 하늘 보는 아기를 자연분만 한 엄마는 딱 한 명 봤어요. 산모도 아기도 고생을 엄청 했어요."

의료진의 거듭된 권고에 덜컥 겁이 났다. 서둘러 인터넷을 검색했다. 자궁경부가 이렇게 열리고도 아기가 돌아눕지 않고 엄마의 엉덩이 쪽을 보고 있으면 대부분 제왕절개를 한 듯했다. 자연분만 후기는 딱 한 건을 찾았는데, 아기가 결국 나오지 않아 기구를 이용해 아기를 끌어내야 했단다. 그 탓에 아기 머리가 눈에 띄게 찌그러지고 두피에 상처도 생겼다고. 이상하게도 시간이 갈수록 이 상황이 마치 내게 온 기회처럼 느껴졌다. 무통 '약발'이 떨어지고 난 뒤 다시 시작될 진통이 너무 무서웠는데, 의료진도 블로그도 내게 제왕절개를 해야 할 이유를 말해주고 있었다. 지쳤고 두려웠다. 더 지체할 필요가 없었다.

처음엔 묘한 승리감마저 들었다. 무통 주사를 맞거나 제왕절개를 하면 마치 나쁜 엄마인 양 취급하는 일부 사람들에 반

아기 말고 내 몸이 궁금해서

해 내가 원하는 출산 방식을 스스로 선택했다고 믿었다. 고통을 덜 느끼거나 수술 후로 미룬다고 해서 아기를 못 낳는 것도 아닌데, 그걸 왜 자연스러운 과정이라고 강조하는지 이해할 수 없었다. 고통에도 차원이 존재하는가? 출산의 고통은 다른 고통과 달리 숭고한 고통인가? 아니, 잠시나마(36시간) 진통을 겪어본 사람으로서 말하건대 고통은 그냥 고통일 뿐이었다. 생명의 신비고 뭐고, 겪는 동안엔 그냥 욕이 나오더란 말이다.

'너희들이 아무리 떠들어봐라, 이 출산의 주인공은 나이며, 이 시대를 사는 여성답게 현대 의학의 혜택을 누리리라. 나는 흔들리지 않았다!'

하지만 시간이 갈수록 '그게 최선이었을까' 하는 생각이 스멀스멀 올라왔다. 그땐 모든 게 분명해 보였는데, 이젠 모든 게 혼란스러웠다. 이 찝찝함의 근원이 무엇인지 찾고 싶었다. 출산 과정을 복기했고 대화 하나하나를 다시 떠올렸다. 의료진 개인의 잘못은 분명 아니었다. 담당 의사와 간호사는 산전 검진에서부터 출산, 산후조리 기간까지 나를 세심하게 돌봐줬다. 대학병원에서 분만한 일부 산모들이 '물화되는 것 같았다'며 의료화 출산을 비판한 것과 달리, 이 병원에서는 날 인간적으로 대해준다고 느꼈다. 의료진의 전문 지식을 바탕으로 한 권고를 신뢰했다. 그들은 나의 의견을 물었고, 출산 과정에서 내가 선택하지 않은 건 하나도 없었다.

그러나 그게 정말 나의 자율적인 선택이었는지를 자문하자, 이내 머뭇거려졌다. 내가 주체적으로 결정했다고 믿었던 것이 사실은 아닐 수도 있다는 생각에 다다랐다. 의료진은 분명 친절했지만, 그것만으로는 충분치 않았다. 그리고 깨달았다. 선택의 순간마다 없었던 게 있었다. 바로 정보였다.

일례로 무통 주사를 맞기 직전까지 마취제에 대한 어떤 설명도 듣지 못했다. 외부에서 약물을 투여하는 일이니 분명 부작용으로 인한 위험이 있을 것이다. 예컨대, 경막외마취로 인해 태아가 분만 전에 완전히 돌지 못할 수 있다는(즉, 하늘 보는 아기) 연구 결과가 있다.[2] 무통 주사를 맞은 그룹에서 자궁경부가 잘 열리지 않았다는 연구 결과도 있다.[3] 물론 모든 논문이 그렇듯 연구진의 주장이며, 논란의 여지가 있다. 충분한 후속 연구로 입증돼야 한다. 그럼에도 불구하고 의료적인 선택을 내려야 할 때는 이 같은 최신의 정보를 알 필요가 있다고 본다. 그게 나의 권리였다.

제왕절개도 마찬가지다. 의사의 권고로 수술실에 들어가기 직전까지 난 제왕절개와 관련된 어떠한 위험도 고지 받지 못했

아기 말고 내 몸이 궁금해서

다. 제왕절개와 관련한 연구 결과들을 검토한 문헌 연구[4]에 따르면, 제왕절개를 한 경우 다음 임신 때 태반이 잘못된 위치에 자라는 전치태반이나 자궁 파열, 사산, 불임 등의 위험이 큰 것으로 나타났다.

사실 자연분만에도 위험은 존재한다. 예컨대, 흔히 회음부(질과 항문 사이 부분)가 찢어진다. 과도한 열상이 생기면 고통이 심하고 회복이 느려서 진통 중에 회음부를 미리 칼로 절개하기도 한다. 골반에 붙어 있는 근육이 손상되기도 한다. 일시적 또는 만성 골반통이 생긴다. 근육 손상으로 방광이나 자궁, 직장 등이 질 쪽으로 돌출되는 골반 장기 탈출증이 생길 수도 있다.[5]

각각의 위험은 반대로 각각의 이점이 된다.

그러나 여성들은 분만에 앞서 이런 위험을 고지 받지 못한다. 물론 인류를 비롯한 포유동물의 기본적인 분만 형태는 질식분만(자연분만)이었지만, 인류는 그 시대를 오래전에 지나왔다. 의학은 눈부시게 발달했고 어떤 지역에서는 제왕절개 분만율이 40%가 넘는다. 문자 그대로 여성들은 자연분만이냐 제왕절개냐를 두고 선택할 수 있는 시대에 살고 있다. 현실이 그러하다면 의료진은 묻지도 않고 자연분만을 기본 값으로 계속 둘게 아니라, 자연분만과 제왕절개 각각의 이점과 위험성을 충분히 고지해야 하지 않을까? 인류가 당장 병원 출산을 완전히 그만둘 게 아니라면 말이다.

모든 의료적 처치, 특히 외과적 수술에 앞서 이점과 위험성, 부작용 등을 고지 받는 게 환자의 권리라는 건 이제 상식이다. 하지만 출산은 예외인 것 같다. 출산 전까지 병원에 열세 번을 갔지만, 분만할 때 일어날 수 있는 상황에 대해 의료진과 별다른 대화를 나눈 기억이 없다. 내가 먼저 질문해야 했을까? 내 탓인가? 의료정보에 대한 접근이 순전히 내 의지에 달렸다면, 그건 권리라고 보기 어렵다. 알아야 질문도 할 수 있다.

의료진과 충분히 대화를 나눌 수 없는 건 한국의 환경 때문이기도 하다. 저출생, 저평가된 분만 수가 등의 이유로 문을 닫는 분만 병원이 늘고 있다. 살아남은 병원에 산모들이 몰린다. 게다가 주말에 몰린다. 근로기준법에 '태아검진 휴가 제도'를 규정하고 있지만, 이를 자유롭게 쓸 수 있는 일터는 많지 않다. 그나마 남성에겐 이런 제도조차 없다. 임신은 여성 혼자 하는 게 아니고, 그래서 많은 부부가 아기집을 볼 때부터 출산까지 함께하기를 원한다. 그러니 결론은 토요일. 그야말로 산부인과 병원이 미어터진다. 예약을 했음에도 2시간 넘게 기다린 적도 있다. 의사는 책상이 있는 상담실을 중심으로 양쪽 진료실을 왔다 갔다 한다. 왼쪽 진료실을 이용하는 동안 오른쪽 진료실엔 다음 산모가 옷을 갈아입고 대기한다. 의료진뿐만 아니라 산모도 쫓긴다.

이와는 별개로 시간이 갈수록 자연분만을 경험해보지 못했다는 아쉬움이 커졌다. 아기도 나도 건강해서 더 바랄 게 없는데, 왜 이런 아쉬움이 생기는지 알 수가 없었다. 《출산, 그 놀라운 역사》라는 책에서 여성들이 '온전하고 진정한 경험'을 원하기 때문이라는 글을 발견했는데, 고개가 갸우뚱해졌다. 자연분만, 그러니까 질로 하는 출산만이 온전하고 진정한 출산이라는 건데, 과연 그런 게 존재하기는 하는지 궁금해졌다. 제왕절개이긴 했지만 나도 '정말로' 출산했다. 어째서 이건 온전한 경험이 아니라고 하는 걸까.

어쩌면 그건 그냥 판타지가 아닐까? 땀범벅을 해서 산통을 견디다가 마지막으로 온몸을 쥐어짜듯 힘을 내서 아기를 낳은 뒤 복잡한 감정에 눈물을 흘리며 아기를 품에 안아보는, 극적인 모녀 상봉을 막연하게 그려봤던 것 같다. '숭고한 출산 장면 TOP 10'류의 게시물이 이렇게나 유해하다.

출산 중에 죽는 여성이 여전히 많다
모성사망, 고위험 임신

임신 중 딱 두 번 택시를 탔다. 배가 눈에 띄게 부른 뒤론 처음 본 사람들조차 내 배에 이러쿵저러쿵 말을 얹는 통에, 목적지까지 낯선 사람과 밀폐된 공간에 단둘이 있어야 하는 택시를 타기가 꺼려졌다. 하지만 배가 불러오는 만큼 날씨는 점점 더워졌고, 취재차 카메라 가방을 들고 버스와 지하철을 세 번이나 갈아타야 했던 때는 결국 택시를 탔다(훌륭한 기사님도 많이 있다는 걸 알기 때문이었다!). 그러나 아니나 다를까 낯선 중년 남성은 다짜고짜 반말로 "첫 애지? 아들이야, 딸이야?"라며 "아이고, 딸을 가져 어떡하나. 시대가 변했어도 아들을 낳아야 한다"고 군소리를 해댔다.

두 번째 택시를 탔을 때는 뜬금없이 자연분만 예찬론자를 만났다. 내가 뒷좌석에 올라타기 쉽도록 조수석을 앞으로 당겨 배려해준 '젠틀'한 그는 결국 5분도 못 가 본색(?)을 드러냈다. 그 5분 동안 얼마나 입이 근질근질했을까.

"요즘 병원들이 다 돈 벌려고 제왕절개 권하는 거예요. 자연분만 기다려보고! 안 되면 유도분만 시도해보고! 그리고 버티다 버티다 안 되는 경우에만 수술하는 거예요!"

마음이 삐걱댔다. 아저씨 임신해봤나요, 출산은요, 저 진통할 때 아저씨가 대신 아파 줄래요, 아니면 그만 좀 하세요,라는 말이 혓바닥 뒤를 맴돌았다. 그는 뭐에 그리 한이 맺혔는지 침을 튀겨가며 제왕절개를 하는 병원을 저주했다가 자연분만을 예찬했다가 종국엔 내게 호통을 치듯 끝없이 말을 늘어놓았다. 결국 나도 꽥 소리를 지르고야 말았다.

"그렇게 쉽게 말할 게 아니에요. 지금도 출산하다가 죽는 여성이 얼마나 많은데요!"

이 일이 다시 떠오른 건 아이를 낳고 한 달쯤 지났을 때였다. 청와대 청원게시판에서 안타까운 사연을 접했다. 한 산모가 유도분만을 시도하던 중 의식을 잃었고 응급 제왕절개로 아이를 낳았는데, 알고 보니 산모가 심정지 상태였다는 것이다. 급히 대학병원으로 옮겼지만 뇌사 상태에 빠졌다. 아기마저 이틀 뒤 숨졌다. 의료사고가 의심되는 상황인데 병원은 잘잘못을 가리기에만 급급했다고 한다. 사망한 여성의 남편은 청원글에서 울분을 토했다.

아기 말고 내 몸이 궁금해서

자연분만 해야지
제왕절개 그거 다 돈벌이야.
딸? 아들?
어허, 거참
아들은 하나 있어야…

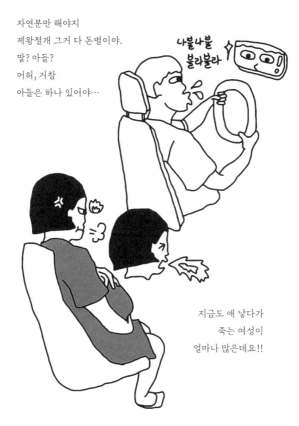

나불나불
불라불라

지금도 애 낳다가
죽는 여성이
얼마나 많은데요!!

꼬물거리는 신생아를 옆에 두고 글을 읽으며 한참을 울었다. 그 가족의 심정을 감히 헤아릴 수가 없었다. 한편으론 나 역시 그 곁을 지나왔음에 몸서리가 쳐졌다. 누군들 상상이나 하겠는가. 출산 중에 아기, 심지어 본인이 목숨을 잃을 수도 있다고. 임신 기간이 고되긴 해도 곧 만날 예쁜 아기를 생각하며 버틴다. 그러나 출산은 여전히 누군가에겐 목숨을 걸어야 하는 일이다.

"요새 애 낳다가 죽는 사람이 어디 있냐" "옛날엔 다들 집에서도 잘 낳았다"고 말하는 사람들이 있을지 모르겠다. 한 국가의 보건의료시스템을 가늠하는 중요한 지표 가운데 '모성사망비'라는 게 있다. 출생아 10만 명당 모성사망자 수를 나타낸다. 모성사망이란 임신 중 또는 분만 후 42일 이내에 임신과 관련한 원인으로 사망한 경우를 말한다. 통계청에 따르면,[1] 국내 모성사망비는 2011년에 17.2까지 치솟았다. 당시 출생아 수는 47만 1265명, 모성사망자는 무려 81명이었다. 이후로는 점점 낮아져 2017년에는 7.8(출생아 수 35만 7,771명, 모성 사망자 28명)을 기록했다. 2018년 12월에 추출한 경제협력개발기구OECD 회원국 모성사망비 평균은 8.2였다. 다른 질환으로 인한 사망자보다 훨씬 적을지는 모르지만, 설마 임신 및 출산으로 목숨

아기 말고 내 몸이 궁금해서

을 잃으리라고 생각하지 않는다는 데에 이 수치가 예사롭게 보이지 않는 이유가 있다.

사망 원인은 다양하다. 2009~2014년 한국의 모성사망 원인과 경향을 분석한 연구[2]에 따르면, 산과적 색전증이 24.4%로 가장 많았다. 색전증은 혈관이나 림프관으로 운반된 부유물이 혈관 협착이나 폐색을 일으키는 증세이다. 이 중에서도 양수색전증으로 사망한 사례가 많았다. 분만할 때 양수는 외부로 흘러나와야 하는데, 자궁의 손상된 정맥을 통해 혈관으로 들어가면 일부 산모에서 과민반응을 일으켜 갑작스런 호흡곤란이나 경기 또는 발작을 유발하고 심지어 사망에 이르는 경우가 있다. 예측이 불가능하고 급격히 진행됨에 따라 사실상 치료가 불가능해 의학적으로는 불가항력적인 상황으로 본다고 한다.[3] 그다음으로 산후 출혈이 18.3%로 높았고 고혈압성 질환도 5.5%를 차지했다. 이 같은 산과적 합병증에 의한 직접 모성사망 외에 기타 내외과적 기저질환에 의한 간접 모성사망도 29.9%를 차지했다.

누구나 안전하고 행복하게 임신하고 출산할 수는 없을까. 국제 통계를 살펴보면 상황이 지금보다 더 나아질 여지가 있는 듯하다. 다른 나라의 모성사망비는 덴마크가 1.6, 아일랜드가 2.0, 스위스가 2.4, 독일이 3.3이다. 보건의료시스템, 산모의 연령 등 상황에 따라 모성사망비가 더 낮을 수도 있다는 이야기다.

그러나 많은 전문가가 한국의 모성사망비에 대해 부정적인 전망을 내놓고 있다. 산모의 고령화, 난임 치료로 인한 다태아 임신 증가 등으로 고위험 임산부가 꾸준히 증가하고 있는 반면, 저평가된 분만 수가, 의료소송 위험 증가 등으로 분만을 담당하는 산부인과 병의원과 전문의는 오히려 줄어들고 있기 때문이다.[4]

특히 지역에 따라 모성사망비 편차가 크다는 게 문제점으로 지적돼왔다. 분만취약지에 해당하는 강원도에서는 2017년 3명이 사망해 모성사망비 33.5를 기록했다.[5] 출생아 수와 사망자 수가 워낙 적어(출생아 수 8,958명으로 전체의 2.5% 차지) 모성사망자가 1명 늘어날 때 모성사망비의 증가가 두드러지게 나타난다는 점을 고려하더라도, 이는 서울의 모성사망비 6.1과 비교해 5배 이상 높은 수치다.

산과적 색전증 다음으로 많은 산후 출혈은 모성사망의 원인 중 후진국형 요인이라고 한다. 우리나라 분만 인프라 붕괴의 현실을 그대로 반영하고 있다.[6]

아기 말고 내 몸이 궁금해서

죽음에까지 이르지 않더라도 수많은 임산부가 임신 중이나 분만 중에 다양한 어려움을 겪는다. 지금까지 밝혔듯 나는 각종 임신 부작용을 겪었는데, 의학적으로 보자면 사실 모든 게 정상인 상태였다. 임신중독증, 임신성 당뇨, 임신성 고혈압, 사산 과거력, 짧은 자궁경부 길이, 자궁경관무력증, 조기 분만 진통, 조기 양막 파수, 태반 조기 박리, 전치태반, 각종 내외과 질환 등이 있는 고위험 임산부는 훨씬 더 고통스러운 임신 기간을 보낼 수밖에 없다.

소정 씨의 경우 별다른 이상이나 과거력이 없었는데 갑자기 자궁경부 길이가 짧아져 병원에 입원해야 했다.

"추석 연휴에 장기간 차를 타고 이동한 게 무리였던지 아랫배가 계속 아파서 병원에 들렀어요. 제 주수에 맞는 정상 자궁경부 길이는 4cm인데, 저는 2.5cm정도더라고요. 당장 입원해서 절대 안정을 취해야 한다고 해서 밥 먹고 화장실 갈 때 외엔 누워만 있었어요."

자궁경부 길이가 짧아지면 조산할 위험이 있다. 경부를 꿰매 아기가 더 내려오지 못하도록 수술을 하는 경우도 많다. 임신 중기에 통증 없이 자궁경부가 열리는 자궁경관무력증이 생기면 다음 임신 때도 같은 일이 반복될 수 있다.

임신과 출산에 대해 공포심을 불러일으키려는 의도는 아니다. 임신이 이토록 어려운 일이라는 걸 이야기한다고 해서 아기를 원했던 사람이 갑자기 비출산을 선택하는 일은 많지 않을 것이다. 임신을 하겠다는 결심이 완전히 주체적인 선택이 되려면 여러 임신 부작용을 포함해 더 많은 정보가 주어져야 한다고 생각한다.

징징거리려는 것도 아니다. 임신 경험을 쓰면서 스스로에 대해 불평불만만 해대는 나약한 사람이라고 생각한 적은 없다. 오히려 그 반대다. 내 경험을 솔직히 적어나가면서 이토록 고된 일을 해냈다는 뿌듯함이 밀려왔다. 대견했다. 아이를 낳은 모든 여성이 이토록 훌륭한 업적을 왜 마구마구 자랑하고 다니지 않는지 의아하다! 사람 하나(또는 그 이상)를 만들어냈지 않은가! 지금 현재를 살아가는 70억 인구 모두의 과거에 누군가의 임신과 분만이라는 사건이 있었다는 사실이 새삼스러울 따름이다.

비혼, 비출산을 선택한 많은 이들은 이 나라의 정치, 사회, 문화, 경제 등 다양한 요소를 고려한 결과 "한국에서 아이를 낳아 키우는 건 어렵겠다"는 판단이 섰다고 고백한다. 나는 그 요소 중 하나가 바로 임신한 여성에 대한 몰상식이라고 생각한다.

아기 말고 내 몸이 궁금해서

아니, 알면서 모른 척하는 '외면'이려나?

20대 초반에 일곱 살 많은 남자와 연애한 적이 있다. 그 남자의 선배가 그랬단다. "쟤 아무것도 모를 때 데려가라"고. 이 말 안에는 폭력성이 함축되어 있다. 누군가는 결혼과 임신, 출산이 여성의 삶을 얼마나 어렵게 하는지 알고 있다는 방증이다. 임산부 삶의 질에 대한 고민 없이 출생률을 높인들 과연 그건 누굴 위한 걸까? 그 개개인 불행의 총합은 이 사회의 전체 행복을 깎아 먹고야 말 텐데.

'재생산권'이라는 개념이 있다. 영어로는 '성 재생산 건강 및 권리SRHR, Sexual and Reproductive Health and Rights'라고 한다. 수십 년에 걸친 여성운동의 성과로 생겨난 이 개념을 하정옥 서울대학교 여성연구소 교수는 논문 〈재생산권 개념의 역사화·정치화를 위한 시론〉에 이렇게 적었다.

"임신과 출산 그리고 아이의 양육이 친족이나 국민국가만의 사안(소위 '인구문제')이 아니라 바로 그 실천을 행하는 여성 그리고 여성의 몸과 관련된 사안임을 주장하는 것이었고, 또한 그에 대한 통제권을 여성이 행사할 수 있어야 한다는 문제 제기였다. 공동체 및 그 이해의 이름으로 여성에게 강제로 피임이

나 임신을 요구함으로써 여성을 재생산의 도구로 삼아선 안 되며 더 나아가 여성이 안전하게 피임이나 임신을 할 수 있도록 그 수단과 환경을 제공해야 하고 재생산과 관련하여 일차적 결정 권한은 여성에게 있어야 한다는 것이다. …… 재생산권은 완결된 성취가 아니라 미완의 과제다."

2019년 한국에서는 낙태죄 폐지를 둘러싸고 재생산권 논의가 활발하다. 임신한 삶에 관해 말하는 것도 분명 이러한 재생산권 논의의 한 부분을 구성할 것이다.

영국에서 2014~2016년 여성들의 모성사망비를 연구한 결과, 백인은 8.04를 기록한 반면 아시안 여성은 14.52로 약 2배, 흑인 여성은 39.66으로 5배 더 높았다.[7] 사회적 주류가 아닌 이들을 대하는 차별적 시선, 그리고 사회·경제적 상황 같은 구조적 문제가 이런 결과를 가져왔다. 아마 한국도 다르지 않을 것이다. 수도권에 사는, 제도의 혜택을 받는 기혼의 건강한 한국 주류 여성으로서 나는 임신 기간을 비교적 수월하게 보냈음을 이 마지막 글에서만큼은 인정해야 한다. 10대 여성, 저소득층 여성, 분만 취약지에 살고 있는 여성, 장애가 있는 여성, 피부색이 다르거나 한국어에 익숙지 않은 외국인 여성, 결혼 이주 여성 등은 임신과 출산을 할 때 어떤 상황에 놓여 있는지 궁금하다. 임신과 출산에 대해 알아야 할 정보를 제공받을 마땅한 권리를 혹시 놓치고 있지 않는지 걱정스럽다.

임신을 하기로 마음먹은 이들이 앞으로 닥칠 신체적·정신적 변화에 대해 보다 정확하고 풍부한 정보를 얻게 되면 좋겠다. 임산부를 더 잘 이해하고 함께 더불어 살아가기 위해 노력하는 사회가 되면 좋겠다. 임신과 출산을 포함한 여성 건강 전반에 대한 인식이 지금보다는 개선되면 좋겠다. 그래서 말뿐인 행복한 임신과 출산이 아니라 온전히 축복으로 누릴 수 있는 임신과 출산이면 좋겠다. 우리는 출산하는 기계가 아니라 숨 쉬고 기뻐하고 슬퍼하고 고통을 느낄 줄 아는 사람이니까.

출산은
"그리고 모두 행복하게 살았답니다"가 아니다

그 날은 아침부터 가려움증이 심했다. 소양증은 보통 밤에 심해지고(이 역시 호르몬 변화 때문이라고) 간신히 잠이 들었다가 깨어나면 조금 덜하곤 했는데, 출산 한 달째를 맞은 그날은 괴로움이 정점을 찍고 있었다. 온몸을 긁다가 애처럼 엉엉 울고 말았다. 임신 중 겪은 모든 신체 변화에 대해 "출산하면 사라진다"는 말을 숱하게 들었지만, 적어도 나에겐 해당되지 않았다.

여기저기서 주워들은 것들을 꿰맞춰 어렴풋이 상상은 했다. 내 몸에 일어난 변화가 출산을 계기로 감쪽같이 사라지는 것도 아니고 또 다른 변화가 나타나기도 한다는 걸. 사람에 따라 자연분만을 한 뒤 회음부 통증이 몇 주째 이어지기도 하고, 재채기를 하거나 크게 웃을 때마다 오줌이 찔끔 새고, 임신 중 지속

아기 말고 내 몸이 궁금해서

되던 우울증이 출산 후엔 더 심해질 수 있고, 산후 100일쯤 되면 그때까지 가까스로 매달려 있던 머리카락이 숭덩숭덩 빠지다가 새로 나는 머리는 고슴도치마냥 삐죽삐죽하고, 모유 수유를 하는 동안 심하게 목이 마르고, 수시로 악을 쓰고 바둥대는 가운데 하루가 다르게 몸무게가 늘어나는 아기를 돌보느라 손목과 무릎 관절이 시큰거리고 아프다고 했다.

임신과 출산은 여성의 몸에 지울 수 없는 상흔을 남긴다. 출산 후 어떤 증상이 사라지고 어떤 고통이 계속되는지, 내 몸과 마음에 어떤 변화가 새로이 나타났는지를 추가해서 쓰려고 했다. 출산만 하면 "그리고 모두 행복하게 살았답니다"마냥 나에 대한 이야기가 해피엔딩으로 끝나며 내가 겪은 일들과는 상관없이 모두가 축복이라고만 말하는 분위기에서, 출산은 '내' 이야기의 끝이 아니라 중간 과정일 뿐이라는 걸 경험을 통해 보여주고 싶었다.

그러나 추가 글은 결국 쓰지 못했다. 환도 통증, 치질, 관절통, 빈혈, 피로, 식욕부진, 불면증이 계속됐고 무엇보다 소양증은 출산 후에 더 심해졌다. 불편하다는 감각만 느낄 뿐 아기를 돌보느라 정신 없는 데다 우울감은 깊어져 정작 내 몸에 신경 쓸 여력이 없었다. 출산은 종결도 중간 과정도 아니라 내 몸과 마음이 지워지는 일의 시작점이라는 걸, 아이러니하게도 경험을 쓰는 게 아니라 쓰지 못하는 것으로 말하게 된 셈이다.

쓰지 못한 글에 미련을 두며 엄마 생각을 많이 했다. 아이를 둘이나 낳았으면서 임신과 출산을 어떻게 했는지 기억이 나지 않는다던 엄마는 종종 내가 신체 변화에 대해 말할 때마다 "그래, 그랬었지. 기억난다. 근데 그때는 산후조리원이 있길 하나 맘카페가 있길 하나. 어디 말할 데도 없으니 그냥 혼자 견뎠지"라고 말씀하셨다. 이상한 말이지만, 내가 겪은 이 모든 과정을 엄마도 겪었다는 사실을 이제야 알게 됐다. 당신 혼자 감당해야 했던 무게가 머릿속에 그려지지 않아 마음이 아렸다. 그리고 한편 생각했다. 지금 상황이 많이 나아진 걸까?

그날 산후소양증을 잘 본다는 의사를 수소문해 태풍을 뚫고 왕복 5시간 거리를 다녀왔다. 치료된다는 확신도 없는 상태에서 평소 모유만 먹는 아기를 두고 외출해도 되는지 걱정하며 한 달을 뭉그적거리고 있었다. 피부과 병원에서는 벌써 별다른 수가 없다는 이야길 들은 뒤였다. 산부인과 외의 병원에서는 임산부뿐만 아니라 모유 수유 중인 여성도 기피한다. 수유부라고 아프지 않을 리가 없는데, 아니 여기저기 더 아플 텐데 수유부를 자주 보지 못했다는 의사의 말이 의아했다. 한국 사회에서는 출산 후에 나타나는 몸의 변화를 산후풍 정도로 간과하고 적절히 치료하지 않는다는 말이 실감 났다. 우연인지, 용하다는 그 의사 선생님 덕분인지, 산후소양증은 일주일 만에 호전됐다. 왜 진작 나서지 않았는지 후회스러웠다. 정보가 너무 부족했기 때문이었다.

임신과 출산을 겪은 여성들, 아기를 키우고 있지만 엄마라는 정체성에만 묶이지 않는 여성들의 이야기가 최근 몇 년 사이에 많이 나오고 있다. 그 흐름에 나도 한마디 보태게 되었지만, 앞서 말했듯 임신과 출산, 육아 경험은 개인적이고 다층적이라 내 이야기와 사뭇 다른 일들을 겪은 사람도 많을 거라고 생각한다. 내가 쓰지 못한 출산 직후 몸과 마음의 변화를 포함해, 앞으로 더 많은 사람의 다양한 이야기를 듣게 되었으면 좋겠다.

배란테스트기(aka 배테기) 배란일에 나
오는 황체 형성 호르몬(LH)을 검출
하는 테스트기. 사실 LH는 우리 몸
에서 항상 분비되다가 배란일에 폭
발적으로 급증하는 것이기 때문에
배테기는 임테기와 달리 매일 사용
해야 한다. 소변을 묻히면 두 줄이
나타나는데, 줄 색깔이 갑자기 진해
질 때를 배란으로 본다. 배란일을 추
정하는 다른 방법들보다 원리는 정
확하지만, 육안으로 색깔을 구분한
다는 것 자체가 주관적이고 정확하
지 않아 배란일을 알아내는 게 생각
보다 쉽지 않다. 색이 다 올라온 뒤가
아니라, 소변을 묻히고 시험선이 막
나타나기 시작할 때 색깔을 비교하
는 게 요령이라면 요령.

숙제 배란 추정일에 임신할 목적으로
부부관계를 갖는 것. 배테기를 몇 달
해보고 안 되면 병원에 가서 배란일
을 받아 오기도 한다. 의사는 질 초음
파로 난포가 자란 상태를 보고 배란
일을 추정해 "이번 ○요일 전후로 부
부관계를 가지면 임신할 확률이 높
다"고 알려준다. 여기서 "숙제를 받

아 왔다"는 말이 생긴 것으로 보인다.
배란일은 배란 주기와는 또 달라서,
보통 28일 주기라면 절반인 14일째
에 배란할 거라고 생각하지만, 막상
질 초음파로 배란일을 받아보면 10
일째, 20일째 등 사람마다 천차만별
이다. 주기만 믿고 임신을 시도해온
사람들은 난소한테 뒤통수 맞는 상
황. 1-1-1은 배란일을 중심으로 하루
전날, 당일, 다음 날에 숙제를 했다는
뜻이다. 비슷하게 2-2-2는 이틀 전,
당일, 이틀 후에 했다는 뜻이다.

임신테스트기(aka 임테기) 임신한 뒤 분
비되는 인간 융모성 생식선 자극 호
르몬(hCG)을 검출하는 테스트기. 소
변을 묻힌 뒤 빨간 줄이 두 개 모두 나
타나야 임신이다. 계획 임신이 아니
라면 생리 예정일이 지나서야 해보게
되므로 반응이 뚜렷하게 나타난다.
반면 임신을 간절히 기다리는 이들
은 임신 반응이 나타날 수 있는 최소
일수인 '관계 후 9일'째부터 임테기를
몇 박스씩 동내기도 하는데, hCG 수
치가 아직 낮을 때라 빨간 줄이 흐릿
하다. 이 때문에 온라인 여성 커뮤니
티에는 "임테기 좀 봐주세요. 임신 맞
나요?"라는 게시물이 자주 올라온다.
다들 사진을 확대해가며 함께 봐주는
데, 매직아이 수준으로 봐도 빨간 줄
이 보이지 않을 때는 위로와 격려를

전하는 문화가 형성돼 있다.

막생 '마지막 생리(시작일)'의 준말. 아기
집과 태아의 성장을 가늠하거나 출산
예정일을 산정하는 데 기준이 되는
날짜다.
　㉙ "막생이 8월 1일이었다면 출산 예정
일은 언제가 되는 건가요?" "막생 8월 1
일, 어제 아기집 보고 왔어요."

초음파 검사

질 초음파 초음파 기기의 탐촉자를 질
안으로 직접 넣어서 자궁 안을 보는
방식. 배 초음파보다 더 선명하기 때
문에 임신 초기에는 주로 질 초음파
로 본다.

배 초음파 배 위에 윤활제를 바르고 탐
촉자를 문질러 자궁 안을 보는 방식.
질 초음파와 달리 검사 전에 물을 많
이 마셔서 방광을 채운 채로 검사를
해야 더 선명하게 볼 수 있다. 임신
10주차 내외에 배 초음파를 보기 시
작한다. 생각보다 무척 잘 보여서, 임
신 후기에는 아기의 표정 변화나 하
품하는 모습, 머리카락이 양수에 흩
날리는 모습까지 볼 수 있다.

젤리곰 임신 8~9주차 태아를 일컫는
말. 1cm도 안 되는 길이에 짧은 팔다
리가 돋아난 모양이 마치 곰돌이 모
양을 하고 있는 '하리보' 젤리와 비슷
하게 생겼다고 해서 이런 이름이 붙
었다. 동글동글 정말 귀엽기 때문에
온라인 여성 커뮤니티에는 "드디어
젤리곰 보고 왔어요!"라는 게시물이
자주 올라온다.

각도법 임신 12주차 초음파 사진으로
태아의 성별을 알아내는 방법. 성기
와 척추 사이의 각도가 30° 이상이면
아들이고 30° 이하면 딸이라는 식인
데, 사실 과학적 근거가 있는 건 아
니다. 어차피 이 시기엔 아들이건 딸
이건 생식기가 튀어나와 있기 때문
에 초음파 사진으로는 구분이 어렵
다. 남녀 생식기 구분이 확실해지는
14주차가 지나야 정확히 알 수 있고,
이때 병원 검진을 가면 의사가 "엄마
닮았네요" 혹은 "아빠 닮았네요" 하고
넌지시 알려준다. 각도법을 비롯해
중국황실달력(인터넷을 검색하면 진짜로
달력이 나옴), 베이킹소다+소변 등 성
별 판별법은 때로 초기 임산부들에게
즐거움을 준다. 실제로 해보면 정말
재밌다.

● **임신확인서** 산부인과 의사가 임신 사실을 확진한 뒤 발급해주는 문서. 출산 예정일을 적어야 하므로 이를 추정할 수 있는 임신 5~6주 이후, 보통 초음파로 아기집을 확인하거나 심장 소리를 들은 뒤에 써 준다. 임산부 수첩과 함께 '내가 정말 임신했구나'를 가장 먼저 물성으로 실감하게 해주는 소중한 문서. 정부가 지원하는 임신·출산 진료비 바우처를 받을 수 있는 카드를 만들 때, 보건소에 임산부 등록을 할 때, KTX 특실 할인이나 임산부 자동차 보험 할인, 임신기 단축근무를 신청할 때 등 의외로 쓰이는 곳이 많으니 받자마자 꼭 몇 부 복사해두자. 나중에 재발급을 받으려면 병원에 따라 1만~2만 원을 내야 할 수도 있다.

● **임산부 수첩** 임신확인서를 받을 때 병원에서 함께 주는 작은 수첩. 주수에 따라 임산부와 가족이 알아야 할 정보들이 적혀 있는데, 너무 간략해서 큰 도움은 되지 않는다. 보통 병원에서 자체 제작하므로 크기나 모양, 내용이 다양하다. 진료 카드와 같은 역할로, 검진 때마다 병원에서 산모의 몸무게와 혈압, 진료 특이 사항, 예약

사항 등을 간략히 적어준다. 초음파 사진을 붙일 수 있는 공간도 있다. 보통 진료가 끝난 뒤 초음파 사진과 영수증을 끼워서 들고 나오는 파우치 역할을 한다. 기관에 따라 임신확인서 대신 임신 증빙자료로 인정해주기도 한다.

● **임산부 배지** 정식 이름은 '임산부 배려 엠블럼'. 배가 아직 부르지 않아 임산부 티는 나지 않지만, 후기 임산부보다 외려 유산 위험이 높고 입덧과 구토, 피로감 등 어려움을 겪는 초기 임산부가 공공장소나 대중교통을 이용할 때 배려받을 수 있도록 정부에서 만들어 배포하는 상징물이다. 병원에서 받은 임신확인서를 가지고 보건소에 가면 받을 수 있고 보통 가방에 달고 다닌다. 배려하라고 만들어 놨더니 배지를 보고 "임신이 벼슬이냐"고 오히려 시비를 거는 사람들이 왕왕 있어 배지를 달기 꺼려진다는 임산부도 무척 많다.

● **임산부 배려석** 임산부를 배려하자는 취지로 2012년 지하철과 버스에 도입된 별도의 교통약자석이다. 좌석이나 바닥이 핑크색으로 돼 있어 일명 '핑크좌석'이라고도 부른다. 붐빌 때는 물론 한적할 때조차 핑크좌석을 선호하는 비(非)임산부가 많아 핑

크좌석은 사실 임산부에겐 그림의 떡이자 희망고문일 때가 많다. 움직이는 공간에 임산부가 서 있으면 비임산부보다 몇 배는 더 위험하다는 상식을 알고 있으며 임산부에게 자리를 양보할 마음이 있는 사람은 보통 임산부 배려석에 앉지 않기 때문에, 임산부들은 배려석보다 일반 좌석에 양보를 받는 경우가 더 많다. "임산부가 타면 그때 양보하겠다"며 배려석에 앉는 사람도 많은데, 보통 스마트폰을 보느라 임산부가 타도 알지 않/못하는 경우가 많다.

미처 알지 못했던
입덧의 다양한 종류

● **토덧** 울렁울렁 시도 때도 없이 구역질이 나오거나 실제로 토하는 입덧. 드라마나 영화에서 임신한 여성이 밥냄새를 맡고 구역질하는 장면을 많이 연출한다. 그런데 토덧은 냄새의 종류를 가리지 않으며 비단 어떤 냄새가 날 때만 토하는 것도 아니다. 종일 계속된다. 증상은 사람마다 제각각이라 어떤 사람은 차만 타도 토를 하고, 어떤 사람은 급체한 것처럼 어지럽고 쓰러질 것 같은 느낌에 시달리다가 결국 주저앉아 변기를 붙잡기도 한다. 심하면 제대로 먹지 못

해 살이 쭉쭉 빠지고 삶의 질이 매우 x1000 떨어지기 때문에 입덧약을 처방받아 먹기도 하는데, 이 사실을 되도록 널리 알리지 않는 게 좋다. "입덧약도 약인데 태아에게 나쁘니 먹지 말라"고 오지랖 부리는 사람들이 굉장히 많기 때문에…… 하지만 엄마가 살아야 아기도 산다. 입덧은 종류 불문 대부분 임신 12주~14주차에 사라진다고 하는데, 심한 사람은 출산할 때까지 계속되기도 한다.

● **먹덧** 먹는 입덧. 단어만 보면 행복한 입덧처럼 느껴지지만 토덧의 다른 형태이다. 위가 비면 속이 울렁거리고 어지럽기 때문에 늘 뭔가를 먹어줘야 한다. 심하면 침대에서 눈 뜨자마자 입에 크래커를 하나 넣어야 균형감각을 되찾고 몸을 일으킬 수 있다. 먹덧이 있는 임산부가 땀+고기+술 냄새 가득한 퇴근길 지하철을 빈속으로 탔다간 지옥을 경험하게 된다. 전날 밤 마신 술이 덜 깬 상태로 난폭 운전하는 택시에 올라타 허겁지겁 출근하는 느낌이랄까. 임산부 본인이 먹덧임을 알게 되면 먹는 즐거움이 배가 되는데, 이때 많이 먹는다고 뭐라 하면 천년 묵은 원통함과 저주를 받게 될 것이니 입은 다무는 게 좋다. 특히 남편들, 너요. 너.

먹토덧 먹덧과 토덧이 합쳐진 형태. 먹 덧처럼 속이 비면 어지럽고 울렁거 리지만, 먹으면 속이 더부룩하고 구 역질이 나온다. 그야말로 '어쩌라고' 의 '대환장' 상황이다. 흔히 미디어에 서 먹덧을 자주 연출하기 때문에, 사람들은 '임신한 아내가 늦은 밤에 복숭아를 너무 먹고 싶어 해서 겨우 겨우 사 왔더니 냄새도 못 맡고 치우 라 하더라' 류의 남편 고난기(?)를 전 형적인 입덧으로 상상하는 경향이 있다(저게 무슨 고난이라고……).

침덧 구역질이 나와 자기 침을 못 삼킨 다. 따로 통을 준비해 들고 다니거나 휴지를 넣은 종이컵을 옆에 놓고 침 이 고일 때마다 뱉어낸다. 나중엔 침 샘을 뽑아버리고 싶은 충동이 드는 정도. 누우면 침을 뱉어내기가 어렵 고 목 뒤로 침이 넘어가 구역질을 유 발하기 때문에 레몬 사탕이나 수건 을 물고 자는 사람도 있다. 침덧이 있 다는 건 그 임산부가 토덧, 먹덧, 온 갖 덧을 다 겪고 있을 가능성이 높다 는 말이니 잘해주자. 임산부한테 잘 해주면 두고두고 복 받는다.

양치덧(임산부 치약) 양치만 해도 올라오 는 입덧. 양치하다가 변기를 붙잡는 일이 많다. 주로 치약 향 때문에 그렇 다. 나중엔 칫솔만 봐도 울렁거린다.

불소, 향료 등 화학성분을 줄인 임산 부 치약이 따로 있지만, 모든 양치덧 을 완화해주지는 않는다. 그보다는 임산부 본인에게 맞는 치약을 찾는 게 중요하다.

임신 및 출산 관련 제도

임신기 근로시간 단축 임신 12주 이내, 36주 이후 임산부는 회사에 하루 2 시간씩 근무 단축을 신청할 수 있다 (2019년 기준 근로기준법 제74조 제7항). 각각 유산, 조산의 위험이 높은 시기 라 이때 임산부가 일하는 시간을 줄 이자는 취지다. '9출 6퇴' 대신 '10출 5퇴'를 하며 혼잡한 출퇴근 시간을 피해 버스와 지하철을 이용하는 것 만으로도 살 것 같다는 임산부가 많 다. 인터넷에서 임신기 근로시간 단 축 신청서 양식을 다운로드해 빈칸 을 채운 뒤 병원에서 받은 임신확인 서와 함께 회사에 제출하면 되는데, 회사에 눈치가 보여 신청하기 어렵 다는 임산부도 많다. 이를 허용하지 않으면 500만 원의 과태료를 물지만, 활용(허용)률을 낮은 게 현실. 인사담 당자가 제도 자체를 아예 모르는 경 우도 허다하다. 또, 역설적으로 임 신 12주 이내는 유산 위험이 높아 임 신 사실을 알리기 어렵고 36주 이후

아기 말고 내 몸이 궁금해서

는 출산 휴가에 들어가는 시기라 제도가 유명무실하다는 비판이 있다. 고용노동부는 근로시간 단축을 임신 전 기간으로 확대하기 위해 논의를 진행 중이다.

● **태아검진 시간의 허용** 임신한 여성 노동자는 임산부 정기건강진단을 받는 데 필요한 시간을 회사에 청구할 수 있다(2019년 기준 근로기준법 제74조의 2). 즉, 산부인과 정기검진을 받으러 갈 때 개인 연차나 반차를 쓸 필요 없이 '태아검진 휴가(공가)'를 내면 된다. 특히 가장 가까운 산부인과 병원이 차로 몇 시간 거리에 있는 분만 취약지 산모들에겐 이 휴가가 필수다. 그러나 이 제도도 모르는 사람이 태반이라 임산부가 직접 상사에게 알려줘야 하는 경우가 많은데, 그마저도 "연차 쓰고 가!"라고 윽박지르는 상사도 많은 게 현실이다. 과태료 등 강제할 수 있는 조항도 없다는 게 문제. 임신한 파트너를 둔 사람(ex. 남편)도 임산부와 정기검진에 동행할 수 있도록 이 휴가를 허용해야 한다는 목소리가 있다.

● **출산휴가** 정식 이름은 '출산전후휴가'다. 임산부는 출산 전후로 90일(다태아는 120일)의 휴가를 받을 수 있는데, 출산 후 45일 이상이 보장돼야 한다.

즉, 출산 예정일 45일 전부터 휴가에 들어갈 수 있다. 만약 출산이 예정보다 늦어져 남은 휴가 일수가 모자라면 출산 후 45일째까지 휴가를 더 받을 수 있다. 그러나 이런 일은 드문데, 상당수가 출산 후 아기와 함께 보내는 시간을 조금이라도 더 확보하기 위해 출산 예정일에 임박해서까지 일하기 때문이다. 출산일이 다가오면 "옛날 어머니들은 밭매다가 애 낳고 다시 돌아와 밭맸다. 요즘 임산부들은 복에 겨웠다"며 헛소리하는 사람을 꼭 한 명씩 만나게 되는데, 그러다 많이 죽었다는 사실을 상기해주는 것이 좋다. 휴가 중 최초 60일(다태아는 75일)은 유급휴가다. 즉, 원래 받던 급여를 그대로 받을 수 있다. 이를 위반한 사업주는 2년 이하 징역 또는 2천만 원 이하 벌금에 처해진다(2019년 기준 근로기준법 제74조 제4항).

● **육아휴직** 만 8세 이하(또는 초등학교 2학년 이하)의 자녀(입양아 포함)를 양육하기 위해 최대 1년간 쓸 수 있는 휴직제도다. 아기를 낳았을 때 출산휴가와 붙이면 최대 90일+12개월 동안 회사 일을 하는 대신 신생아 돌봄(고강도 정신+육체)노동에 전념할 수 있다. 8년간 몇 달씩 끊어 쓰는 것도 가능하며, 노동자의 권리이므로 자녀 한 명당 엄마 아빠가 각각 1년씩 휴직

할 수 있지만, 남성은 물론 아기를 낳은 여성에게조차도 육아휴직을 해주지 않으려는 사업주가 여전히 많다. 허용하지 않으면 500만 원 이하 벌금에 처해지고, 육아휴직을 이유로 해고나 불리한 처우를 하면 3년 이하의 징역 또는 3천만 원 이하의 벌금에 처해진다는 조항이 있지만, 노동자가 불합리에 맞서 항의하거나 고발하는 게 현실적으로 쉽지 않다.

● **육아휴직 급여** 육아휴직 기간 동안 고용보험에서 지급하는 급여. 3개월간은 통상임금의 80%(상한액 월 150만 원, 하한액 월 70만 원)를, 4개월째부터는 통상임금의 절반(상한액 월 120만 원, 하한액 월 70만 원)을 지급한다. 단, 지급액의 4분의 1은 떼어놨다가 복직하고 6개월이 지나야 일시불로 준다(복직 안 하면 못 받는다).

⑩ 월급이 300만 원인 경우: 육아휴직 첫 3개월간은 상한액인 150만 원 중 25%를 뗀 112만 5000원을 받게 된다. 4개월째부터는 상한액인 120만 원 중 25%를 뗀 90만 원을 받게 된다. 1년간 휴직했다면 떼어낸 총액 382만 5000원(150만 원×25%×3개월+120만 원×25%×9개월)을 복직 6개월 뒤 일시불로 받을 수 있다.

⑩ 월급이 100만 원인 경우: 첫 3개월간은 100만 원의 80%인 80만 원 중 25%

를 뗀 60만 원을 받게 된다. 4개월째부터는 하한액 70만 원 중 25%를 뗀 52만 5000원을 받게 된다.

⑩ 월급이 60만 원인 경우: 육아휴직 전 기간 동안 하한액 70만 원 중 25%를 뗀 52만 5000원을 받게 된다.

유산

● **화학적 유산** 임신테스트기, 혈액 검사 등 화학적인 방법으로만 확인된 임신을 '화학적 임신'이라 하고 이후 종결되면 '화학적 유산', 줄여서 '화유'라고 부른다. 수정은 됐지만 착상에 실패했거나, 착상 후 배아가 제대로 발달하지 못한 극초기 유산으로, 흔히 "(수정란을)흘려보냈다"고도 표현한다. 이와 대조적으로 '진짜' 임신은 초음파로 아기집과 난황이 확인된 임상 임신을 말한다. 화유는 자궁 외 임신이 아니라면 별다른 처치를 하지 않아도 되는데, 유산이 진행되면서 질 출혈이 나오는 동안 무척 아픈 경우도 많다. 첫 임신의 50~60%가 화유로 종결된다는 보고가 있다. 화유뿐 아니라 대부분의 자연 유산은 정자 또는 난자, 수정란의 염색체/유전자 이상이 원인으로 추정된다.

● **계류 유산** 임신 초기에 태아가 사망한

후 자궁에 남아 있는 상태. 보통 출혈이나 복통 같은 증상이 없는 게 특징이다. 화학적 임신보다는 더 진행된 상태로, 초음파로 아기집과 태아가 확인된 뒤 발생하는 유산이다. 임신 6주면 보통 태아의 심장박동을 들을 수 있는데, 이후 검진에서 계류 유산이 확진되면 의사가 "아기 심장이 안 뛰네요"라고 말한다. 주수에 따라 자궁 내부를 긁어내는 소파술을 받거나, 분만유도제를 투여 받는다. 임신 6개월 이후에는 계류 유산이 아니라 '자궁 내 태아 사망'이라고 한다.

절박 유산 임신 20주 이전에 질 출혈이 나타나는 현상. 절박 유산 자체가 태아가 유산된 상태를 뜻하지는 않지만, 보통 "절박 유산 했다"고 하면 질 출혈 후 유산한 것을 뜻한다. 임산부 20~25%가 임신 20주 이전에 질 출혈을 경험한다. 우선 출혈이 멈출 때까지 절대 안정하라는 지시를 받거나 임신 유지 호르몬인 프로게스테론(유산 방지 주사, 질정, 알약 등)을 처방받는데, 이중 대략 절반은 결국 자연 유산된다.

호르몬 임신 부작용의 원인을 설명할 때 유용한 만능 치트키. 대부분의 증상이 임신 호르몬 때문인 건 사실이지만, "어디가 어떻게 불편하다"고 토로했을 때 "임신 호르몬 때문이고 출산하면 사라진다"는 말을 백번쯤 듣고 나면 "야, 싸우자"는 말이 절로 나온다.

인간 융모성 생식선 자극 호르몬(hCG) 임신 초기에 임신을 유지시키는 역할을 한다. 임신 8~9주차에 농도가 최고조에 달한다. 소변에서 이 호르몬을 검출하는 게 임신테스트기의 원리다.

프로게스테론&에스트로겐 호르몬 배란을 억제하고 태아와 자궁의 성장을 돕는다. 출산 전까지 꾸준히 증가하기 때문에 수많은 임신 부작용 연구가 프로게스테론·에스트로겐과 증상 사이의 상관관계를 조사한다.

릴랙신 호르몬 조산을 방지하고 태반의 혈액을 빨리 흐르게 하며 출산에 대비해 관절을 이완시킨다. 임신 후 급증해서 높은 농도를 죽 유지하다가 임신 30주 이후 서서히 줄어든다.

프로락틴 호르몬 모유 분비를 촉진한다. 임신 후 꾸준히 증가해 출산 후 최고조에 이르는데, 임신 중에는 프로게스테론에 가로막혀 모유가 분비되지 않는다.

● **꼬리뼈 통증(환도 선다)** 꼬리뼈 근처 엉덩이가 삔 것처럼 아픈 현상. 흔히 나타나지만 잘 알려져 있지 않은 임신 부작용이다. 출산을 대비해 몸의 각종 관절을 이완하는, 임신 후 10배 가까이 증가하는 릴랙신 호르몬이 범인이다. '환도 선다'라고도 부르는데, 환도란 사실 한의학에서 요통이 있을 때 침을 놓는 엉덩이와 허벅지 사이 혈자리다. 임신 초기부터 증상이 나타나 배가 부르기도 전에 뒤뚱거리며 걷게 된다. 산부인과에서는 보통 "출산하면 사라지니 참으라"고 한다. 너무 아파 물리치료라도 받을까 싶어 다른 병원에 가면 임산부라는 말을 하는 순간 귀신이라도 만난 듯 손사래를 친다. 스포츠 테이핑으로 통증이 다소 줄었다는 임산부도 있는데, 그러려면 누군가에게(ex. 남편) 굉장히 굴욕적인 자세로 부탁해야 한다.

● **다리 쥐** 배가 본격적으로 불러오는 임신 중기 이후, 특히 밤중에 자주 겪게 되는 다리 경련 증상. 임산부 대부분이 겪는 통과의례 같은 것으로, 수면을 망치는 주요 원인 중 하나이며 쥐가 난 다음 날엔 하루 종일 다리가 아파 절뚝거리게 된다. 임신 중 쥐가 더 자주 나는 원인은 아직 정확히 밝혀지지 않았지만, 체중이 늘고 혈액순환에 변화가 나타나면서 다리 근육에 부담이 가해지기 때문인 걸로 보인다. 쥐가 날 것 같은 느낌이 들 때 발가락 끝을 몸통 쪽으로 바짝 끌어당겨 종아리를 땡땡하게 만들면 쥐가 나는 걸 막을 수 있다.

● **임신부 베개** 흔히 '바디 필로우'라고 부르는 사람 키만 한 베개. U자형, J자형 등 모양이 다양하다. 임신 중에는 눕는 것조차 불편해 밤에 잘 못 자고 뒤척이기 일쑤인데, 바디 필로우에 몸뚱이 절반(다리와 팔 한쪽, 그리고 배)을 올려놓고 자면 한결 편하다. 없어도 되고, 있으면 '이걸 왜 이제 샀지' 싶게 좋다(물론 케바케). 단, 출산 뒤엔 짐이다. 장롱 속에 잘 안 들어간다.

온라인 커뮤니티에서
만날 수 있는 것들

● **주수 놀이** 온라인 여성 커뮤니티에서 임신한 배의 옆모습을 사진으로 찍어 올리고 "임신 몇 주처럼 보이나요?"라고 묻는 문화. 주수에 맞게 배가 나오고 있는지 궁금한 마음에 묻는 경우가 많다. 심각한 건 아니고 재미로 하는, 말 그대로 놀이다. 비슷한 주수의 임산부끼리 공감대를 형성하는 매개가 된다.

아기 말고 내 몸이 궁금해서

● **증상 놀이** 임신을 시도 중인 여성들이 임신인지 아닌지 아직 확실치 않을 때 임신 초기 증상이 느껴지는 걸 자조적으로 이르는 말. 임신 초기 증상으로는 몸살기가 있거나, Y존이나 유방이 콕콕 쑤시거나, 속이 울렁거리고 평소보다 피곤하거나, 배가 더 자주 고픈 등 다양하다. 정신이 몸을 지배한다는 말을 실감할 수 있다. 임신에 계속 실패하고 증상 놀이만 반복될 때 혼자 앓다가 마음이 무너져 버리기도 한다.

예 "이거 임신일까요, 증상 놀이일까요?" "증상 놀이 그만하고 이제 정말 임신하고 싶어요.ㅠㅠ"

● **매너사진** 온라인 여성 커뮤니티에서 섬네일용으로 올리는 아무 사진을 말한다. 임신 중 뭔지 알 수 없는 분비물이 나왔을 때, 피부 상태가 이상할 때, 혹은 아기의 변 상태가 평소와 다를 때 해당 사진을 올리고 집단지성의 힘을 빌려 병원에 가야 할지 말아야 할지 묻기도 하는데, 사진을 그냥 올리면 게시물 목록의 섬네일로 뜨면서 원치 않는 사람들까지 적나라한 생리현상 사진을 보게 된다. 이를 막기 위해 다른 사진을 먼저 올려 게시물 목록의 섬네일로 노출시키는 게 매너로 통용된다. 고양이, 맥주캔, 꽃 등 전혀 상관없는 사진들이 올라온

다. '현재 섬네일은 매너사진으로, 이 게시물을 클릭해 여는 순간 무서운 (?) 사진을 보게 된다'는 뜻으로 제목에 (매너사진)이라고 덧붙인다.

● **출산 후기** 출산 징후를 느꼈을 때부터 출산 후 퇴원하기 전까지 일어난 일을 적은 후기. 특히 첫째 아이를 임신 중이라면 태어나 처음 겪게 될 출산을 앞두고 얼마나 불안한 마음인지 모두 알기 때문에 조금이라도 도움이 됐으면 하는 마음에 너도나도 출산 후기를 적는다. '초산/제왕절개/무통O/관장O/제모O/회음부 절개X/여아/3.4kg/40주1일' 식으로 제목에 각종 정보를 붙이기도 한다. 출산 후기를 읽고 아기를 낳으러 갔더니 '이제 뭘 하겠구나'를 알고 마음의 준비를 할 수 있어 좋았다는 사람이 있는 반면, 도저히 무서워서 출산 후기를 읽지 못했다는 사람도 있으니 본인이 내키는 대로 하면 된다.

● **임신중독증** 임신 중 발생하는 고혈압성 질환. '전자간증'이라고도 하며, 전자간증 산모가 경련 발작을 일으키거나 의식 불명에 빠지면 '자간증'이라고 한다. 비만, 다태아 임신, 당뇨병이면 전자간증 위험이 높아진다. 임신 중 출혈, 감염증과 너불어 3대

모성사망 원인을 차지하는 매우 심각한 질환. 원인은 아직까지 명확히 밝혀지지 않았다. 임신 부작용이 그렇듯 임신중독증도 임산부의 잘못으로 발생하는 질환이 아니다.

● **산전우울증** 임신 기간 동안 발생하는 우울증. 임신 초기에 발생 위험이 가장 높으며 산후우울증의 약 절반이 산전우울증에서 발전한다는 보고가 있다. 심각성에 비해 잘 알려져 있지 않으며, 현재로선 임산부의 정신 건강을 돌봐야 한다는 인식조차 거의 없다.

● **산전 검사** 혈액 검사, 태아 목덜미투명대 검사(다운증후군 진단), 기형아 검사, 정밀 초음파 검사, 임신성 당뇨병 검사 등 출산 전에 이뤄지는 모든 검사를 통칭한다. 각 주수별로 해야 할 검사가 대략 정해져 있다. 모든 검사가 그렇지만 특히 임신 20주 이후에 이뤄지는 정밀 초음파 검사는 심장을 쫄깃하게 만든다. 태아 장기 대부분이 형성된 뒤라 손가락, 발가락 개수에서부터 장기, 심지어 혈관 모양까지 전신에 이상이 없는지 찬찬히 살피는 검사이기 때문이다. 이걸 통과하면 한시름 놓을 수 있게 되고, 이후 3차원 입체 초음파(선택 사항)로 태아 얼굴 사진을 찍어 '엄마 닮았네, 아

빠 닮았네' 하는 재미가 쏠쏠하다. 산전검사 가운데 일부는 보건소에서 무료로 해준다. 결과지를 가지고 산부인과에 가면 추가 검사만 하므로 병원비를 절약할 수 있다.

● **산전 복대** 허리와 아랫배를 둘러 벨크로로 고정하게 돼 있는 너비 10~15cm의 띠. 배가 무거워지면서 골반이나 허리, 등, 어깨가 아파오는데, 복대로 아랫배를 고정하면 자세를 바르게 유지하기 좋고 통증도 완화된다. 물론 체감 효과는 사람마다 다르다. 필수는 아니지만, 몸이 많이 힘들 때 시도해보는 것도 좋다. 앉을 때 다소 불편하고 날씨가 더울 때 땀이 차고 답답하다는 게 단점.

출산이 임박했을 때

● **출산가방** 병원과 산후조리원에서 필요한 물건들을 챙긴 가방. 출산 예정일 1~2주 전부터 싸기 시작한다. 세면도구, 수건, 생리대, 속옷, 양말, 놀거리(ex. 아이패드), 아기 배냇저고리, 겉싸개 등이 필수고, 빨대나 슬리퍼, 손목보호대, 수유브라, 내복, 영양제 등 선택 사항을 말하자면 한도 끝도 없다. 아무리 신경 써서 챙겨도 어차피 조리원에 들어가면 필요한 물건들이

계속 생각나는 데다, 없는 물건을 굳이 미리 샀났다가 막상 쓰지 않는 경우도 많아서 필수품만 챙기고 나머지는 그때그때 사는 것도 괜찮다.

배 처짐 막달에 아기가 내려오면서 배가 처지는 현상을 이르는 말. 사실 배가 처지는 것과 출산은 별 상관이 없다고 하는데, 만약 임산부들이 "제 배 처졌나요?" 하고 물으며 올린 비교 사진 가운데는 진짜로 전보다 윗배는 들어가고 아랫배는 나온 사진을 심심찮게 볼 수 있다. 상관관계가 없는 게 아니라 아직 밝혀지지 않은 것일 수도 있다.

자연 관장 막달에 설사하는 증상을 뜻하는 말. 임신 호르몬과 철분제 영향으로 임신 기간 내내 변비에 시달리는 사람이 많기 때문에 어느 날 설사를 하면 바로 이상을 감지할 수 있다. 원인으로는 분만에 대비해 직장 근육을 포함한 온몸의 근육이 약화되기 때문이라는 설, 호르몬이 변하기 때문이라는 설 등이 있다. 출산 전에 설사하는 사람이 많은 건 사실이지만, 설사한 사람 전부가 며칠 안에 출산하는 건 아니다. 분만이 임박했음을 알려주는 가장 확실한 증거는 규칙적인 자궁 수축(배 뭉침)뿐이다.

가진통 임신 후기에 나타나는 불규칙적인 배 뭉침 현상. 수십 초~1분간 배를 쥐어짜는 느낌과 함께 '설사 배'나 생리통 같은 통증이 느껴진다. 출산 며칠 전 하루 두세 차례씩 느껴지기 시작해 시간이 지날수록 점점 자주 나타난다. 분만에 임박하면 자궁경부가 열리면서 진짜 진통(진진통)으로 넘어간다. 이때는 훨씬 강한 통증이 규칙적으로 찾아오고 주기가 점점 짧아진다. 시간을 잘 체크했다가 주기가 5분(경산모는 10분)으로 짧아지면 병원에 가야 한다. 글로는 명확해 보이지만, 사실 진통의 여운 때문에 언제 시작되고 언제 끝난 건지 체크하기가 쉽지 않다. 또, 진통할 때 느껴지는 감각이나 통증 강도도 사람마다 차이가 있어 가진통인지 진진통인지 알아채기 어렵다. "분만하면 진진통, 아니면 가진통"이라는 우스갯소리가 있을 정도. 진통 주기를 기록해주는 앱을 미리 다운로드해 놨다가 쓰면 편하다. 여성 커뮤니티에 앱으로 체크한 기록을 캡처해 "지금 병원에 가야 하냐"고 묻는 글이 많이 올라온다.

이슬 출산에 임박해 나오는 끈적거리는 피 섞인 질 분비물. 새벽에 풀잎에 맺히는 그 '이슬'과 같은 '이슬 맞다(형을 형이라 부르지 못하고, 점액을 점액이라 부르지 못하고……). 임신 중 세균 침투를 막기 위해 자궁경부에 점액층이 형성되는데, 출산할 때가 되면 자궁경부가 유연해지고 길이가 짧아지면서 점액이 흘러나온다. 표준국어대사전에 '여자의 월경이나 해산 전에 조금 나오는 누르스름한 물'이라고 수록돼 있지만, 물이 아니라 콧물과 더 비슷하고 누르스름하기보단 핑크색에 가깝다. 막달에 병원 정기검진을 가면 의사가 "이슬 나왔어요?"라고 물어볼 정도로 분만에 임박해 나타나는 대표적인 증상 중 하나지만, 점액을 보지 못하고 출산하는 사람도 많다. 점액을 보고 난 뒤 진통이 시작되기까지 걸리는 시간은 수시간에서 일주일까지 사람마다 다르다.

회음부 열상 방지 주사 회음부를 말랑말랑하게 만들어(피부에 존재하는 히알루론산을 분해해) 상처가 나는 걸 방지하고 회음부 절개를 최소화해준다는 요법. 최근 출시된 데다 별도 비용(2019년 7월 기준 15만 원)을 내야 하기 때문에 아직 많이 알려져 있지 않다. 병원에서 얻을 수 있는 정보는 한 장짜리 팸플릿 정도다. 많은 경우 의료진은 "인터넷 후기를 찾아보고 맞을 거면 알려달라"고 한다. 강매 느낌 주지 않기 위해서라나.

회음부 절개 회음부는 질과 항문 사이 부위로, 자연분만을 할 때 의사가 가위로 회음부를 자르는 걸 말한다. 아기가 나올 공간을 확보하고 피부가 여러 갈래로 불규칙하게 찢어지는 걸 막는다는 게 이유인데, 오히려 고통을 가중시키며 회음부를 보호하지도 못한다는 비판도 있다. 출산 방식엔 여러 가지가 있고 각각 장단점이 있으므로 정보를 충분히 제공받고 선택할 수 있어야 하지만, 국내 병원에서는 통상 묻지 않고 회음부를 절개해왔고, 최근 들어서는 시술 전 산모의 동의를 구하는 곳이 늘고 있다.

3대 굴욕 관장, 제모, 내진 등 세 가지 분만 전 준비 과정. 셋 다 성기와 항문을 남에게 내보여야 하는 일인 데다 무심한 일부 의료진이 산모를 물상화하는 통에 '굴욕'이라는 이름이 붙었다. "의료 처치라고 생각하니 의외로 괜찮았다"는 산모도 많다. 또, 이런 인식이 알려지면서 의료진도 주의를 기울이는 추세. 국내 병원에서는 분만 시에 관장, 제모, 내진이 대부분 기본 설정처럼 돼 있다.

관장 분만 시 힘을 주거나 아기가 직장을 압박해 대변이 나오면 산모나 아기가 감염될 수 있으므로 미리 변을 빼낸다. 항문에 호스를 꽂아 약물을 주입하고 "10분 뒤 화장실에 가라"고 하는데, 보통 5분도 안 돼 폭발한다.

제모   간호사가 일회용 면도기로 음모를 제거해주는 걸 말한다. 위생상 이유로 한다는데, 근거가 없다는 비판도 있다. 브라질리언 왁싱을 미리 받고 가는 산모도 있다.

내진   의료진이 산모의 질 속으로 장갑 낀 손가락을 직접 넣어 자궁경부가 얼마나 열렸는지, 아기 머리가 만져지는지(아기가 내려왔는지) 확인하는 절차. 특히 경막외마취(무통) 주사를 맞는다면 더 빈번하게 내진을 받게 된다. 주사를 너무 일찍 놓으면 분만이 더디게 진행될 수 있고 너무 늦게 놓으면 분만할 때 산모가 힘을 잘 못 주기 때문이다. 진통이 시작되고 병원에 너무 일찍 가면 내진 후 "자궁경부가 1cm밖에 안 열렸다"며 집으로 돌려보내기도 한다.

● **무통분만**   정식 이름은 '경막외마취'로, 국소마취제를 제3·4번 요추의 경막 바깥 부분에 주입하는 것을 말한다. 즉, 불룩한 배를 끌어안고 최대한 웅크린 자세로 허리에(!) 주사를 맞는다. 무척 따끔하다. 자궁경부가 3~7cm 범위로 열렸을 때만 주사를 놓아준다. 마취제를 너무 일찍 맞으면 자궁경부가 더디 열리고, 반대로 분만이 임박해서까지 마취제를 맞으면 정작 분만할 때 산모가 힘을 잘 주지 못하기 때문이다(10cm로 완전히 열리면 분만 시작). 마취제가 퍼지기 시작하면 잠이 들 수 있을 정도로 편하기 때문에 흔히 '무통 천국을 누렸다'고 표현하는데, 마취제가 듣지 않는 사람도 있다. 출산을 전혀 모르는 사람들이 무통 분만이라는 단어를 곧이곧대로 받아들여 마치 여성들이 진짜 아무런 고통 없이 아기를 낳는 것으로 오해하는데, 자궁경부가 다 열릴 때까지 열 몇 시간씩 견뎌야 하는 진통을 조금 줄여줄 뿐 실제 분만하는 순간에는 주사와 상관없이 생살이 찢기는 고통을 느껴야 한다. 무통 주사를 맞으면 제왕절개, 난산 확률이 높아진다는 보고가 있어 논쟁의 여지가 있다.

● **산전/산후 마사지**   말 그대로 출산 전후에 받는 마사지. 산후조리원을 예약하면 산전 마사지 1회, 산후 마사지 1회가 추가 요금 없이 따라오기 때문에 무료로 받으러 갔다가 홀린 듯 5회, 10회 권을 끊게 된다. 임신 후 늘어나는 몸무게의 상당량은 액체, 즉 부종이기 때문에 산후 마사지를 받으면 부기는 확실히 빨리 빠진다. 마사지사에 따라 좋은 줄 모르겠다는

사람도 있다. 부기를 빼기 위해서가 아니더라도 출산 후 계속 이어지는, 아니 육아로 인한 더 커지는 신체적·정신적 고통을 잠시나마 잊고 이완할 수 있는 절호의 기회이므로 마사지를 받고 싶다는 생각이 들면 '나'와 아기를 위해 투자하는 편이 좋다. 단, 금액이 천차만별이므로 잘 알아보고 지르는 게 좋다. 보통 회당 10만~20만 원선이다.

오로 출산 후 한 달 동안 질을 통해 나오는 혈액, 점액, 자궁 조직. 40주 동안 하지 않던 생리를 이때 몰아서 한다고 생각하면 된다. 질식분만, 제왕절개 관계없이 모두 오로가 나오며, 출산 직후 며칠간은 그야말로 피를 '콸콸' 쏟는다. 처음엔 산모패드(산모용 기저귀)를 쓰다가 양이 줄어드는 걸 봐서 적당한 크기의 생리대를 쓰면 된다. 사람에 따라 출산 후 몇 달 동안 나오기도 하며, 끝났다가 몇 주 뒤 다시 시작되는 경우도 있다. 양이 줄지 않고 대량 출혈이 계속되면 병원에 가야 한다. 색깔은 사람마다 다르다.

산후 복대 출산 후에 착용하는 복대. 너비가 30cm가량인 넓은 띠로, 허리 디스크 환자가 착용하는 의료용 허리보호대와 비슷하게 생겼다. 출산 후, 특히 제왕절개수술을 받은 뒤 거동이 불편할 때 산후 복대를 착용하면 한결 움직이기가 편하다(지만, 아픈 건 매한가지). 막 출산한 산모는 여전히 임신 중기 임산부처럼 배가 나와 있는데, 자궁이 원래 크기로 돌아가는 데 최소 한 달이 걸리기 때문이다. 산후 복대가 자궁 회복, 즉 배를 쏙 넣는 데 도움이 된다는 말이 있지만, 과장광고에 가깝다. 오히려 복대에 너무 의지하면 허리 근육이 약화되므로 오래 착용하는 건 좋지 않다.

복직근 분리증 임신 영향으로 배 근육인 '복직근'이 양쪽으로 3cm 이상 벌어지는 증상. '복직근 이개'라고도 부른다. 출산 후 누워 윗몸일으키기 자세를 취한 상태에서 배꼽 위를 눌렀을 때 손가락이 쏙 들어가면 벌어진 복직근이 아직 회복되지 않은 것이다. 대부분 별 증상이 없지만, 간혹 심하면 탈장이 되기도 하므로 합병증이 나타날 때는 병원에 가야 한다.

수유 관련

완모 '완전 모유 수유'의 준말. 분유를 전혀 먹이지 않는다는 말이다. 원해서 하는 사람도 있고, 건강 등 기타 이유로 모유를 끊어야 하는데도 아

아기 말고 내 몸이 궁금해서

기가 젖병을 거부해 울면서 완모하는 사람도 있다. 아기에게 직접 젖을 물리는 걸 '직수'라고 한다. 유축기로 뽑아낸 모유를 냉장·냉동보관 했다가 그때그때 젖병에 담아 데워서 먹이기도 한다. 모유 수유가 (아기 말고) '엄마'한테 좋은 점으로, 외출할 때 분유나 뜨거운 물, 젖병 등을 챙길 필요가 없다고들 하는데, 이러나저러나 아기 짐은 어차피 한 보따리다. 이 점을 빼면 어려움만 한가득이다. 예컨대, 하루에도 몇 번씩 아기에게 젖을 물리느라 목, 어깨, 허리가 뻐근하고, 유선에 염증이 생기면 바늘로 찌르는 듯 엄청나게 고통스럽다. 분유와 달리 아기가 얼마나 먹었는지 알 수 없기 때문에 '내가 아기를 제대로 먹이고 있는 건가' 하는 자괴감에 흔히 시달린다. 모유 수유실을 갖춘 공간이 드물어 완모 중이라면 백화점 말고는 갈 데가 없다.

● **완분** '완전 분유 수유'의 준말.

● **혼합** 모유와 분유를 둘 다 먹이는 것.

● **유두 혼동** 아기가 젖병과 엄마 젖을 혼동하는 현상. 엄마 젖은 힘껏 빨아야 나오는 반면 젖병은 훨씬 수월하게 나오기 때문에, 신생아 때 젖병 수유와 모유 직수를 번갈아 하면 나중에

엄마 젖을 거부하는 아기가 있다. 반대로 젖병을 거부하고 엄마 젖만 빨려는 아기도 있다. 이 때문에 모유 수유를 할지 분유 수유를 할지는 아기가 정해준다는 말이 있다.

● **수유 텀** 수유하는 시간 간격을 뜻하는 말. 막 태어난 신생아는 얼마 먹지 못하고 잠들었다가 자주 깨어나 먹으려 한다. 그래서 모유 수유 전문가(?)들은 한 번 먹일 때 많이 먹이고 수유 텀을 3시간으로 늘여야 한다고 조언한다. 아기는 한 번에 배불리 먹고 푹 잘 수 있어서 좋고, 엄마는 수유 횟수를 줄여서 덜 괴롭다는 게 이유다. 사실 이런 조언들은 불문율이 아니고 엄마 상황과 아기 기질에 따라 나름의 사이클을 찾아나가면 되는 것인데, 다들 너무 강조하다 보니 수유 텀을 늘이지 못한 많은 산모가 크게 잘못한 줄 알고 마음을 졸인다. 참고로 수유 텀은 아기가 먹기 시작한 순간부터 다음번 먹기 시작한 순간까지의 시간으로, 먹는 시간 약 20분, 트림시키는 시간 n분(할 때까지)을 고려하면 온전히 젖이 쉬는 시간은 수유 텀보다 훨씬 짧다.

생애 첫 임신, 화학적 유산으로 종료되다 유산

1 Farquharson RG et al. (2005). Updated and revised nomenclature for description of early pregnancy events. *Hum Reprod 20*(11), 3008-3011.

2 John Jude Kweku Annan et al. (2013). Biochemical Pregnancy During Assisted Conception: A Little Bit Pregnant. *J Clin Med Res 5*(4), 269-274.

3 Wilcox AJ et al. (1998). Incidence of early loss of pregnancy. *N Engl J Med 319*(4), 189-194.

4 Bates GW Jr et al. (2002). Early pregnancy loss in in vitro fertilization (IVF) is a positive predictor of subsequent IVF success. *Fertil Steril 77*(2), 337-341.

남편의 정액 검사 난임

1 보건복지부 출산정책과. (2017). 〈2016년도 난임부부 지원사업 결과분석 및 평가 보고서〉.

2 최진호, 한정열. (2016). 임신 전 남성 관리. 《한국모자보건학회지》20(1), 1-11.

3 Practice Committee of the American Society for Reproductive Medicine. (2013). The clinical utility of sperm DNA integrity testing: a guideline. *Fertil Steril 99*(3), 673-677.

4 R. Lambrot et al. (2013). Low paternal dietary folate alters the mouse sperm epigenome and is associated with negative pregnancy outcomes. *Nat Commun 4*, 2889.

5 S.S. Young et al. (2008). The association of folate, zinc and antioxidant intake with sperm aneuploidy in healthy non-smoking men. *Hum Reprod 23*(5), 1014-1022.

6 Jacob A. Udell et al. (2017). Failure of fertility therapy and subsequent adverse cardiovascular events. *CMAJ 189*(10), 391-397.

젖가슴아 힘내! 유방

1 D. T. Ramsay et al. (2005). Anatomy of the lactating human breast redefined with ultrasound imaging. *J Anat 206*(6), 525-534.

2 Jacqueline C. Kent et al. (1999). Breast volume and milk production during extended lactation in women. *Exp Physiol 84*(2), 435-447.

3 플로렌스 윌리엄스 지음, 강석기 옮김. (2014). 《가슴 이야기》. MID.

4 위의 글.

5 Frances E. Mascia-Lees et al. (1986). Evolutionary Perspectives on Permanent Breast Enlargement in Human Females. *Am Anthropol 88*(2), 423-428.

6 Jacqueline C. Kent et al. (1999). 앞의 글.

"섹스한 게 4주 전인데, 왜 넌 임신 6주냐" 임신 주수

1 이경아. (2006). 난자의 성장과 성숙에 관련된 유전자 발현의 조절에 관한 연구. *Endocrinol Metab 21*(1), 11-13.

2 Linda A. Hunter. (2009). Issues in Pregnancy Dating: Revisiting the Evidence. *J Midwifery Womens Health 54*(3), 184-190.

3 Donna Day Baird et al. (1995). Application of a method for estimating day of ovulation using urinary estrogen and progesterone metabolites. *Epidemiology 6*(5), 547-550.

4 D. Kim Waller et al. (2000). Assessing number-specific error in the recall of onset of last menstrual period. *Paediatric and Perinatal Epidemiology 14*, 263-267.

5 Eric O. Ohuma et al. (2013). Estimation ofgestational age in early pregnancy from crown-rump length when gestational age range is truncated: the case study of the INTERGROWTH-21st Project. *BMC Med Res Methodol 13*(1), 151.

6 Alan E. Treloar et al. (1967). Analysis of gestational interval. *Am J Obstet Gynecol 99*(1), 34-45.

7 서한기. (2013.12.2). "분만횟수 상관없이 39주 출산 가장 많아". 《연합뉴스》.

8 Keith Moore. (2015.2.30). How accurate are 'due dates'?. *BBC NEWS*.

술도 못 먹는데 숙취라니, 억울해서 울 뻔했다 입덧

1 김윤하, 김종운. (2009). 임신 중 입덧. 《대한주산회지》 20(2), 95-105.

2 위의 글.

3 웬다 트레바탄 지음, 박한선 옮김. (2017). 《여성의 진화》. 에이도스.

4 Flaxman SM et al. (2000). Morning sickness: a mechanism for protecting mother and embryo. *Q Rev Biol 75*(2), 113-148.

5　Hinkle SN et al. (2016). Association of Nausea and Vomiting During Pregnancy With Pregnancy Loss: A Secondary Analysis of a Randomized Clinical Trial. *JAMA Intern Med 176*(11), 1621-1627.

6　김윤하, 김종운. (2009). 앞의 글.

7　Navindra Persaud et al. (2018). Doxylamine-pyridoxine for nausea and vomiting of pregnancy randomized placebo controlled trial: Prespecified analyses and reanalysis. *PLOS ONE 13*(1), e0189978

꼬리뼈야, 제발 진정해! 릴렉신

1　SBS 스페셜 제작팀 엮음. (2012). 《sbs 스페셜 산후조리 100일의 기적》. 예담.

2　Berg G et al. (1988). Low back pain during pregnancy. *Obstetrics and Gynecology 71*(1), 71-75.

3　왕명자 외. (2009). 임부의 요통 관련 요인과 정신건강과의 관계. *J Korean Acad Community Health Nurs 20*(3), 381-389.

4　위의 글.

임신하면 정말 면역력이 떨어질까? 면역

1　이현주 외. (2009). 말초혈액 자연살해세포가 증가된 반복유산 환자의 탈락막 자연살해세포의 발현. *Korean J Reprod Med 36*(3), 199-207.

2　Patrice Nancy et al. (2012). Chemokine Gene Silencing in Decidual Stromal Cells Limits T Cell Access to the Maternal-Fetal Interface. *Science 336*(6086), 1317-1321.

3　Alexander W. Kay et al. (2014). Enhanced natural killer-cell and T-cell responses to influenza A virus during pregnancy. *PNAS 111*(40), 14506-14511.

4　Nima Aghaeepour et al. (2017). An immune clock of human pregnancy. *Science Immunology 2*(15), eaan2946.

'배테기'로 원하는 성별을 임신한다? 태아 성별

1　Landrum B. Shettles. (1960). Nuclear Morphology of Human Spermatozoa. *Nature 186*(21), 648-649.

2　David M. Rorvik and Landrum B. Shettles. (1971). *Your Baby's Sex: Now You Can*

Choose. Bantam Books.

3 Amjad M. Hossain et al. (2001). Lack of Significant Morphological Differences Between Human X and Y Spermatozoa and Their Precursor Cells (Spermatids) Exposed to Different Prehybridization Treatments. *J Androl 22*(1), 119-123.

4 Valerie J Grant. (2006). Entrenched misinformation about X and Y sperm. *BMJ 332*(7546), 916.

5 Allen J. Wilcox et al. (1995). Timing of Sexual Intercourse in Relation to Ovulation — Effects on the Probability of Conception, Survival of the Pregnancy, and Sex of the Baby. *N Engl J Med 333*(23), 1517-1521.

6 에밀리 오스터 지음, 노승영 옮김. (2014). 《산부인과 의사에게 속지 않는 25가지 방법》. 부키.

최악의 '두통덧'을 경험하다 두통

1 김문영. (2006). 임신 중 두통의 원인적 접근. 《대한산부인과학회 교육강연》 2006(0), 103-109.

2 Dana P. Turner et al. (2012). Predictors of headache before, during, and after pregnancy: a cohort study. *Headache 52*(3), 348-362.

3 Eliana M. Melhado et al. (2007). Headache during gestation: evaluation of 1101 women. *Can J Neurol Sci 34*(02), 187-192.

4 Espinosa Jovel, C. A., & Sobrino Mejía, F. E. (2017). Caffeine and headache: specific remarks. *Neurología (English Edition) 32*(6), 394-398.

5 에밀리 오스터 지음, 노승영 옮김. (2014). 앞의 책.

섹스하고 싶어! 임산부의 성

1 Iwona Gałązka et al. (2014). Changes in the Sexual Function During Pregnancy. *J Sex Med 12*(2), 445-454.

2 Cara Ninivaggio et al. (2017). Sexual function changes during pregnancy. *Int Urogynecol J 28*(6), 923-929.

3 Ilker Kahramanoglu et al. (2017). The impact of mode of delivery on the sexual function of primiparous women: a prospective study. *Arch Gynecol Obstet 295*(4), 907-916.

4 Alexandre Faisal-Cury et al. (2015). The Relationship Between Mode of Delivery and Sexual Health Outcomes after Childbirth. *J Sex Med 12*(5), 1212-1220.

5 M A Eid et al. (2015). Impact of the mode of delivery on female sexual function after childbirth. *Int J Impot Res 27*(3), 118-120.

6 A. O. Yeniel et al. (2014). Pregnancy, childbirth, and sexual function: perceptions and facts. *Int Urogynecol J 25*(1), 5-14.

왜 이렇게 더운 걸까? 체온

1 Barron ML et al. (2005). Basal body temperature assessment: is it useful to couples seeking pregnancy? *MCN Am J Matern Child Nurs 30*(5), 290-296.

2 Su HW et al. (2017). Detection of ovulation, a review of currently available methods. *Bioeng Transl Med 2*(3), 238-246.

3 Teruo Nakayama et al. (1975). Action of progesterone on preoptic thermosensitive neurons. *Nature 258*, 80.

4 Rebecca C. Thurston et al. (2013). Prospective Evaluation of Hot Flashes during Pregnancy and Postpartum. *Fertil Steril 100*(6), 1667-1672.

5 Israel Thaler et al. (1990). Changes in uterine blood flow during human pregnancy. *Am J Obstet Gynecol 162*(1), 121-125.

6 S. Rigano et al. (2010). Blood flow volume of uterine arteries in human pregnancies determined using 3D and bi-dimensional imaging, angio-Doppler, and fluid-dynamic modeling. *Placenta 31*(1), 37-43.

제발 잠 좀 자고 싶다 잠

1 Cari Nierenberg. (2017.5.17). Sleeping for Two: Sleep Changes During Pregnancy Byline Manual. *Live science*.

2 Pien GW et al. (2004). Sleep disorders during pregnancy. *SLEEP 27*(7), 1405-1417.

3 Dennis Oyiengo et al. (2014). Sleep Disorders in Pregnancy. *Clin Chest Med 35*(3), 571-587.

4 Parboosingh J, Doig A. et al. (1973). Studies of nocturia in normal pregnancy. *J Obstet Gynaecol Br Commonw 80*(10), 888-895.

5 Traci C. Johnson. (2018.7.2). Leg Cramps and Leg Pain. WebMD.

아기 말고 내 몸이 궁금해서

6 National Sleep Foundation. Pregnancy and Sleep.
https://www.sleepfoundation.org/articles/pregnancy-and-sleep

7 Brandon Specktor. (2018.8.20). Why Are Pregnant Women Told to Sleep on Their Left Side?. *Live Science*.

8 Tomasina Stacey et al. (2011). Association between maternal sleep practices and risk of late stillbirth: a case-control study. *BMJ 342*, d3403.

나는 물풍선이었다 체중

1 Hytten, F.E. (1980). Weight gain in pregnancy. pp. 193-233 in F. Hytten, editor; and G. Chamberlain, editor., eds. *Clinical Physiology in Obstetrics*. Blackwell Scientific Publications, Oxford. (Institute of Medicine (US) Committee. (1990). Nutrition During Pregnancy: Part I Weight Gain; Part II Nutrient Supplements 재인용)

2 Institute of Medicine (US) and National Research Council (US) Committee. (2009). Weight Gain During Pregnancy: Reexamining the Guidelines.

3 위의 글.

4 위의 글.

5 Hytten F, Chamberlain G. (1991). *Clinical Physiology in Obstetrics*. Oxford: Blackwell Scientific Publications(Institute of Medicine (US) and National Research Council (US) Committee. (2009). Weight Gain During Pregnancy: Reexamining the Guidelines 재인용)

임산부를 무례하게 대하는 법 시선

1 Nan R. Taggart et al. (1967). Changes in skinfolds during pregnancy. *Br J Nutr 21*(2), 439-451.

배 한가운데에 봉제선이 생겼다 임신선과 튼살

1 김범준 외. (2008). 임신선에 대한 임상적 고찰. *Korean J Obstet Gynecol 51*(3), 290-296.

2 위의 글.

3 Kazuo Shizume et al. (1954). Determination of melanocyte-stimulating hormone in urine and blood. *JCEM 14*(12), 1491-1510.

4 Balazs Varga et al. (2013). Protective Effect of Alpha-Melanocyte-Stimulating Hormone (á-MSH) on the Recovery of Ischemia/Reperfusion (I/R)-Induced Retinal Damage in A Rat Model. *J Mol Neurosci 50*(3), 558-570.

5 Kelly H. Tyler. (2014). Physiological skin changes during pregnancy. *Clin Obstet Gynecol 58*(1), 119-124.

6 Balazs Varga et al. (2013). 앞의 글.

태동이 성가신 난 나쁜 엄마일까? 태동

1 J.I.P. de Vries et al. (1985). The emergence of fetal behaviour. II. *Quantitative aspects. Early Hum Dev 12*(2), 99-120.

2 J.I.P. de Vries et al. (1982). The emergence of fetal behaviour. I. *Qualitative aspects. Early Hum Dev 7*(4), 301-322.

3 Jyotsna Pundir, Arri Coomarasamy. (2016). Reduced fetal movements(REM). In Jyotsna Pundir, Arri Coomarasamy, *Obstetrics: Evidence-based Algorithms 1st Edition* (p. 32). Cambridge: Cambridge University Press.

4 John Patrick et al. (1982). Patterns of gross fetal body movements over 24-hour observation intervals during the last 10weeks of pregnancy. *Am J Obstet Gynecol 142*(4), 363-371.

5 Stefaan W. Verbruggen et al. (2018). Stresses and strains on the human fetal skeleton during development. *J. R. Soc. Interface 15*(138), 20170593.

6 Eyal Abraham et al. (2014). Father's brain is sensitive to childcare experiences. *PNAS 111*(27), 9792-9797.

7 Stefaan W. Verbruggen. 동영상의 링크는 다음과 같다.
https://stefaanverbruggen.com/research/fetal-kicking-hip-dysplasia/

어느 날 똥꼬에 손이 닿지 않았다 관절

1 Park, W. et al. (2010). Obesity effect on male active joint range of motion. *Ergonomics 53*(1), 102-108.

2 Gilleard, W. et al. (2008). A longitudinal study of the effect of pregnancy on rising to stand from a chair. *J Biomech 41*(4), 779-787.

3 Gilleard, W. et al. (2002). Effect of pregnancy on trunk range of motion when sitting

아기 말고 내 몸이 궁금해서

and standing. *Acta Obstet Gynecol Scand 81*(11), 1011-1020.

4 Nicholls, J.A., & Grieve, D. W. (1992). Performance of physical tasks in pregnancy. *Ergonomics 35*(3), 301-311.

5 Ellis, M. I. et al. (1985). A Comparison of Knee Joint and Muscle Forces in Women 36 Weeks Pregnant and Four Weeks after Delivery. *Eng Med 14*(2), 95-99.

6 고은애 외. (2013). 보행 시 의도적인 발 디딤 각도 변화가 하지 관절 부하에 미치는 영향. 《한국운동역학회지》 23(1), 85-90.

7 전종혁, 임흥석. (2017). 임신 기간 중, 발 디딤 시 발 벌림 각도변화에 따른 무릎관절 내 전모멘트 비교. 《대한기계학회 2017년도 학술대회》, 2369-2373.

똥 때문에 아이가 눌리면 어떡하지? 빈혈, 변비, 치질

1 Hytten, F. (1986). Blood Volume Changes in Normal Pregnancy. *Clin Haematol 14*(3), 601-612.

2 미국국립보건원(NIH) 산하 미국국립의학도서관(NLM) '철분제 섭취(Taking iron supplements)' 항목
https://medlineplus.gov/ency/article/007478.htm

그 날, 초콜릿 두 봉지를 해치웠다 임신성 당뇨병

1 International Diabetes Federation. (2011). *The diabetes atlas 5th ed.*

2 홍성연. (2016). 임신 중 당뇨병. *J Korean Med Assoc 59*(1), 14-23.

3 안규정. (2009). 임신 중 인슐린저항성의 기전. *Korean Diabetes J 33*(2), 77-82.

4 Elizabeth A. Brown et al. (2013). Many ways to die, one way to arrive: how selection acts through pregnancy. *Trends in Genetics 29*(10), 585-592.

5 DA Savitz et al. (2008). Ethnicity and gestational diabetes in New York City, 1995-2003. *BJOG 115*(8), 969-978.

6 김민형. (2016). 임신성 당뇨병 임산부에서 과체중아의 예측 및 예방. *Korean J Perinatol 27*(1), 8-14.

병명 PUPPP? 임신성 소양증

1 최용성 외. (2013). 항히스타민제의 올바른 사용법. *J Korean Med Assoc 56*(3), 231-239.

2 서종근 외. (2009). 원저 : 임신 가려움 팽진 구진 및 판: 22명의 환자에 대한 임상적 고찰. *Korean J Dermatol 47*(9), 997-1003.

3 Thomas J. Lawley et al. (1979). Pruritic urticarial papules and plaques of pregnancy. *JAMA 241*(16), 1696-1699.

4 최정수 외. (2006). Paternity가 원인으로 여겨지는 임신 말기에 발생한 Pruritic Urticarial Papules and Plaques of Pregnancy (PUPPP) 증후군 1예. *Korean J Perinatol 17*(3), 329-333.

헉헉, 이러다 죽는 건 아니겠지 그 밖의 임신 부작용

1 Your lungs and exercise. *Breathe(Sheffield, England) 12*(1), 97-100.

2 Sorel Goland et al. (2015). Shortness of Breath During Pregnancy: Could a Cardiac Factor Be Involved? *Clinical Cardiology 38*(10), 598-603.

3 박용원. (2000). 임신 중 심호흡계 생리의 변화. 《대한산부회지》 43(1), 5-10.

4 위의 글.

5 박성희 외. (2013). 임신 및 출산 여성의 요실금 및 대변실금 예방을 위한 케겔운동의 효과: 체계적 문헌 고찰. *J Korean Acad Nurs 43*(3), 420-430.

6 위의 글.

사라져버리고 싶었다 산전·산후우울증

1 C. Rubertsson et al. (2005). Depressive symptoms in early pregnancy, two months and one year postpartum-prevalence and psychosocial risk factors in a national Swedish sample. *Archives of Women's Mental Health 8*(2), 97-104.

2 윤지향·정인숙. (2013). 산후우울증 관련요인: 전향적 코호트 연구. *J Korean Acad Nurs 43*(2), 225-235.

3 Chaudron, L. H., & Pies, R. W. (2003). The relationship between postpartum psychosis and bipolar disorder: A review. *J Clinical Psychiatry 64*(11), 1284-1292.

4 질병관리본부. (2017). 〈임신관련 합병증 유병률 조사 및 위험인자 발굴 보고서〉.

5 위의 글.

6 Pearson RM et al. (2018). Prevalence of Prenatal Depression Symptoms Among 2 Generations of Pregnant Mothers: The Avon Longitudinal Study of Parents and Children. *JAMA Netw Open 1*(3), e180725.

아기 말고 내 몸이 궁금해서

무통분만은 없다   <small>출산</small>

1 한수정 외. (2012). 경막외 마취제 투여 유무에 따른 분만 1기 산부의 분만 통증, 불안, 자궁경관 개대 정도 비교. *Korean J Women Health Nurs 18*(2), 126-134.

2 Lieberman, Ellice. (2005). Changes in fetal position during labor and their association with epidural analgesia. *Obstetrics & Gynecology 105*(5), 974-982.

3 한수정 외. (2012). 앞의 글.

4 Oonagh E. Keag et al. (2018). Long-term risks and benefits associated with cesarean delivery for mother, baby, and subsequent pregnancies: Systematic review and meta-analysis. *PLoS Med 15*(1), e1002494.

5 Glazener C et al. (2013). Childbirth and prolapse: long-term associations with the symptoms and objective measurement of pelvic organ prolapse. *BJOG 120*(2), 161-168.

출산 중에 죽는 여성이 여전히 많다   <small>모성사망, 고위험 임신</small>

1 통계청 영아/모성 사망 시계열조회. http://www.index.go.kr/potal/stts/idxMain/selectPoSttsIdxSearch.do?idx_cd=2769&stts_cd=276901&freq=Y

2 박현수, 권하얀. (2016). 한국의 모성사망 원인과 경향 분석(2009-2014). *Korean J Perinatol 27*(2), 110-117.

3 오수영, 노정래. (2013). 분만 관련 불가항력적인 의료사고에 대한 의학적 이해: 양수색전증, 폐색전증, 태변흡인증후군과 뇌성마비에 관하여. *J Korean Med Assoc 56*(9), 784-804.

4 오수영. (2016). 분만인프라 붕괴: 원인 및 문제점. *J Korean Med Assoc 59*(6), 417-423.

5 통계청. (2017). 〈2017년 영아사망·모성사망·출생전후기사망 통계 보고서〉

6 오수영. (2016). 앞의 글.

7 MBRRACE-UK. (2018). Lessons learned to inform maternity care from the UK and Ireland Confidential Enquiries into Maternal Deaths and Morbidity 2014-16.

아기 말고 내 몸이 궁금해서

직접 찾아 나선 과학 기자의 임신 관찰기

1판 1쇄 발행일 2019년 8월 26일
1판 8쇄 발행일 2024년 8월 26일

지은이 우아영

발행인 김학원
발행처 (주)휴머니스트출판그룹
출판등록 제313-2007-000007호(2007년 1월 5일)
주소 (03991) 서울시 마포구 동교로23길 76(연남동)
전화 02-335-4422 팩스 02-334-3427
저자·독자 서비스 humanist@humanistbooks.com
홈페이지 www.humanistbooks.com
유튜브 youtube.com/user/humanistma 포스트 post.naver.com/hmcv
페이스북 facebook.com/hmcv2001 인스타그램 @humanist_insta
편집주간 황서현 편집 임재희 이영란 디자인 유주현 표지 일러스트 최지수(@jisuchoi.poly)
용지 화인페이퍼 인쇄 삼조인쇄 제본 해피문화사

ⓒ 우아영, 2019

ISBN 979-11-6080-293-1 03810

• 이 책은 저작권법에 따라 보호받는 저작물이므로 무단 전재와 무단 복제를 금합니다.
• 이 책의 전부 또는 일부를 이용하려면 반드시 저자와 (주)휴머니스트출판그룹의 동의를 받아야 합니다.